本书由2011年度重庆市社会科学规划后期资助项目（批准号：2011HQZZ11）及教育部“留学回国人员科研启动基金”（教外司留［2012］1707号）资助

刘琼 著

神圣与世俗

唯美主义的价值意向

中国社会科学出版社

图书在版编目(CIP)数据

神圣与世俗：唯美主义的价值意向／刘琼著．—北京：中国社会科学出版社，2017.3

ISBN 978-7-5161-8829-3

Ⅰ.①神…　Ⅱ.①刘…　Ⅲ.①唯美主义—研究　Ⅳ.①I109.9

中国版本图书馆 CIP 数据核字(2016)第 200290 号

出 版 人　赵剑英
选题策划　慈明亮
责任编辑　慈明亮
责任校对　冯英爽
责任印制　戴　宽

出　　版　中国社会科学出版社
社　　址　北京鼓楼西大街甲 158 号
邮　　编　100720
网　　址　http://www.csspw.cn
发 行 部　010-84083685
门 市 部　010-84029450
经　　销　新华书店及其他书店

印　　刷　北京君升印刷有限公司
装　　订　廊坊市广阳区广增装订厂
版　　次　2017 年 3 月第 1 版
印　　次　2017 年 3 月第 1 次印刷

开　　本　710×1000　1/16
印　　张　13.75
插　　页　2
字　　数　201 千字
定　　价　52.00 元

纪念余虹老师

目　录

导　言

本书的主导问题是“唯美主义的神圣与世俗价值意向”。自19世纪以来，唯美主义因与颓废主义、形式主义的关联而声名狼藉，而在后现代语境中又因与消费审美主义的牵连而遭人诟病。本书将讨论唯美主义的神圣与世俗双重价值意向，目的是挖掘唯美主义最有意义的精神价值，对作为艺术思潮和文化运动的唯美主义进行新的阐释，由此与流俗的误解论辩。

从广阔的历史视野看，唯美主义运动乃是西方现代性进程的基本走向之一，它既表现为特定的艺术思潮与艺术实践，又表现为更为广泛的文化运动。作为艺术思潮与艺术实践，唯美主义是对艺术独立的现代性诉求的回应，这种回应推动了文学艺术对自身独立的自觉与自省。作为一场文化运动，唯美主义的历史文化意义更不容忽视。唯美主义“为艺术而艺术”的脱俗姿态包含强烈的反世俗野心。这是以“神圣”的美对抗西方的现代性进程，尽管“为艺术而艺术”确实不过是现代性的产物。本书力求在西方现代性进程的背景上，从艺术思潮和文化运动两个方面，并关联两个方面，来探讨唯美主义所具有的世俗与神圣价值意向。

一

本书所以选取这样关联和贯通的视角，首先基于对之前唯美主义研究的一种判断。[①] 事实上，自唯美主义发生以来，人们对唯美主义便有着持续的兴趣，有关唯美主义的研究不断有所推进。

20 世纪 80 年代以前，对唯美主义的研究主要侧重思想史研究，具体而言可以归属于艺术思想史、美学史研究，涉及的主要对象是唯美主义的美学观念和文学思想，以及这类艺术思想在创作领域中的实践。这一时期处于主导地位的研究倾向，除了传统的考据和传记研究外，主要是单一的批评模式，比如审美的或者现代主义的模式。这种批评模式较多关注个别作家作品研究，较少将唯美主义作为整体性的文艺思潮和文化运动进行研究。这一时期唯美主义的研究者也大多是某一作家的权威学者，比如专门研究佩特和王尔德的沃尔夫冈·伊塞尔[②]等。这类研究大多将英国文学史上 19 世纪后半期这一时段视为过渡时期，唯美主义或者被看成此前浪漫主义文学的后绪，比如马雷欧·普拉兹的《浪漫的痛楚》[③] 等；或者被认为是 20 世纪英美现代主义文学的前奏，比如马尔科姆·布拉德伯里和詹姆斯·麦克法兰编的论文集《现代主义：1890 - 1930》[④] 等；或者两者都是。

大约 20 世纪 80 年代以后，受"文化研究"的影响，对唯美主义的研究更多关注唯美主义者生活艺术化实践方面的内容，可以归为文化史研究。这类研究超越了仅仅局限于思想史研究的个别批评模式，从较广阔的社会历史层面理解唯美主义的文化含

---

① 本部分对唯美主义研究现状的分析，国外唯美主义研究部分的介绍参考了周小仪《唯美主义与消费文化》，北京大学出版社 2002 年版，"绪论"第 1—14 页。特此说明并致谢。

② Wolfgang Iser, *Walter Pater*: *The Aesthetic Moment*, trans., David Henry Wilson, Cambridge and New York: Cambridge University Press, 1987.

③ Mario Praz, *The Romantic Agony*, trans., Angus Davidson, London: Oxford University Press, 1951.

④ Malcolm Bradbury and James Mcfarlane, eds., *Modernism*: 1890 - 1930, London: Penguin, 1976.

义。此后，学界对唯美主义的研究由侧重于形式文本分析和具体作家作品研究转向侧重分析文本之外的社会历史材料的文化研究模式。文化研究对唯美主义的关注大致分为两个主要方面：一是关于唯美主义与社会大众、商品文化和文学市场之间关系的探讨，代表著作和文章包括雷吉尼亚·加尼尔的《市场的田园诗：王尔德与维多利亚时代的大众》①、周晓仪的《唯美主义与消费文化》（北京大学出版社 2002 年版）等。这些开拓性的研究著文对唯美主义生活艺术化实践与当时社会经济形态的多种关联做了学理审视与分析，把作为社会文化运动的唯美主义与其具体历史处境结合起来，并延伸至当下消费社会进行考察，拓展了唯美主义的研究论域，加深了对唯美主义的理解。二是较为晚近出版的著作发掘出大批过去鲜为人知的唯美主义者，并从视觉文化、欲望观念、心理分析、女性主义等不同角度探讨了唯美主义的复杂性质，比如，谢弗和索米亚迪斯主编的《女性与英国唯美主义》② 等。这些研究也都更多关注唯美主义者的生活艺术化实践，并借鉴各种新理论重新透视唯美主义及其社会文化意义，不断丰富唯美主义研究。

另一方面，传统模式的研究也还继续存在，尤其在国内唯美主义研究中。比如，对唯美主义从思想史的角度进行的研究（薛家宝的《唯美主义研究》，天津社会科学院出版社 1999 年版）；对唯美主义形成要素的研究（康德美学、东方文化、同性恋等）；对唯美主义、颓废主义等艺术思潮进行精细区分；借用各种新理论（女性主义、心理－精神分析等）分析唯美主义作品的内容表现；对唯美主义作品形式要素和审美感性因素的研究；对唯美主义现代性的辨析（认为唯美主义的现代性表现为感性至上、消费

① Regenia Gagnier, *Idylls of Marketplace: Oscar Wilde and the Victorian Public*, Aldershot: Scolar Press, [1986] 1987.

② Talia Schaffer and Kathy Alexis Psomiades, eds., *Woman and British Aestheticism*, Charlottesville and London: University Press of Virginia, 1999.

主义、分裂的现代人等）；甚至指出唯美主义的矛盾性和王尔德批评理论的后现代特性（陆建德的《声名狼藉的牛津圣奥斯卡——纪念王尔德逝世100周年》，《外国文学评论》2000年第2期）；还有文章（高继海的《从〈文艺复兴〉看配特的美学思想》，《河南大学学报》1996年第6期）提到配特对宗教和艺术的看法；等。总的来说，这类研究虽然论题比较分散，又彼此互有交集，也较难形成对唯美主义更全面的理解和评价，但都提出了新问题，有的甚至尝试突破传统模式研究的局限，是对唯美主义研究的不断推进。

可以说，20世纪80年代以来国内外对唯美主义的研究在很大程度上揭示出唯美主义作为文化形态的复杂性和丰富性，并揭示出唯美主义文艺思想本身、唯美主义文艺思想与其艺术实践以及生活实践之间的诸种矛盾。不过，由于狭义“文化研究”在视野与论题上的局限，其对唯美主义的研究容易流于现象分析，很难在理论层面更加深入。有鉴于此，本书尝试从文化史与思想史的关联上来分析唯美主义，尝试对具有泛欧特性、作为艺术思潮和社会文化运动的唯美主义进行新的阐释，以避免单从思想史角度进行研究上可能的空疏或单从文化史角度进行研究上可能的肤浅。

二①

本书试图打通思想史研究和文化史研究的主观分界，在深广的历史背景上，参照贯通西方文化史的基督教线索，考察唯美主

---

① 本部分对舍斯托夫和巴塔耶及其思想的介绍，主要参考了 Stuart Kendall, *Georges Bataille*, London: Reaktion Books Ltd, 2007, p. 10, pp. 40 – 42。另参见 Georges Bataille, *Erotism: Death and Sensuality*, trans., Mary Dalwood, San Francisco: City Lights Books, 1986; Georges Bataille, *An Essay on General Economy*, Vol. Ⅰ: Consumption, Translation of: La part maudite, New York: Zone Books, 1988；［俄］舍斯托夫《雅典与耶路撒冷》，张冰译，上海人民出版社2004年版；舍斯托夫《旷野呼告》，方珊、李勤译，华夏出版社1999年版。

义之“美”的神圣与世俗价值意向，以及相应的实践后果和文化史意义。这种考察关注基督教之于西方文化的影响，尤其关注基督教对西方审美文化的影响，以便更好地理解唯美主义。

具体而言，对“唯美主义的神圣与世俗价值意向”的考察将参照基督教神学思想史的发展逻辑，尤其借助19世纪以来科学主义冲击下神学思想对“神圣”之要素的不断追问和思考，比如舍斯托夫对基督教非理性神圣要素的强调以及巴塔耶对“圣性”的反思与建构，来重新阐释唯美主义的精神内涵和价值意向。

舍斯托夫的精神血脉承继自陀思妥耶夫斯基和尼采。尽管他同情、支持俄国革命，但上等阶级的出生背景使他那时在新生苏维埃政权下的生活并不遂意，因此流亡到巴黎，并努力获取国际性学术声誉。与巴塔耶相遇时，他已经是一位著名的哲学评论作家，发表过有关尼采、陀思妥耶夫斯基、帕斯卡尔等人的研究著作。在思想方面，舍斯托夫追随陀思妥耶夫斯基，认为人的生活就是在某种悲剧性困境中要求某种不可能的信仰和信心。在他的描述中，全部的生活就是一场忍受，一场没有上帝神恩眷顾的约伯式的忍受；而死亡是生命中突兀的存在，既不可抗拒又难以无视；理想主义的思想——包括科学的理性主义和由神学思想催生的道德体系——不过是对这一残酷事实含糊的、自欺妄想的逃避。因此，思想者首先要摧毁理想主义的幻想和幻觉，恢复人和上帝各自本应所属的不同位置和领域；其次就是要设法理解这些不同的领域。那么人类作为那位不可接近、不可理解的全能上帝的造物和仆人，如何获得道德的生活和有关上帝的经验呢？就此，舍斯托夫既反对理想主义的——因此反对理性的和体系化的——途径，又反对梦想和幻想的途径。从基本的判断——上帝和人各自处在全能与无能和抛弃的相互状态之中——从发，其作品最终以对没有理性基础因此看似没有根基的信仰的深沉而绝望的吁求，来救赎人的困境。这种方案当然根本有别于理性无神论的说教。

而且，舍斯托夫还在尼采的思想中发现了类似的精神，尽管这似乎有点悖谬。他是一位尼采哲学深邃而有取舍的读者，虽然尼采宣称上帝死了，但舍斯托夫只接受了理性上帝之死。这种读法更近似于帕斯卡尔对“上帝之在”的思考：上帝存在，或者说应该有一位上帝，恰恰因为人类理性的有限和人的有限。

1923 年遇见舍斯托夫时，巴塔耶刚开始读尼采。他那时的基督教信仰还是以要求和接受信仰的安慰为前提和特质的，虽然这种要求到底没有得到回应（他曾谋求过一种远离世俗的修道生活而无果），因而，舍斯托夫对基督教的这种理解必然让他印象深刻。在那段时间他经常去拜见舍斯托夫，一起讨论哲学问题，经常晚上聊到很晚，长长的夜谈。他们谈及尼采、陀思妥耶夫斯基，谈及帕斯卡尔、柏拉图以及哲学的目的等。很多年后，当巴塔耶回忆起那段日子时曾说，“我的哲学知识的基础是舍斯托夫打下的……他知道如何对我讲解柏拉图才正是我所需要的。”①这里他表达了对舍斯托夫的钦佩之情，舍斯托夫对他那样一位处于精神困惑中的年轻人的启迪和耐心让他铭记。

某种程度上，巴塔耶一生学术思考中对色情、死亡、滥费、圣性等的持续关注，其基本的出发点也是人的现实困境：一方面是理性、功利、资本这样的主流思想和现实形态所致的 20 世纪人类的普遍灾难，比如“一战”和“二战”；所以另一方面，他要寻找对抗或者化解灾难的思想和现实形态，比如与主流形态同在却被边缘化、被忽视的要素。他找到了最为直接地对抗理性与功利的“滥费”形态——从一般性对滥费的分析，到对色情与死亡（比如献牲等）的分析——通过分辨出这些现实形态所包含的长期被压抑的人的非理性存在样式与要求，并最终借助这样的非理性形态，以纠偏和克服极端功利理性所致的人的现实灾难。在这一思考路径中，还伴有一条个人经验蜕变的线索。

① Stuart Kendall, *Georges Bataille*, London: Reaktion Books Ltd, 2007, p. 41.

前面提到，巴塔耶早年曾因个人精神困境而求助于传统意义上的宗教生活，他甚至谋求过真正严苛的僧侣修道生活，未果后又转入对基督教会史，尤其是中世纪史的研究；但在另一方面，基于肉身欲望的个人体验以及恰逢其时接触到的尼采、萨德的相关作品，使他开始正视并反思那样的个人内在经验。他觉得，在被视之为可怕而耻辱的色情放纵生活中，包含某种混沌难辨、难以言表的两义性情念和两价性立场。正如他在《爱神的眼泪》（*The Tears of Eros*）中对中国古代一种酷刑（凌迟）场景所做的分析：这种仅仅在虐待狂意味上的色情场面，事实上却揭示了两义性和两价性要素的并在与彼此接近，比如性与死、欢乐与恐惧、对公共律法的违抗与宗教的拯救等。在这些相反要素的相互接近过程中，显露了精神的无尽的反转能力，这是一个从最不可言说的卑劣到最振奋高昂的荣耀的过程，是从最极端的痛苦到最极致的狂喜的解脱、救赎与升华。

由于这样的思考和体验，他便从信靠传统的基督教转入所谓“无神论”。不过正如舍斯托夫对尼采式反基督教的超越，巴塔耶的“无神论”也是一种对尼采的超越。很大程度上，这也可以理解为某种他对自己早年谋求修道生活失败的逆向性的强烈回应。这种回应与其说是彻底舍弃宗教，还不如说是另一种变相的信靠，或者可以说，他建构了新的宗教信仰——所谓圣性（sacred）。而这里所谓圣性，就是两义性两价性发生的时刻和领域。从中他既能体会原始宗教的更多非理性意味，也能理解经过理性改造后的制度化宗教的理性要素。

按照他自己的另一种阐释，所谓圣性就是完全交流的终极不可能性和与之对抗的逆向运动。这一逆向运动将开启这样一个领域：在其中，不可能性，譬如异质性的、差异性的、神秘的，能够被交流。一般情况下，交流、沟通由语言和理性之力促成，而异质性、差异性更多与个体的独特性相关。通过萨德，巴塔耶看到个体的独特性至少能够充分保存于个体色情生活的内在经验中。而且是这种独特性相当程度上导致了完全交流的终极不可能，其实就是理性面对非理性的终极无能。而圣性的发生就能够打破这种阻隔，孕育出两义性和两价性，虽然只是在独特个别的瞬间。这本身就是一个悖论。不过，在尼采宣称“上帝死了”以及后来的时代，“神圣”大抵能够以这样的样式存留在人的生存中。

由此对人类命运的关切与思考最终与每个个体独特的内在生活和体验，进而与更基本的人类学、社会学、语言学思考结合起来。浸透滥费情念的色情与死亡等形态，不但可以化解精明算计所致的人类厄运，还能够唤起思想者对人类学、社会学、语言学等领域广被接受的观念进行重新考察与诘问，比如他自己以及福柯等的所为。而且，人类也最终能够在某种仍然可以保留神圣价值的世俗社会之中平衡地、全面地生活。

在巴塔耶这一思想的形成过程中，尽管他自己从未书面提及舍斯托夫的直接影响，但贯穿他一生对尼采的思考和书写却是从理解舍斯托夫对尼采的阅读开始的。和舍斯托夫一样，他也通过对尼采的阅读，重新强调了神圣价值中非理性要素之不可或缺。

此外，巴塔耶思想的形成还有赖于他自己比较繁杂的学术背景和宽泛的研究兴趣。前面提到，在讨论“圣性”时，巴塔耶秉持“完全交流的终极不可能性”这样的看法，但他也坚持在“圣性”的时刻破解那种不可能性。而且，现实生活中他很乐于、也受益于交流。通过舍斯托夫他重新认识尼采，甚至萨德；通过 Alfred Métraux 他研读了涂尔干和莫斯；由于另外两个朋友 Michel Leiris 和 André Masson，他又走近了超现实主义运动；他的心理分析医生 Adrian Borel 介绍他研读弗洛伊德；科热夫（Alexandre Kojève）让他重新理解黑格尔[①]。这些思想渊源既成为他学术研究的背景，也是他一生学术兴趣的指向。由于这样繁复的跨学科

① Stuart Kendall, *Georges Bataille*, London: Reaktion Books Ltd, 2007, p. 10.

的探究，巴塔耶对人类处境与出路的反思就并不像舍斯托夫那样悲观。而且，他不仅是思想者，还是行动者，当然这也是法国知识分子的传统特质之一。他曾亲自组建过几个学术团体，亲自实践他自己的精神主张（比如“the practice of joy before death”）。这样，巴塔耶有关“圣性”的思想当然不同于舍斯托夫，他的“圣性”观念必然浸透着现世感和现代性，但又必然力图超越之，从而呈现为一种后现代形态。而且他的这一思考方向也是西方后现代主义思想（事实上，很多后现代思想者都受惠于巴塔耶的思考，比如罗兰·巴尔特、福柯、克里斯蒂娃、德里达等）和基督教神学思想的方向（比如鲁道夫·奥托对理性要素与非理性要素的并置与肯定等）。

总之，如果说舍斯托夫有关“神圣”的思考是通过找回并强调非理性的神秘要素而意图矫正人类理性的偏执，一条相对纯粹的“复古”之路的话；巴塔耶有关“圣性”的思考却是从理性从发，以理性为前提的，它囊括并超越了理性。因此巴塔耶之论“圣性”就并不是纯粹的复古，而更是一种创构，虽然又带有解构的意味。本书之所以将他们有关“神圣”与“圣性”的思考作为理解唯美主义“神圣”与“世俗”价值意向的理论资源，就是基于两者有关“神圣”与“世俗”的思考既一脉相存，又有这样前后的发展和不同。

三

本书的论述策略是借助“形式”与“内容”这对范畴来展开，分析唯美主义内容和形式各自体现的神圣与世俗价值意向。因为唯美主义的价值意向最为集中地体现在唯美主义者对这两个范畴的独特态度上。

形式与内容（质料）是西方哲学和艺术哲学最基本的一对范畴，一般文艺理论也借鉴这对范畴建构理论和分析作品。

相对于形式而言，质料是更基本的要素，是实存的原初形态，是现实的、也是个别的存在，是包含非理性要素的存在形态。而形式，与内容并举正是要突出其与内容的不同，突出其理性属性。延伸到艺术领域，形式很大程度上就是对实存（质料）赋形的能力，是人的理性能力。在文艺创作中，大致就是美的创造力的称谓。当然这是一种粗略的界定，事实上，没有人能够彻底分断文学艺术的形式与内容。在强调形式与内容既区别又关联的层面上，本书将内容—形式作为分析架构的概念来源可以追溯到亚里士多德。之所以引证亚里士多德，因为在亚里士多德，形式与质料本没有截然分断。在他的《形而上学》中，有两卷论及形式—质料的区分以及与他所谓本体的关系。亚里士多德通过划分存在的类型将本体定义为基本存在，同时就区分了质料与形式，并将两者关联在本体以及存在这样的概念中。所以在亚里士多德，本体这一概念不同于柏拉图，本体不是纯粹的形式或一般，而是与个别或个体结合着，这个个别或个体当然包含质料要素。总的来说，虽然《形而上学》不同卷之间有一些冲突或不一致，但大致上可以看出在他的思想中，形式—质料并不像在柏拉图思想中那样被断然区分。[①] 不过，基于研究分析的需要，分断又总是不可避免。

本书以此分断为大体架构，分别从内容与形式两个维度辨析唯美主义所意向的神圣与世俗精神价值。在此，形式所体现的理性品质很大程度上契合于一种世俗化的立场与实践，而内容或质料相对更能体现非理性的神圣立场。这一判断，依据了第二部分对较前沿的基督教神学思想的介绍。此种思想认为，神圣最基本的层面是非理性的层面。比如舍斯托夫从基督教的源头（舍斯托

---

① 参见［古希腊］亚里士多德《形而上学》，吴寿彭译，商务印书馆 1959 年版；［美］加勒特·汤姆森、马歇尔·米纳斯《亚里士多德》，张晓琳译，中华书局 2002 年版，第 51—69 页。

夫对基督教非理性要素及其价值的思考在正文部分有比较详尽的介绍）揭示并强调了被西方文化现代性所压抑的非理性层面之于实存的意义，奥托就基督教“神圣”内涵的重新思考对非理性与理性并在的强调，以及巴塔耶以黑格尔否定辩证法的形式给予“圣性”的包容性和整体性，都指出神圣价值其始源和本质的非理性存在。

不过，正如形式和内容并不能截然分断，神圣和世俗本也是相互勾连贯通的。依据不同的历史空间和社会文化境遇，神圣和世俗的内涵甚至外延也在不断改变。大致说来，在西方文艺复兴以来的世俗化、现代性进程中，理性与科学成为人与社会发展的导向，这种发展导向致使基督教比在中世纪更强烈得多地被理性化，这一理性化的过程一方面将理性要素纳入或者说混入神圣立场，为唯美主义运动对“纯粹形式”的神圣化铺垫道路。因此，虽说唯美主义的纯粹形式本质上是一种世俗形态，但唯美主义者却能够对其寄予神圣的价值意向，以对抗这种现代性进程。另一方面，理性化过程也使得基督教的非理性层面日益被遮蔽和遗忘，以顺应这一历史进程。然而，虽然理性化、世俗化不可逆转，但神圣的非理性层面绝不可能被彻底遮蔽和遗忘，正如人的存在不可能不包含非理性形态的存在一样。因此，伴随这一现代性进程，非理性存在维度就总是以形形色色的不同文化现象或称文化症候出现在某些历史时段，或强或弱，不断诘问和挑战理性与科学的威权。作为一种文化运动的唯美主义就包含着自觉不自觉与理性的对抗，比如唯美主义内容层面的违禁情色书写对理性主义、功利道德的反动。甚至，唯美颓废派们直接将自己的悖论色情与基督教悖论色情关联起来，以强化美与神圣的非理性维度。

如此，唯美主义的神圣与世俗精神价值就这样相互纠缠在一起，有意或者无意，使唯美主义成为一种暧昧的中间形态或称过渡形态。换个说法，文艺复兴以来西方社会不断挣脱基督教束缚的世俗化进程，其实从未真正彻底摆脱基督教的影响，某种程度上，这种影响在将来也会继续存在，尽管也许影响力会愈加贫弱，发生影响的方式也难以预知，或如曾经唯美主义对基督教神圣的借取。

最后想要说明的是，本书对唯美主义神圣与世俗价值意向的考察，虽然辨析了理性与非理性两方面的表现，尤其通过分析唯美主义的色情指出人的非理性维度之于文学艺术的特殊意义，并通过对唯美的形式主义从主观神圣到彻底市场化世俗化的蜕变，揭示出其理性化世俗化的本质，但对神圣的反思并非要取消理性与科学，而只是想纠偏，想提请注意，即使在科学与理性更加昌明或更加强势的今天，人的存在其全部和均衡的样式才是真正合于人本来存在的样式。

第一章　两希文化与唯美主义的价值意向

本章主要关联到佩特、别尔嘉耶夫和舍斯托夫等人对文艺复兴艺术的分析来考察唯美主义价值意向的文化基础。在此，我们将看到，希腊文化与希伯来—基督教文化（简称两希文化）既是文艺复兴艺术的文化基础，也是唯美主义的文化基础。事实上，正是两希文化的冲突、融合、相互作用的张力构成了文艺复兴艺术与唯美主义价值意向之双重性的文化根由，这种双重性就是：神圣与世俗。

之所以借助对文艺复兴艺术之价值意向的分析来考察唯美主义的价值意向，是因为从根本上看，后者是前者的延伸和派生形态，两者分别是西方现代性进程中的不同环节，都奠基在两希文化的冲突之上。唯美主义最重要的理论家之一，英国的佩特对唯美主义理论的建构就是从对文艺复兴艺术的研究开始的。为此，本章将对奠基在两希文化基础上的文艺复兴艺术、唯美主义与奠基在希腊文化基础上的希腊艺术以及奠基在希伯来—基督教文化基础上的中世纪艺术进行比较论述。同时也对文艺复兴艺术与唯美主义艺术进行比较分析。上述比较研究的焦点是形式与内容的内涵与关系。

第一节　两希原则与文艺复兴

俄国学者舍斯托夫在《雅典与耶路撒冷》一书中讨论了犹太—基督教哲学及其相关问题。在该书中，舍斯托夫问：是否有过一种犹太—基督教哲学？犹太—基督教哲学是如何成为可能的？它给人类思想带来了什么新东西？[①] 这些问题其实都浇铸在以下问题之上：在漫长的历史过程中，希腊文化与希伯来文化，继而与基督教文化（合称犹太—基督教文化或希伯来—基督教文化）是如何从对立、融合，到反融合，直至共存的？这一过程对西方思想进程的影响和学术文化的塑造如何？在文艺复兴艺术中，这些问题大致体现为“世俗理性形式”与“神圣的非理性精神内容”之间驾驭与反驾驭、表现与反表现的矛盾，亦即“完美形式”与“无限精神”的冲突。

在《雅典与耶路撒冷》中，舍斯托夫讨论了两希文化的历史冲突。他认同这一观点：“早期基督教思想就已有了两部旧约——圣经和古希腊哲学。”[②] 在中世纪经院哲学中，受古希腊哲学“自明性”理性真理的诱惑，经院神学家提出了对圣经的启示真理做出理性证明的要求。但在舍斯托夫看来，经院哲学的这项“事功”不过是对圣经中人类祖先背弃上帝而转向认识树这一行为的重复。站在《圣经》的立场看，此举乃是一种堕落。舍斯托夫写道：“力求把信仰变为知识的中世纪哲学家，绝不会想到，他们所做的，不过是对初人的重复。可是，当吉尔松谈及经院哲学与信仰的关系问题时，你还是不能不同意他的话：‘信仰本身是自足的，但它却企求成为对其自身内容的一种理解；它不取决

---

① 参见［俄］列夫·舍斯托夫《雅典与耶路撒冷》，张冰译，上海人民出版社2004年版，第191页。

② ［俄］列夫·舍斯托夫：《雅典与耶路撒冷》，张冰译，上海人民出版社2004年版，第193页。

于理性的自明性，而是相反，它产生这种自明性’（‘En tant que telle，la foi se suffit，mais elle aspire a se transmuer en intelligence de son propre contenu，elle ne depend pas de l’evidence de la raison，mais au contraire，c’est elle qui l’engendre’），以及‘这种把信仰真理改造成为知识真理的努力，就构成了基督教智慧的真实生命；而这种努力所带给我们的理论性真理的总和，就构成了基督教哲学本身’（1，35－36：‘Cet effort de la verite crue pour se transformer en verite sue，c’est vraiment la vie de la sagesse chretienne，et le corps des verites rationnelles que cet effort nous livre，c’est la philosophie chretienne ellememe’）。”① 然而，“启示真理是鄙视证明的”②，因此，经院哲学的此种努力是徒劳的。文艺复兴时期的宗教改革就是对经院哲学的否定，它所要求的是圣经的信仰真理。而且据舍斯托夫分析，后期经院哲学如邓斯·司各脱和威廉·奥卡姆等人的思想就已经表现出对古希腊理性的怀疑，比如，奥卡姆就认为上帝的全能意志优先于上帝的理性。因此，舍斯托夫认定：犹太—基督教哲学应该不是以接受，而是以战胜“自明性”为其任务；由此给我们的思维带来新的维度——信仰③。

舍斯托夫对经院哲学的分析说明了中世纪神学为融合两希文化所做的悲剧性努力以及两希文化的内在矛盾。对舍斯托夫而言，融合两希文化的实质是把圣经的整一上帝改造成褊狭的理性上帝，这实在是削犹太原则之足以适希腊原则之履。依舍斯托夫之见，两希文化之不可通融性是十分明显的，它的突出表现是对“自由”与“恶”的不同理解，以及在此差异中所呈现的希腊“自然理性”与

① ［俄］列夫·舍斯托夫：《雅典与耶路撒冷》，张冰译，上海人民出版社 2004 年版，第 204—205 页。

② 同上书，第 191 页。

③ 参见［俄］列夫·舍斯托夫《雅典与耶路撒冷》，张冰译，上海人民出版社 2004 年版，第 290 页。

犹太—基督教“神圣自由”之间“有限与无限”的绝对差别。

舍斯托夫认为，古希腊思想给予人类的是一种现世的理性真理，这种真理看似予人以自由，实质上却是以其“必然性”的特征彻底剥夺人的真正自由，因为人的真正自由是圣经启示于人的神圣自由，它对抗自明真理的必然性，相信人能够拥有神的奇迹，能够面对整一的上帝和自我。舍斯托夫在多处就这两种不同的自由做过区分，比如在讨论“恶”的问题时，他依据古希腊智慧与圣经智慧对恶的不同理解来分析人所拥有的不同自由。前者认为受造就其本质而言带有恶的可能性，因为古希腊的神祇自认不是全能的，因而作为受造的人也不完善；[①] 后者认为恶源于人向知善恶之树伸手，即起于对知识的欲望，但上帝自身是全能全善的。[②] 舍斯托夫指出：“……圣经的上帝是不受任何规则或法则的约束的：他是一切规则和法则的来源。他是一切规则和法则的主人……善恶对立本身，亦即，或更确切地说，恶的出现，并未被安排在创世活动进行时——创世时有的只是‘甚好’而已——而是被安排在我们的始祖开始堕落的那一时刻，而在那之前，不光神的自由，而且就连人的自由，也是不受任何限制的：一切皆好，因为这是上帝所造；一切皆妙，因为这是按照上帝的形象和样式所造的人所造的——圣经中‘甚好’之所以对我们如此神秘，究其实质即在于此。而作为选择善恶之可能性，古希腊人所熟知的、中世纪而在其后又有近代哲学从古希腊人那里继承下来的自由，乃是一个堕落者的自由，乃是被罪孽所奴役的、把

① 参见［俄］列夫·舍斯托夫《雅典与耶路撒冷》，张冰译，上海人民出版社2004年版，第258页。

② 陈建洪在解析“施特劳斯读《创世纪》第一章至第三章”时也多次提及这类观念：耶路撒冷对雅典的超越和包容，就说明神性比理性更完美。尽管他自己认为施特劳斯隐晦的教诲或立场是雅典（理性）。参见陈建洪《耶路撒冷抑或雅典：施特劳斯四论》，华夏出版社2006年版，第3—87页。

恶放在世界又无能将其从生活中驱逐出去的自由。”①

古希腊的自由，亦即近代以来人们追逐的自由，在圣经看来不过是一种虚假的自由，因为这种自由包含恶。换句话说，此种自由对理性必然性的认同已经预设了善恶对立，而善恶对立与真正的自由是不相容的。在这种意义上，圣经启示于人的自由具有毋庸置疑的绝对性，它实际上揭示了一个无限可能的精神空间：这个空间从根本上取消了恶，因而也取消了善恶对立，取消了人堕落之时为自己寻来的自然理性，上帝的自由超越于人的善恶的自由。神圣自由揭示的这一无限的精神空间之于人的生存，其意义是难以估量的——它要求人正视实存的一切状况。

另一方面，初人背弃上帝转向认识树原是他们的自由意志所愿望，但转向知识的结果却是必然性对其自由意志的奴役，这是人所获的“恶的自由”的根本性缺憾。但神的自由甚至包容了人的恶的自由：上帝以其无限的自由囊括了人的无限自由，更不用说恶的自由了。因为上帝的自由对人而言不是强制：“我们的始祖受诱惑者一句‘便能知道’的蛊惑，用受制于冷漠超然、什么都不听什么都看不见的、只会机械实施征服了它们的那种权力的真理的地位，取代了决定其与能听他也肯听他的造物主之关系的自由。而这也就是为什么说人与上帝的关系是一种制约关系是错误的原因：人与上帝的关系乃是自由。”② 因此，上帝的自由是一种完整、深邃、人不能穷尽的自由，它以自己的“无根据性”容纳了人的任性。而人的理性自由在上帝眼里不过是一种偏执。

近代的历史是“理性自由”战胜“神圣自由”的历史，是人化的历史。不过，希腊原则的获胜并不意味着人可能的完整和幸福。“人的完整”是舍斯托夫等人所关心的核心问题，他提供

① ［俄］列夫·舍斯托夫：《雅典与耶路撒冷》，张冰译，上海人民出版社2004年版，第262页。

② 同上书，第267页。

的出路是神圣与世俗的对立性共存，其方法是唤起人们对近代以来备受冷落的人类思维的新维度的关注。

舍斯托夫要说的是：希腊世界不知道真正的自由——不论是希腊宗教，抑或希腊哲学都没有真正将自由（无限的自由）揭示出来，因此导致希腊艺术对“完美形式”的追求及其后世不可企及的成就。我们知道，形式即限制，完美的形式即完美的限制，对完美形式的信念与追求乃是希腊理性自由之有限性的表征。对于希腊意识来说，只存在天体封闭的圆顶，这正如希腊神庙的屋顶。人类的全部生活都在它之下或在它内部进行。希腊人对“超验存在”没有兴趣，对超验的精神内容只有朦胧的意识。在希腊世界中，（理性的）形式永远比（非理性的）内容优越；在其艺术、哲学、政治以及所有生活领域，形式之尽善尽美的本原即外观的本原总是高于物质（质料）本原，高于与人类生活之非理性本原相关的内容。

是犹太—基督教思想带给人类真正自由的，犹太—基督教的非理性本原乃是自由本原。① 而且，“神圣自由”在中世纪基督教艺术中有着明晰的表现，尽管中世纪基督教神学致力于基督教思想的理性化。“神圣自由”被引入艺术中，理性的古典形式的（有限）完美就被打破了。只要我们稍加留意就会发现，中世纪的艺术不追求形式的完美，它借力于象征，专注于精神，因而呈现“形式的不完美性（非确定性）”特征。文艺复兴艺术虽受希腊艺术影响而重新追求形式的完美，但又因中世纪艺术的浸润而摆不开对无限精神的仰望，因而摇摆在对“完美形式”与“无限内容”的双重追求之间。

---

① 俄国另一位学者别尔嘉耶夫在论及历史意义发生于犹太—基督教的非理性自由之本原时，对希腊意识和基督教思想也有类似的比较。参见［俄］别尔嘉耶夫《历史的意义》，张雅平译，学林出版社 2002 年版，第 20—24 页。

第二节　形式的未完成性

一　文化的断裂与连续

在《文艺复兴》中，佩特对体现在文艺复兴艺术中的两希文化冲突及其多样呈现做了准确细致的分析。在这本著作中，佩特提出了“文化的内在连续性”的问题，这种连续性贯穿着两希原则的融合与对抗，其在文艺复兴作品中的反映就是对“中世纪精神”与“古典形式原则”双重追求与两难①。

佩特这样谈论中世纪文艺复兴的萌芽②：“……这些作者经常讲到12世纪末和13世纪初这种文艺复兴的萌芽，这是一种出现于中世纪自身的限制之中的文艺复兴，它是一种辉煌的、但有些早产的为人类生活和人类心灵所作的努力，这些努力是由这之后的15世纪完成的。”③ 中世纪文艺复兴的萌芽表明，尽管希腊原则在中世纪被犹太原则④所压制，但它一直存在并寻求着表现。因此，15世纪的文艺复兴并不是欧洲文化的一次决然的断裂，它还是一种保有内在连续性的发展。这种发展强调的是希腊原则，渗透其中的却是希腊原则和基督教原则的结合和冲突。在鉴

---

① 中世纪和文艺复兴的连续性也是《中世纪的衰落》一书的主要论题之一。参见［荷兰］约翰·赫伊津哈《中世纪的衰落》，刘军、舒炜、吕滇雯、愈国强等译，中国美术学院出版社1997年版，第282—316页。

② 关于中世纪的文艺复兴，赫伊津哈在《中世纪的衰落》、别尔嘉耶夫在《历史的意义》中均有论及。参见［荷兰］约翰·赫伊津哈《中世纪的衰落》，刘军、舒炜、吕滇雯、愈国强等译，中国美术学院出版社1997年版，第282页；［俄］别尔嘉耶夫《历史的意义》，张雅平译，学林出版社2002年版，第100—101页。

③ ［英］佩特：《文艺复兴：艺术与诗的研究》，张岩冰译，广西师范大学出版社2002年版，第3页。

④ 别尔嘉耶夫认为，中世纪基督教文化是希腊原则和犹太原则的结合，而文艺复兴文化是希腊原则和基督教原则的结合。他更细致地区别了犹太原则与基督教原则。参见［俄］别尔嘉耶夫《历史的意义》，张雅平译，学林出版社2002年版，第135—150页。考虑到本书的论题以及犹太教与基督教一以贯之的非理性精神，本书也以犹太—基督教原则指称这种源于希伯来的非理性神圣精神。

赏完“艾米利与艾米斯的故事”后，佩特总结到：“……这个古老的法国故事是有力量的。因为文艺复兴不仅有着来自古典的甜蜜，还有其源头很大程度上是中世纪的这种神奇的力量。”①

文艺复兴艺术的显在表现是它突破了中世纪对形式的冷落，希腊原则获得显见的优越地位。而按佩特上面的分析，这也是中世纪自身努力的一种结果。就此，我们还可以参照别尔嘉耶夫在《历史的意义》中的说法。在谈到基督教内部希腊原则的美学价值时，别尔嘉耶夫说：“基督教的全部直观的形而上学，连同其教义学和直观的神秘论都具有希腊的起源。就其精神而论，它们比犹太教要希腊化得多，因为神之存在这一伟大直观更多地为希腊精神所有，而不是狂热地推动历史的犹太精神的特色，所有美学、所有美感都与带希腊成分的基督教有关，因为希腊世界永远是基督教世界乃至整个世界美感的摇篮和源头。基督教文化的所有美感与古希腊成分紧密相联。新教清除基督教中多神教成分的所有尝试只能削弱基督教的美学和形而上学，也就是削弱与古希腊精神有关的那种东西。”② 希腊原则的美学价值是其理性原则之价值的一种，在舍斯托夫看来，直观即是理性能力的另一种称谓③。因此，无论是基督教艺术还是文艺复兴艺术，都不能绝对脱离形式原则，形式乃艺术表现之途经。这也说明，中世纪艺术

① ［英］佩特：《文艺复兴：艺术与诗的研究》，张岩冰译，广西师范大学出版社2002年版，第18—19页。

② ［俄］别尔嘉耶夫：《历史的意义》，张雅平译，学林出版社2002年版，第86页。

③ 参见［俄］列夫·舍斯托夫《雅典与耶路撒冷》，张冰译，上海人民出版社2004年版，第252页。另外，关于直观即理性能力，维拉德－梅欧在《胡塞尔》一书中有这样的说明：“康德和胡塞尔都认为，如果纯粹直观不包含在意义意向之中，它们在认识论上就是盲目的；如果纯粹的意义意向不具有直观的确定性，它们就是空洞的。康德和胡塞尔之间的区别在这里存在于直观概念的外延方面，在康德那里，它被严格地限制在感性直观上，而在胡塞尔这里则被扩展到理智直观或范畴直观上。”考虑到胡塞尔较之康德对认识论有更深入的探究，他对直观的这种更细致的辨析就是很有理论价值的。因此，舍斯托夫和别尔嘉耶夫对直观的这种理解就可以接受。参见［美］维克多·维拉德－梅欧《胡塞尔》，杨富斌译，中华书局2003年版，第49页。

不可能不为文艺复兴保留下艺术“形式”复兴的契机，虽然在某种意义上中世纪确实是欧洲文化样式的断裂。

另一方面，拾回希腊审美直观的文艺复兴艺术又带着对中世纪无限精神的记忆，这便使其对希腊式完美形式的执着隐约流露着一些紧张和几许无力。佩特说：“……因为人类的崇高尊严已将人类脚下的尘土与天使的思想感情明确地结合在了一起，它被认为属于人类，不是从宗教系统中获得的，而是从人自身的天赋权利中获得的。发表这一主张是为了均衡中世纪宗教一种不断增长着的倾向，一种贬抑人的天性、牺牲人性中这种或那种因素，使人性以自身为耻且使人性处在屈尊或痛苦事件的倾向。它有助于人类重新强调自身，强调恢复人性、肉体、感觉、心灵和智慧的地位，这一点在文艺复兴中得以完成。”① 这里强调的“人的尊严”同等地接纳了圣与俗，而文艺复兴就既是对古希腊人本主义的张扬，也是对基督教精神的继承，因为它结合了“尘土”与“天使”，心灵与智慧，这就使得文艺复兴艺术的希腊理想无法纯粹。而且据别尔嘉耶夫的分析，文艺复兴之所以能够拥有那种“人类中心感”、能够重新强调自身，正是因为有基督教对人的内在精神②的肯定在先：“僧侣形象和骑士形象走在了文艺复兴时代的前面，如果没有这些形象，人的个性无论如何不可能跨上一个应有的高度。”③ 而这里人的内在精神正是基督教神圣精神的镜像，或者说人的内在精神与基督教神圣精神相连接，后者孕育了前者。

① ［英］佩特：《文艺复兴：艺术与诗的研究》，张岩冰译，广西师范大学出版社 2002 年版，第 48—49 页。

② 本书在两种意义上使用“内在”一词：谈到内在的完美形式以及内在生活时，指没有向神圣敞开的封闭的非基督教的现世形式以及这种滞留于现世的生活；谈到内在精神以及内在生活时，指向天国开放的、人的内在精神世界和内在的精神生活。

③ ［俄］别尔嘉耶夫：《历史的意义》，张雅平译，学林出版社 2002 年版，第 99 页。

在两希文化影响下的文艺复兴艺术实际上不得不设法调和“形式原则”和基督教的“精神原则”，以可见的尽可能完美的有限形式去表现不可见的神圣精神的无限内容。然而，这只是一种主观意愿，因为任何形式的有限都无法真正表现出精神的无限。佩特对波提切利作品的分析就说明文艺复兴调和两希文化的困境：“……波提切利的这一人物是他身上的一种混合物造就的：他将对人性不稳定状态、人性的魅力的热情，将对一个可爱且有力的人物身上的装饰物很少变动这一现状的热情，与他对加诸人类身上的、使他们畏缩的伟大事物的阴影的自觉意识混合，而且这种混合物被传递进他的作品中，在反映人性的真实性方面，这些作品某种程度上要比通常的绘画要深远一些。除了欢乐女神从海中诞生之外，他还画了她的其他的故事，但在灰色的肉体和病态的花中从未摆脱死亡的阴影。他画圣母，但她们由于圣子的压力而畏畏缩缩，小声乞求一种明明白白的更温暖、更低层次的人性。”① 文艺复兴艺术对宗教题材的世俗化表现是以内在于人的神圣精神为依托的，它不仅抹不去这种精神，反而因直观形式难以驾驭神圣精神而赋予作品不同于古典艺术的动感和激情。文艺复兴艺术中这种基督教灵魂和异教灵魂的二重性、异教原则和基督教原则的冲突，就在波提切利这位15世纪最伟大的画家的创作中达到了特别紧张的程度，得到了最细致最精美的表现。据说，波提切利作品中的维纳斯们离开了尘世，而圣母们则离开了天穹。圣母的完美形象不可能留在尘世，这是波提切利精神的一个显著特点，他的主要忧伤就在于此。而这种忧伤也是早期文艺复兴所共有的。就此而言，文艺复兴艺术中潜在的中世纪精神是相当顽强的，它与自觉的古希腊意识相对抗，使其比中世纪艺术体现的两希原则的冲撞更加激烈。

---

① ［英］佩特：《文艺复兴：艺术与诗的研究》，张岩冰译，广西师范大学出版社2002年版，第81页。

佩特对文艺复兴艺术的复杂性以及文化的内在连续性的分析有两条线索，而贯穿古典、中世纪和文艺复兴的形式因素是他的着眼点。他在“温克尔曼”一文中写道：“艺术史同任何历史一样，被严格、绝对地划分着。异教的和基督教的艺术有时被严格地对立起来，文艺复兴被表述为一个发生于特定时期的思潮。然而这只是表面的情形，居于深层的却是欧洲文化的连贯性。事实上，中世纪与文艺复兴这两个时代相继发生，有一种观点认为，文艺复兴是中世纪的不断努力的结果，它随时随地都在发生。当实实在在的古代艺术遗迹被带入世界之时，在基督教禁欲主义的观点看来，它就像一个敞开着的陷阱。整个世界为自然和感性的生活所感染。现在，人们看到，中世纪精神也同样为古代艺术的新机遇做了一些事。中世纪精神通过将艺术逐向衰落的境地，通过将趣味从艺术中剥离，通过对艺术传统发展线索的保留，使得人类心灵遁入休眠，一旦时机来临，人们的眼睛将重新睁大，那些古代的完美艺术形式会重现活力。”① 如此，不但文艺复兴对古典的热情并不突兀，反而某种程度上此种复兴还有着合理的逻辑。这是佩特所谓文化内在的连续性的更显见的方面；而文化内在的连续性其不太显见的方面就是基督教艺术和文艺复兴艺术中的神圣精神要素。这一点他也有论及，我们在前面已经看到。但值得注意的是，正如唯美主义的神圣价值立场的暧昧模糊，佩特自己对此也并不特别强调，虽然他所研究的文艺复兴艺术的神圣性其实相当明显而且极其必然。

尽管如此，佩特对文艺复兴艺术双重性的研究对我们勘察唯美主义自身的价值意向是有直接启示的，它至少让我们看到唯美主义艺术与文艺复兴艺术在价值意向上的相似性，即唯美主义不仅有显明的形式主义、感觉主义的现代性美学特质，还有不太显

---

① ［英］佩特：《文艺复兴：艺术与诗的研究》，张岩冰译，广西师范大学出版社 2002 年版，第 260 页。

明的神圣价值意向。事实上，正是这种二重性规定了唯美主义独特的精神品格，也正是其神圣价值之维使其与审美现代性和文化现代性保持了一种暧昧的距离。当然，将唯美主义艺术与文艺复兴艺术等同起来是不合适的，其显著的不同就是在前者那里神圣立场是一种更加隐晦含蓄的存在。

其实，“拉斐尔前派”这个称谓本身就反映了早期唯美主义者试图回到拉斐尔之前时代文艺复兴艺术的意愿。拉斐尔前派突破学院派传统的艺术创新[①]一开始是一种纯粹艺术方面的兴趣，这种兴趣一方面表现为对中世纪绘画的崇拜，比如，科林斯（Charles Allston Collins，1828－1873）的《尼庵沉思》（Convent Thoughts，1850－1851）[②] 就被认为是为中世纪宗教情绪招魂的典型之作；另一方面，如罗斯金（John Ruskin，1819－1900）为拉斐尔前派辩护时所言：“据我推测，这些拉斐尔前派画家并不拒绝在他的艺术中利用现代知识、现代技法的长处。”[③] 显然，在早期唯美主义那里，神圣与世俗价值意向是并存的。或许可以这么说，唯美主义艺术与文艺复兴艺术一样被西方历史置于两希文化的冲突之中，其精神意向的范围被此冲突所划定，尽管不同个人的选择各有偏向，但都在此范围内。[④] 在前期拉斐尔前派的艺术中，不仅有直接宣传基督教精神的作品，例如亨特（William Holman Hunt，1827－1910）那些直接来自于圣经文本的作品；还有对中世纪神性情调的无尽缅怀之作，比如罗赛蒂（Dante Gabriel Rossetti，1828－

① 比如，对文艺复兴早期艺术丹培拉绘画即蛋彩画（tempera）的复兴就是一种技术上的兴趣。参见［英］阿伯·斯派格《英国丹培拉绘画的复兴——拉斐尔前派及其与美国的联系》，淳如译，《世界美术》2000 年第 1 期。

② 参见澜工《唯美主义大师图典》，陕西师范大学出版社 2003 年版，第 137 页。

③ 朱伯雄：《玫瑰与十字架的象征》，上海书店出版社 2005 年版，第 8 页。

④ 《浪漫主义的援救》一书的作者在分析佩特（Pater）和罗斯金（Ruskin）对浪漫主义的不同态度时就指出：佩特不同于罗斯金之处在于，佩特关注浪漫主义中超验与现代性的共在，而罗斯金是现代性的更彻底的反对者。See Kenneth Daley, *The Rescue of Romanticism*, Athens: Ohio University Press, 2001, pp. 1－16.

1882）那些取材于但丁诗作以表现中世纪情意的作品。

让我们看看罗塞蒂的绘画作品《美丽的贝雅特丽齐》（The Beautiful Beatrice，1862－1870）①，这幅作品与但丁的诗作有着最深刻的精神一致。画面上一只红色羽毛的鸽子，嘴里衔一支白色罂粟花。这是故意的色彩颠倒，是中世纪艺术常用的象征，似乎要表现生与死的倒转；画面上濒死的贝雅特丽齐显得安然而沉醉，似乎想表现死之于精神永生那种难以堪破的关联。画家在这里把死的悲哀与永生的迷醉、死的苦难与女子精神之爱的热烈交织成寓意神圣精神的十字形构图，激发观者无尽的精神渴求。画的色彩也很特别，主调单纯干净，绿与红，形成强烈的对比和补充，这同样是一种启示性的色彩配置。关于此画，罗赛蒂这样解释："她以突然死去进入天国的贝娅特丽奇的形象坐在俯视全城的天国阳台上发愣来体现。你们记得但丁是怎么描述她死后全城的凄切情景吗？所以我要把城市作为背景，并加上两个彼此投着敌意目光的但丁和爱神的形象。当那只传播死讯的鸟把那枝罂粟花投入贝娅特丽奇的手中时，这有多么的不幸！她，从她那对深锁的眼眉间看出，她已意识到有一个新世界，正如在《新生》篇末尾中写道：幸福的贝娅特丽奇，从此她将永远可以凝视着他的脸了。"② 女子那种扑朔迷离的表情暗示那个新世界是一个无比光辉的永恒世界，而那个新世界却只能暗示出来，罗塞蒂就这样以现代的技法诗意地表现着对精神之爱的无限想象。这种刻意的中世纪情调，与其后期创作的神情抑郁的肉感美人判然有别。

而罗斯金在下面这段文字中就详述了那些他年轻时有过并反复出现的纯粹神秘的经验，这种经验虽不可言状却深刻于心：

---

① 参见澜工《唯美主义大师图典》，陕西师范大学出版社 2003 年版，第 225 页。

② 朱伯雄：《玫瑰与十字架的象征》，上海书店出版社 2005 年版，第 39—40 页。

> ……当我有好些时候未到山里去，又再次来到某山溪的岸边，看着那褐色的溪水在鹅卵石间蜿蜒流动时，或者当我首次看到远处的大地在夕阳下伸展而去时，或者首次看到复盖着苔藓的断埂颓壁时，每逢这种时候，我便会感到对神的喜悦和恐惧，乃至从头至脚地颤抖。我一点也不能描述这种感觉……在我看来，对自然的喜悦似乎来自一种心灵的饥饿，这种饥饿由于有某个伟大的、神圣的精神的莅临而得到满足……①

罗斯金对神圣精神的觉知起自与自然的独处，归于对孤独精神的渴望。与自然的独处是对自然的知觉的前提，在稍后的论述中我们将会看到，对自然的觉知是现代性的一种指向。由此，可以见出罗斯金所体悟的神圣中现代与古老精神的微妙结合，虽然比较而言他更是一位现代性的反对者。

二　未完成性：认同与拒绝

佩特在《文艺复兴》中还谈到了另一个重要的概念——文艺复兴艺术中的“未完成性”。在分析米开朗琪罗的艺术风格时，佩特首先敏感到米开朗琪罗不同于希腊人的精神个性：“当米开朗琪罗携其被中世纪的沉思精神化、并为内在和内省的精神所贯穿的天才出现时，他并不像希腊人那样只是生活在外在世界里，而是过着一种充满私化经验、伤痛和宽慰的生活，因此，这样一种大量牺牲内在的、看不见的东西的体系，是不能令他满意的。尽管他是一个希腊雕塑的热爱者和学生，但那些没有将内在世界外在化，那些不关注个性化表述、个性化性格和感情，不关心特

---

① ［英］罗斯金：《现代画家》，转引自［德］鲁道夫·奥托《论“神圣”》，成穷、周邦宪译，四川人民出版社 1995 年版，第 257 页。

殊历史时期的特殊心灵的作品，对他来说，是不值得创作的。”①佩特在此极准确地把握到文艺复兴的内在精神脉动。经过中世纪的文艺复兴人自觉到内在的超越性精神，他们回顾古典艺术，惊异于其形式无可比拟的完美，希望能与之比肩，但又割舍不下无限精神的自由。文艺复兴艺术的未完成性正是源于这种自由，尽管它与中世纪艺术执着于精神的未完成性已经有所不同。与文艺复兴对形式的狂热不同，中世纪艺术对形式之无力表现神圣采取了消极的方式。然而，对文艺复兴的热情而言，精神自由所具有的无限性如果要求外在形式的话，那只可能是一种困难的尝试，一种更具动感的未完成样式。因为依据舍斯托夫，或者奥托，面对神圣精神的非理性自由维度，非自由的理性形式都必然无能为力。②

对此，别尔嘉耶夫从宗教历史哲学角度对古典艺术、中世纪艺术和文艺复兴艺术所做的比较值得借鉴：古典艺术因为希腊人文主义而具有卓越的分寸感，它没有放纵精神使其超越于形式，因而在完美形式方面古典艺术已经登峰造极。“基督教建立了一种文化类型、创作类型，其中一切成就都是象征的。例如，基督教世界的艺术其实不是古典的，而是象征的；象征的成就永远不是完美的，从来没有鲜明性，因为象征的成就需要这样一种形式，它是某种完美的东西在尘世成就范围以外存在的符号。……无法达到形式的完美，这在文艺复兴的中心时期——15 世纪显然感觉得到。这一伟大的探索时期的特点是形式不完美。……整个基督教文化库藏都是如此。如果拿哥特式建筑和古典建筑的区别

① ［英］佩特：《文艺复兴：艺术与诗的研究》，张岩冰译，广西师范大学出版社 2002 年版，第 96 页。

② 鲁道夫·奥托在《论“神圣”》中独到而细致地分析了神圣观念中的非理性因素及其与理性因素的关系，也论及理性形式之于无限精神不同程度的遮蔽。他的研究可以说代表了基督教神学思想发展的前沿。参见［德］鲁道夫·奥托《论“神圣”》，成穷、周邦宪译，四川人民出版社 1995 年版。

来说，这就特别清楚。古代建筑在此世极臻完美，如万神殿圆顶。哥特式建筑其实都不完美，也不追求形式的完美。……这种文化所标志的是开始永恒地探索，忧愁和苦闷，向上伸入天穹，并且仅象征地描绘这一界限以外可能有的东西。”① 古希腊艺术因其纯粹现世主义的理性原则而拥有“有限而完美的形式”；中世纪犹太原则因对“无限的神圣精神”的渴望而对尘世的完美形式不屑一顾，因此，中世纪的艺术因形式的匮乏而呈现未完成性的样态。文艺复兴艺术的未完成性在某种意义上说是中世纪艺术的回光返照，但因其中希腊原则的强化，形式与精神的对抗更趋激烈，这种未完成性的意味也更加深长。其实换个角度也可以说，相对于希腊艺术形式与内容的完美统一，基督教艺术和文艺复兴艺术在形式与内容的关系上都表现出某种分裂与失衡。

有意思的是，前期拉斐尔前派的支持者和理论家罗斯金也曾撰文分析中世纪哥特式建筑的特征。他认为，哥特式精神因素的特征有六点，按其重要程度的顺序排列如下：野蛮的特征、多变的特征、自然的特征、怪异的特征、刻板的特征和烦琐的特征。据他分析，只有精神自由才允许野蛮和多变，而野蛮和多变在作品中就经常呈现为艺术形式的未完成性状：精神上的无拘无束使他们能够平和平等地接受才智不同的人的劳动，接受包含缺陷的未完成部分，并且表现出对变化的超常喜好。罗斯金进而认为，哥特式精神之所以伟大就是由于奇异的不平静精神，这种精神使人们从来没有达到所想象的完整性，甚至想象本身也不能完成，也不可能停留在已达到的水平。这里除了对未完成性做了一种说明外，也指出艺术形式如果要求改进，其改进的动力也源自这种奇异的不平静精神。前期拉斐尔前派对中世纪的迷恋和借鉴，可以说在这两方面都有收益——精神的无限上升和形式的不断创

① ［俄］别尔嘉耶夫：《历史的意义》，张雅平译，学林出版社2002年版，第108页。

新。正是无限精神那连绵持续的梦幻遐想激励着艺术形式的改进与创新①。

按照佩特的分析，米开朗琪罗的艺术在形式的完美方面已经是成功的了，但他的艺术同时还以其未完成性令当时和后来的人们既感觉困惑又深受震撼。这种未完成性正是神圣在其作品中的印记："米开朗琪罗通过让几乎所有他的作品保持一种奇特的未完成状态获得这一结果，它与其说表现，不如说暗示了某一形貌。……很多人曾经对那种未完成性感到惊奇，尽管他们怀疑米开朗琪罗自己喜欢这样做且并不想改变，但他们同时也感到，如果这种未完成的形式曾经完全从石头中浮现过，在这儿是粗粗雕就，在那儿却是精工细做的话，他们同样也会感觉失去了什么。噢！那种未完成性，正是米开朗琪罗给雕塑施以色彩的方法，这是他用以减轻纯粹的形式性，削弱僵硬的现实主义倾向，给作品以呼吸、脉搏、生命的印迹的方法。……用这种方式，他将极大的热情和激情与对柔顺、灵活的生活的感觉结合在一起了：他不仅仅表现生命力，而且是极有力度地表现了它。"② 那种让人困惑的未完成性，正如佩特所言，是内在精神"非表现"的表现形式。这种艺术因其对神性、对天穹的开放而有了绝难消除的未完成性。内在精神永恒的上升性贯通了米开朗琪罗的生命，并塑造了他独具一格的艺术个性，使其作品不仅形式几近完美，而且含义深奥，接近心灵底蕴。当然，与希腊雕塑相比，他的形式的完美还是略逊一筹，因为他以未完成性"减轻纯粹的形式性"，以未完成性暗示神性。

事实上，正如上面引文所言，米开朗琪罗作品的未完成性在他自己的时代就已经引起了人们的注意和思考，因为在他的所有

① See John Ruskin, *The Stones of Venice* , Vol. Ⅱ: "The Sea Stories", London: Da Capo Press, 2003.

② ［英］佩特：《文艺复兴：艺术与诗的研究》，张岩冰译，广西师范大学出版社 2002 年版，第 99 页。

作品中，未完成就搁置的作品远多于已完成的作品。当然，值得深思的是这种未完成状态的性质，是否真如罗斯金和佩特所分析的那样，是神圣精神的标志？米开朗琪罗有一部分未完成的作品，其未达完成明显是因为外在原因所致：或者大理石不能用，或者由于新的订货妨碍了制作，或者在制作过程中表现观念的意图改变了，却又不能返工，等等。诸如此类问题导致的未完成并不是不能完成——如果提供优良的材料，如果有充裕的时间，如果可以在新材料上重新着手，它们是能够完成的。但是，米开朗琪罗另外一些未完成的作品其未完成性是很难归于外在原因的，这些作品虽未完成却总使人感到不安，甚至有着令人生畏的意味。它们可能根本就不能完成，因为我们在那里能感觉到一位具有最卓越的表现力的昔日的艺术大师活跃在一个造型的领域中，在这一领域，就像在无限的东西之前的有限的东西那样，完成——这意味着一个界限与削弱。升腾的精神之美也许只能求助于保留形式的未完成？实际上，米开朗琪罗在关于艺术的可能性和限度的想法上，直接受到了普罗提诺的思想影响。他所在的这个时期，正是美术从观念形象转向模仿自然，从中世纪精神性转向古希腊现世性的时期。理想性与现实性，对他而言两者都不能放下。比如，石块是“维持秩序的原则”，亦即决定形体的法则。这个决定形体的法则就是艺术家应该遵守的自然理性的一方面，它牵制着艺术家的想象。而表现为想象的艺术家的不平静精神使形式的“力有不逮”显现出来，进而使物（石块）自身此在的神性存在也显露出来。也就是说，因为不能达至完成的精神性，古代美术的自律性在那里是缺少的①。在不自由的自然性亦即现世性和无限的自由精神的撕扯较量之间，作品的未完成也许就是一种完成——它已经表现出人的实存状况。这其实也是包括唯美

① 对米开朗琪罗作品的未完成性问题更详尽细致的辨析，还可参见［德］艾因姆《米开朗琪罗的未完成和不能完成的作品》，任容译，《美术译丛》1985 年第 2 期。

主义艺术在内的广义的文艺复兴艺术的境况。与哥特式的未完成性相比，这种未完成带有更强烈的人性分裂的痕迹——它受困于两种原则。而在文艺复兴时期人们对米开朗琪罗的未完成作品是欣然接受的，他们离神圣还那么近。

对古希腊艺术、中世纪艺术和文艺复兴艺术的区分容易让人联想到黑格尔对象征型艺术、古典型艺术与浪漫型艺术所做的区分，因此，对比两者将有助于我们对文艺复兴艺术和唯美主义艺术的理解。黑格尔用“实体就是主体”的命题把“绝对精神”确立为自己哲学体系的主题，此绝对精神就是斯宾诺莎的实体与费希特的自我意识的统一。实体的精神性或观念性使之成为主体，主体的客观性或存在性使之成为实体，因此绝对精神是自在自为的。先在的绝对精神的运动构成了辩证发展过程的环节和阶段，它自我外化于自然界、社会和个人意识，赋予那些逻辑环节和阶段以新的内容和本质，最终丰富了自身，成全了自身。艺术哲学就是绝对精神在人类精神领域的辩证运动的一个环节①。这一哲学体系之下的艺术理论自然是理性主义性质的艺术理论，与非理性精神无涉。舍斯托夫在《雅典与耶路撒冷》中激烈抨击了黑格尔哲学。他认为，黑格尔哲学不过是为必然性真理辩护的理性主义哲学，黑格尔对信仰不抱任何希望——他的全部希望都与科学和知识有关。黑格尔也论及上帝，但他的上帝不是舍斯托夫，或以数学和科学扬名的帕斯卡尔等所要的亚伯拉罕、以撒和雅各的上帝，而是他们拒绝了的哲学家和学者的上帝，是逻辑的上帝，是绝对精神。② 因此，本书论述的艺术中的神圣精神与艺术形式的关系，与黑格尔的作为绝对精神的自我运动的一个环节的艺术哲学基本不相干。不过，讨论古典艺术、中世纪艺术和文

① 参见赵敦华《西方哲学简史》，北京大学出版社 2001 年版，第 294—316 页。

② ［美］道格拉斯·格鲁秀斯：《帕斯卡尔》，江绪林译，中华书局 2003 年版，第 18—19 页。

艺复兴艺术所用的这种二元论形式与黑格尔的辩证逻辑有些相似，因而黑格尔对艺术类型的分析是可以借鉴的，但要将其理性内容（美是理念的感性显现）换成本书讨论的理性形式与非理性的神圣精神。

无论如何，文艺复兴艺术即使在一定的程度上突破了中世纪象征艺术在形式上无法完美的困境，仍然不能获得古希腊艺术无与伦比的完美形式。经过中世纪的人已不再能精神自足地生活在一个封闭的世界，他的内在精神与神圣生活相连，指向那个永在而遥远的天国。当然，无论佩特还是罗斯金，对文艺复兴的研究都是为了他们当下“英国的文艺复兴”，他们着力倡导艺术形式创新进步，却又敏锐地看到了艺术形式的限度，并且认同这种未完成性。但唯美主义时期的文艺消费大众却不是文艺复兴初期的人，对未完成性，他们缺乏天然的心领神会。

广义的文艺复兴艺术包括唯美主义艺术，但正如神圣立场在唯美主义中完全是以不同于文艺复兴的样式表现出的刻意，或者说以变形的含混样式存在着，因而不同于文艺复兴艺术，唯美主义文艺体现的未完成性也就有别于文艺复兴艺术的未完成性。比如，王尔德在谈到装饰艺术的形式时说：“在这里，我不打算详论哥特式大教堂里肯定有使你们愉快的东西。……希腊的装饰艺术使雕塑家们学会把握图案设计中的克制本领，那是巴台农神庙的光辉所在。意大利的装饰艺术则使油画保持了华美的色彩，那是威尼斯画派的秘密。”① 王尔德要求唯美主义艺术家从希腊学会对图案设计的克制。当然，如果所要表现的精神内容在形式能够把握的范围，那自然需要考虑对形式设计的克制。问题是，基督教之后的唯美主义艺术要表现的人的精神本身可能就是不能定型的，面对此种精神，也就谈不上形式上的克制，而需要关注形

① ［英］王尔德：《王尔德全集》（评论随笔卷），赵武平主编，杨东霞、杨烈等译，中国文学出版社2000年版，第28—29页。

式的无能为力，以至借助更具抽象意味的色彩，不过正是这种知难而进，而不是像中世纪艺术那样借助迂回的象征方式，促成了文艺复兴以及唯美主义艺术不同于基督教艺术的璀璨。当然，也许王尔德想以对形式的克制提醒形式的有限?

说到色彩，众所周知，颜色和光既是基督教美学的主要概念又是基督教艺术的主要要素，因为光和颜色意蕴的模糊和含蓄与神的难以描摹天然相通。哥特式教堂如夏特尔教堂的玫瑰窗对色彩是有选择的：以蓝色和红色为主色，蓝色是基督统治的天堂的颜色，红色象征着基督的鲜血。这两种颜色在日光中交融成紫色，高贵、神秘、忧郁的紫色成为夏特尔教堂的主调。这种选择突出的是色彩本身，它暗示形式不能勾勒的神性。文艺复兴时期的威尼斯画派自然也要选择色彩，但他们更要给色彩外加一个形式，这里色彩已经不是艺术的主题了，一如神圣性受到理性的规整。具体说来，威尼斯画派实际上将色彩变成了表现手段本身。在巴恩斯（Barnes）的《绘画艺术》（*The Art in Painting*）一书中，他对威尼斯绘画形式的小结就说明了这点："威尼斯形式的主要特点表现在色彩的运用上，它首先反映在结构上，其次反映在与光线的结合，从而创造出一种弥漫的环境气氛和辉煌的光彩。这样一种引起美感的，始终是丰富的色彩，以及它帮助造型形式中各种因素结合在一起的作用，是文艺复兴时期绘画方面取得的最高成就。威尼斯画家们培育了色彩，并运用色彩成功地表达整个光线，素描、空间、构图、运动以及节奏……"① 在威尼斯绘画中，色彩不仅是表现的内容，更是表现方式本身，而且从艺术发展的角度，色彩的表现功能就是一种成就。也因此，威尼斯画派有着更多真实的自然以及人性的情感流露，也更具有世俗格调，虽然因处身文艺复兴而不能不保有对神圣的跟随。在此，

① 参见［美］巴恩斯《威尼斯绘画的传统》，欧阳英译，《美术译丛》1982 年第 1 期。

尤需注意的是王尔德的态度，他显然是认同这种艺术形式的发展的，这反映了他所代表的唯美主义对未完成性的深层原因的忽视，也说明，与文艺复兴艺术相对正统纯粹的神圣价值相较，唯美主义的神圣价值意向是一种更模糊的意向。

比如，拉斐尔前派的爱德华·伯恩－琼斯（Edward Burne－Jones，1833－1898）的画作《“爱”引领朝圣者》（Love Leading the Pilgrim，1896－1897）。画家费时近二十年才完成这幅作品，甚至可以说是勉强完成的。画的背景是群山起伏的开阔旷野，在那里，天使引领着信徒走出荆棘丛生的精神困境。漫长困难的创作过程体现了画家对追求精神景象完美的偏执——精神无法结束于完美的景象。他无数次修改细节，以至于有一次他也倦了，说不再想改下去了，而要提一大桶苯水，把它冲个干干净净。拉斐尔前派的另一位艺术家莫里斯劝告他：“延长我们所剩时日的最好办法，老伙计，就是结束还没完成的旧东西。”[①] 显然，伯恩－琼斯体会到了米开朗琪罗的困惑，但他还是试图完成它；而莫里斯表现得就是一个更具世俗行动力的人了。在此，他们注意到了这种未完成性，但并不完全接受它。他们还没有彻底领会到艺术创作中精神与形式之间的动态作用严格说来是不可能绝对平衡和停止的，这是致使作品不能完成的终极原因。然而，表现无限精神几乎是所有基督教以后杰出艺术的永恒追求，也是一个永久难题，而其魅力就在于可感的有限形式与难以传达的无限精神内容之间的张力性互动。而且，我们在后面还将看到，就算唯美主义中极具现代个性的惠斯勒，他那些杰作也因被指控为未完成的作品而遭到人们的拒绝。最感人的是王尔德等人的生存样式，那本身就是未完成的艺术生命之生动淋漓的展示。

显然，对未完成性的考察并不是要贬抑文艺复兴和唯美主义

① 参见澜工《唯美主义大师图典》，陕西师范大学出版社2003年版，第131页。

艺术。唯美主义者们看到文艺复兴艺术发生的必然和它超越于古典艺术和中世纪艺术的特质——那种形式和内容的融合冲突赋予艺术内部灵动飞扬的神韵。别尔嘉耶夫也看到了："文艺复兴必定遭到内部的失败。……对于基督教世界来说，必然探索完美的形式并且面向古代的形式，但同时也必然对这些形式在此世见诸实现大失所望。……文艺复兴的失败，或许也就是文艺复兴最伟大的成就，因为在这种失败中实现了最伟大的创作美。在15世纪的二重化形象中，对基督教历史时期的人的命运已达到深刻的认识，就人的创造力在什么范围内可能得到发挥，提供了伟大的经验。在基督显示以后，在救赎实行以后，已经不可能在古代的内在完美的形式方面有所创造。……实际上，文艺复兴时代的整个创造性文化跟希腊文化繁荣时期的那种人类历史上永远不可超越的创造性文化相比要不完美得多，与此同时，跟较为简单较为完整的希腊文化相比在探索方面要丰富得多、复杂得多。"① 与古典艺术相比，文艺复兴以及唯美主义艺术的魅力更丰富也更难以言表——所谓文艺复兴的失败仅只是达到古典完美形式的不可能，但它本身却是艺术的进步。

三　未完成性与"圣性"

文艺复兴和唯美主义艺术中"神圣与世俗"的对抗某种程度上与某些后现代主义思想家对现代性的反击相似，例如，法国的巴塔耶在他的主要著作中也反复论及"连续性"和"不能完成性"这样的问题②。

---

① ［俄］别尔嘉耶夫：《历史的意义》，张雅平译，学林出版社2002年版，第109—110页。

② 参见［日］汤浅博雄《巴塔耶：消尽》，赵汉英译，河北教育出版社2001年版；Georges Bataille, *The Accursed Share: An Essay on General Economy*, Volume Ⅰ: "Consumption", Translation of: La part maudite, New York: Zone Books, 1988；［法］乔治·巴塔耶《色情史》，刘晖译，商务印书馆2003年版。

从巴塔耶的相关文本看，连续性和未完成性与他所谓的“圣性”所体现的非理性密切相关。在他的思考中，人类通过形成和遵守禁忌否定自身的自然性（动物性），又通过对禁忌的违反重新接近被他否定的自然性。不过，此种接近只能是接近而已，远离自然性的人永不能回复他原初的自然性。另一方面，这种接近虽然带着人性的文化印记，也同样能在否定人性亦即理性化的世俗世界的那一瞬间，回到他在内心深处根本上不愿舍弃、体现着或者说顽强召唤着原初自然性的“圣性”部分。“圣性”这个概念是巴塔耶思想的核心概念之一，它很大程度上就是对人的非理性即动物性的强调。此种非理性因为与人类世俗化过程中的禁忌相对立而带有一种敞开的无限性，因此，“圣性”与我们讨论的“神圣”大体一致。而且据巴塔耶分析，原始宗教就起源于人对圣性的牵挂。

巴塔耶通过对理性与科学的质疑肯定了体现着“圣性”的未完成性。据他看来，理性、科学要求一种完成，一个目的，但这只是文化的一种狂妄。在人的实存之中，在实存的深处，有理性、文化不能深入的晦暗之域，比如色情领域，这样的领域始终迷离模糊，而这样的领域正是唯美主义者们流连忘返的领域。拒绝明晰也就拒绝了目的与完成。因此，巴塔耶所谓的未完成状态就是不能完成的状态，之所以不能完成，是因为那是一个人类理性无法穿透的变动不居的领域，是一种真正黑暗茫然的力动性，它只是永不停息地满足自我随时改变着的充满不确定性的力之冲动，是人化之人的理性谋划所不能规整约束的混沌连续之流。也就是说，未完成性在此就是“圣性”的体现，是非理性的无尽开放之域。这样，巴塔耶以他的方式更深刻地揭示了“不能完成”的绝对性根源——实存的无限与形式的有限。而我们分析的中世纪和广义的文艺复兴艺术的未完成性，其实质可以说与此相近，只不过我们是借助对理性与非理性、无限精神与有限形式之间的冲突融合的分析来感觉文化的宿命性无力的。当然，此中包含差异：巴塔耶理论中的圣性，某种程度而论，就像他自己所说，是被世俗文化长久浸染之后的神性，是一种好似内在于实存的人的神性，或者说是世俗的人转向内在生活时所体悟的神性；而我们之前所论神圣，沿袭的是中世纪基督教所谓神圣，比较而言，确实更具外在和超越的属性。不过，在后面的讨论中我们将会看到，从上帝到唯美到市场，绝对者自身又遵循一条从外在超越到入世内在的轨迹。就此而论，圣性与神圣确实并无根本不同。

而巴塔耶所谓的“连续性”，是一种换个说法的“圣性”，它与未完成性在非理性向度上是内在一致、必然相关的：因为连续，才无法完成。连续意指没有中断也没有尽头，完成只是人为强制。人类脱离自然的人性世界是一个理性可以分断也必须由理性来划分谋划的俗事物世界，此种分断就是对原初自然所呈现的连续性的强行中断。今天的人类已经如此习惯于世俗化的生存，致使自然的连续性领域被深深地遗忘。人类只有在体验着“圣性”的那一刻，也就是由于贯穿永远的不确定性而无法完结的瞬间，深深的连续性的“内在的生”才能显露出来。依据巴塔耶这种对连续性的理解，也许文化自身也有其被遮蔽的、连续性的“内在的生”之原初样态？文化史的划分毕竟有赖于人的理性之力，有限、有形的理性样式对连续性的分断大概也会显露出一种无力的亵渎意味吧？因此，与理性的分断相对立的连续性使得任何对它的探讨都必然会充满无法深入推敲的悖论，是变相的对神圣的侵犯。因此，就文化内在的连续性而言，与作品的未完成性一样，对这种连续性本身的审视就是对神圣性的追问。而且西方文化内在的连续性如我们前面所分析，自身就包含神圣性这一线索。在现代这条线索虽然变得更隐匿了，但并未彻底中断，巴塔耶对非理性的探究，很大程度上就是这一线索的延续。

所以，现代性的发轫之初就同时保留着对抗现代性的要素。借用巴塔耶的观念和术语，这些要素是文化绝对不能对其进行整合的，也不应期望文化来彻底整合它们。不过，由文化哺育的人性对人的整体性的图谋大抵能够在对这种“圣性”的反复和无限接近中有所收获。

第三节　形式与内容关联中的价值意向

在唯美主义中，形式与内容、世俗与神圣的矛盾演变为既强调纯粹形式又强调强烈感觉的矛盾性并重。正是从形式与内容的分化以及它们各自对此的不同态度中，可以见出唯美主义艺术与文艺复兴艺术价值意向两重性各自的侧重，这些变化又是西方近代理性分化的文化现代性症候之一。

按照别尔嘉耶夫的看法，“文艺复兴时代重新发现了自然的人①，而基督教从它降世时起，则发现了精神的人……中世纪的基督教约束自然的人……使人弃绝自身的自然和周围世界的自然。文艺复兴无非是人面向自然并且面向古代。……它把人从精神的人转向自然的人。……这种精神同古代精神不相仿佛，但以新的方式面向古代艺术、古代知识、古代国家，面向古代生活的一切形式。在文艺复兴中，基督教生活的新的精神内容，即对今世已经不能满足而对超验的彼世苦苦思念的人的灵魂，在整个中世纪愈益同永恒生生不息的古代形式发生冲突。……不能满足于自然生活形式和文化生活形式。意识的这种从中世纪的经验承袭下来的二重性，以及上帝和魔鬼、天堂和尘世、精神和肉体等一切二重化，给文艺复兴打下了烙印。其中，基督教的断绝一切界限的超验意识同古代自然主义的内在意识结合在一起。整个文艺复兴一刻也未能完整，它不可能是对异教的回归”。②

---

① 有关文艺复兴时期人的发现、个体的发现这一论题，布克哈特在《意大利文艺复兴时期的文化》中也有详尽论述。参见［瑞士］雅格布·布克哈特《意大利文艺复兴时期的文化》，何新译，商务印书馆1979年版，第311—391页。

② ［俄］别尔嘉耶夫：《历史的意义》，张雅平译，学林出版社2002年版，第105—107页。

意识的这种“二重性”乃是文艺复兴艺术内容与形式不可克服的矛盾的内在原因。也就是说，形式和内容的矛盾大体可以看成古典形式与内在精神内容，希腊原则和犹太—基督教原则，也就是舍斯托夫所谓“雅典与耶路撒冷”之间的冲突的外在表现。在这种二重性中，自觉的方面是异教原则，直到近代结束它才比较彻底地清算了基督教精神。而清算基督教精神的过程，也是异教原则（即希腊原则）不断发展演化的过程（此问题就是后面将要讨论的文艺复兴的现代性倾向及其演进）。然而另一方面，异教原则与基督教原则又相互渗透吸纳，这种融合就使文艺复兴的艺术表现出形式与内容、神圣与世俗的关联性，其呈现形态也比单纯希腊原则或单纯基督教原则主导的艺术更加复杂丰富。

在唯美主义文艺理论中，纯粹形式和强烈感觉也可大致分别对应为异教原则和基督教原则。因为，纯粹形式虽然因其“纯粹”而可能接近超验，但在佩特、在唯美主义，它主要指现世的完美形式，一种理性的规整力量；强烈感觉在唯美主义这里虽然更多强调的是摆脱禁欲主义后，通过物质感觉到的心灵感觉，但它与基督教禁欲主义摒弃物质的心灵感觉一样，都指向精神自由。这种强烈感觉当然是非理性的，而按照舍斯托夫的理解，神的自由、神圣的精神内容其性质就是非理性的。

在王尔德等唯美主义者那里，纯粹形式自身的二重性更多是一种世俗旨趣。很多时候对形式的强调留驻于形式本身，这就是一种现世情结；也有时他们似乎又赋予形式的纯粹性一种超越的品格。这种路径对神圣的接近不同于帕斯卡尔，[①] 而近似于中世纪经院哲学对神圣的证明，都倚重理性本身。据舍斯托夫分析，以这种方式求取神性无疑是缘木求鱼。不过他们的主观意图都多

---

① 帕斯卡尔在理性的极限处（无穷大与无穷小）看出超越理性的非理性无限和不确定，看出神性。这是理性主义时代理性精神本身对理性神学强有力的怀疑。参见［法］帕斯卡尔《思想录》，何兆武译，商务印书馆 1987 年版，第 161 页。

少保留着对神圣的信心。也就是说，从对纯粹形式的追求方面来看，尽管唯美主义身不由己的方向是现世关切，其价值意向还是在神圣与世俗之间摇摆，也因此使纯粹形式本身不能纯粹。

王尔德在一处对绘画形式和技巧的分析中说："在荷兰油画中，在乔尔乔涅和提香的作品中，它从不依靠主题本身的诗意，只是一种形式和技巧的选择，它本身就是十分令人满意的，并且（如希腊人常说的那样）本身便是目的。"① 不错，这种形式是真正的希腊精神，是理性谋划，在绘画中，它使主题倒显得无关紧要了。王尔德因此顺理成章地做了一个唯美主义意图上的延伸——形式本身就是目的。在《面具的真理》一文中王尔德又讨论了作为形式的面具与真理、与历史相关的美感价值，乍看起来这与他对纯粹形式的强调好似矛盾，因为纯粹形式，当然有别于真理与历史，不过如果按照我们对唯美主义所谓形式的定位，形式是一种理性能力，而无论真理还是历史，都不能去除理性，所以，这里所涉及的仍然是形式的世俗属性。只是真理与历史，尤其是历史，本身也是内容。这种相互关联的存在形态也必然使形式无法纯粹。值得注意的是他这篇文章的最后一句话"形而上学的真理就是假面的真理"。② 可以认为是对这种关联形态的又一说明。在上面提到的谈论绘画形式与技巧的文章的另一处，他还说道："对我们来说，热爱美的事物是具有知识和聪明的前提。然而，有时知识带来了悲哀，聪明成了负担：因为就像每个人的身体都有其影子一样，每个人灵魂中都有怀疑主义。在这动荡和纷乱的时代，在这纷争和绝望的可怕时刻，只有美的无忧的殿堂，可以使人忘却，使人欢乐。我们不去往美的殿堂还能去往何方呢？只能到一部古代意大利异教经典称作 Cilla Divina（圣城）

---

① ［英］王尔德：《王尔德全集》（评论随笔卷），杨东霞、杨烈等译，中国文学出版社 2000 年版，第 19 页。

② 同上书，第 486 页。

的地方去，在那里一个人至少可以暂时摆脱尘世的纷扰与恐怖，也可以暂时逃避世俗的选择。”① 怀疑主义根植于人类的理性精神，对理性独尊地位的确立使人的神圣信仰失去依据。美与知识、与聪明相伴，与理性同质，所以，美也仅仅只能比附为圣城。但是这里真正重要的是，美能够比附为圣城。也就是说，即使不考虑根本无法纯粹的形式与神圣的可能关联，一种主观的意愿也能够关联起形式与内容，贯通起神圣与世俗。

唯美主义对强烈感觉的强调也包含神圣与世俗的二维，不过这里的世俗不是理性的世俗，而是理性的低级阶段——感性的世俗，即对感官满足的留恋。实际上，唯美主义退回的感性本身，既是认识的起点也可能是欲望和情感的起点，② 在审美神学看来它还是非理性之神圣的起点③：如果他们滞留于感官满足，他们就采取了一种世俗性的堕落形态；如果他们从这种状态中升华，就为自己赢得了神圣的光华。因为，正如我们在讨论未完成性相

---

① ［英］王尔德：《王尔德全集》（评论随笔卷），杨东霞、杨烈等译，中国文学出版社2000年版，第27页。

② 康德在重新考察他在道德哲学上所提出的“自律”的观点时主张：“就一般心灵能力而言，只要把它们作为高层能力、即包含自律的能力来看待，那么，对于认识能力（对于自然的理论认识能力）来说，知性就是包含先天构成性原则的能力；对于愉快和不愉快的情感来说，判断力就是这种能力……对于欲求能力来说则是理性……”也就是说，知、情、意都被归结为“包含自律”的“高层能力”了。但我们看到，康德在分析认识能力时划分出的感性能力却不是包含自律的高层能力。感性能力不是自律的，它可能还是情感能力和欲望能力的起点。参见邓晓芒《审美判断力在康德哲学中的地位》，《文艺研究》2005年第5期。另外，维克多·维拉德－梅欧在讨论胡塞尔对范畴活动的分析时指出，“‘任何范畴性的事物最终都依赖于感性直观’，并且它们没有感性基础，其中根本没有思维。超验的判断也是以感性经验为基础的”。就是说，胡塞尔同康德一样，也同意感性能力的基础属性。参见［美］维克多·维拉德－梅欧《胡塞尔》，杨富斌译，中华书局2002年版，第47—48页。

③ 在《神学美学导论》的“从审美神学到神学美学”这节中，巴尔塔萨通过历史地区别审美神学与神学美学，强调了被路德－加尔文教的破坏圣像运动所抛弃的审美。在本节多处，他提及或暗示，美乃是世界的源始感官本质，甚至源始性爱本质。也就是说，感官美乃审美神学之始源，神圣之起点。参见［瑞士］巴尔塔萨《神学美学导论》，曹卫东、刁承俊译，生活·读书·新知三联书店2002年版，第99—134页。

关问题时所说，严格的启示的非理性主义与现世的非理性主义虽有不同，但它们又相接近。而且唯美主义强烈感觉的二重性主观上确实更多偏向于神圣。王尔德的《莎乐美》就是一出关于堕落、罪孽与神圣的悲剧，而他的整个生命历程更是从堕落到神圣的历练。他说：“‘在普通生活中鄙贱、琐屑得你不能使它显得高尚的事情’，是没有的，生活中没有艺术所不能使之神圣的事物。”① 借助艺术对无限精神的触探，感官感觉就能够接近神圣了。唯美主义也在此与滞留于感官的纯粹堕落分道扬镳。这里我们同样看到形式与内容、世俗与神圣的关联，因为，从纯粹的感官满足到精神的升华，除了求助于更强烈的感官感觉，还需要借助艺术表现，是艺术形式能够给予纯粹感官超越的神圣品格。

因此我们说唯美主义的纯粹形式和强烈感觉大致代表着世俗与神圣，代表着希腊原则和犹太原则。而神圣与世俗这两种精神对立与融合的不同关联方式又使唯美主义艺术与文艺复兴艺术有了不同，尽管按照别尔嘉耶夫，从两希原则这一视角，唯美主义艺术也在文艺复兴艺术这一较高级别的称谓之下。

佩特的《文艺复兴》一书中有两篇论文谈到形式与内容融合的问题，在对文艺复兴艺术的鉴赏中他看到形式与内容不能完美融合。在“乔尔乔内画派”一文中，佩特首先谈到不同艺术的审美特质，进而分析高级的艺术形式——音乐，并由此引出形式与内容的融合问题。也就是说，他从一般形式与内容完美融合的可能性着手，深入到形式对非理性内容的无力。但佩特并没有否定非理性的神圣内容，他否定的是某些非神圣的理性内容，这类理性内容可以被把握，可以与形式完美融合。

首先，通过对不同艺术的审美特质的辨析，佩特试图找到形式与内容完美融合的方法，这或许能在很大程度上获得成功，他

① ［英］王尔德：《王尔德全集》（评论随笔卷），杨东霞、杨烈等译，中国文学出版社 2000 年版，第 30 页。

指出："艺术中的美感因素几乎是最基本的艺术成分……与各种艺术的感性材料相应的是不同状态或特性的美，它们不能翻译成任何其他形式，种类的差异是稳定的。……不同种类的美，这同感官本身有着不同的作用相一致。因此，不同艺术有着自身的独特的、不可翻译的审美魅力，有着自身特殊的想象方式，对自身材料有特殊的处理方式。审美批评的作用之一是：确立这些界限；判断一个给定的艺术品在处理自身特殊材料方面所达到的水平……"①融合形式与内容显然是文艺复兴复苏古典理性的一种努力，如果留驻于古希腊封闭的内在生活，这种复兴就是可为的。然而文艺复兴面对的是包含无限精神的生活，形式与内容的完美结合就困难了。

佩特因而尝试诉诸某些特殊艺术类型以获取成功，例如音乐。这同样是试图凭借形式的有限努力去把握那些形式不能把握的内容。所以他得出的结论也含混不明。他说："所有这些艺术通常渴求符合音乐的原则；音乐是其中的典型，或者说是理想化的完满艺术，是所有艺术、所有艺术特质或部分艺术特质的巨大的'另一种努力'的目标。""音乐最完美地实现了这一艺术理想，实现了这一内容与形式的完美统一。在其最圆满的时刻，目的与方法、内容与形式、主题与表达方式之间不再有差别，他们的本质互相完全渗透融合……"② 所以，"不能对内容成分自身进行演绎的抒情诗，至少从艺术上讲是最高、最完整的诗歌形式，这完全是因为我们在其中最不能将内容与形式割裂。这类尽善尽美的诗歌的出现通常依赖于某种对主题的压抑和模糊化……"③这里佩特突出了艺术形式的魅力，尤其敏感到音乐对于无限精神的把握力，音乐的原则成了所有艺术的理想。但音乐

① ［英］佩特：《文艺复兴：艺术与诗的研究》，张岩冰译，广西师范大学出版社2002年版，第167页。

② 同上书，第171—174页。

③ 同上。

真的能够做到内容与形式的完美融合？佩特并没有深究。他转而去关注形式与内容的不可割裂的关联，形式的成就依赖于与之对应的内容的性质。

上面引文已经明示了完美统一有时需要对主题的压抑化或模糊化。他接着说："在绘画艺术中，这种理想状态，这种主题与其色彩、结构因素完美混融的状态的获得，当然在很大程度上依赖于对那些主题或主题的状态的灵活多变的选择；这些选择也是乔尔乔内画派的奥秘所在。这是一个世态画派别，主要创作'绘画叙事诗'，但是在这种绘画诗的作品中，有一种精彩的技艺，这是一种通过选择其内容使其自身最牢固、最完全地与绘画形式混融的技艺，内容完全由画法和色彩所表现。尽管其作品是绘制出的诗歌，但它们属于一种不用讲述清晰故事的诗。"[①] 简单说来，因为他们是世态画派别，所以能够对主题做出选择。也就是说，形式与内容的融合是相对的。对主题做出选择意味着什么呢？依据我们在对唯美主义的纯粹形式与强烈感觉做细致区分时对神圣、理性与感性的分析，在内容与形式不能完美融合的情况下，内容是指那种形式难以把握的非理性的神圣内容，而不是那种形式能把握的理性内容。佩特所轻视的主要是艺术中某些理性的内容，这些理性内容正是现世主义的基础。从这种角度看，重视形式轻视内容不过是以一种现世主义取代另一种现世主义。但在另一方面，这也是唯美主义艺术与文艺复兴艺术的不同：它排斥或者轻视那种文艺复兴艺术并不反对的世俗理性内容。文艺复兴的理性是没有充分发展分化的理性，因而其对古典的遵从同等地要求理性形式和理性内容。而唯美主义时代理性的分化已经促使唯美主义深深地厌弃某些资本主义理性形态，以致要以美的形式对抗之。但是无论如何，唯美主义对形式的倚重并不是形式与

---

① ［英］佩特：《文艺复兴：艺术与诗的研究》，张岩冰译，广西师范大学出版社 2002 年版，第 184 页。

内容完美融合的解决之道，它其实包含更多悖论。

王尔德在论及理性精神与审美因素的关系时说："然而我们现代骚动不宁的理性精神，是难以充分容纳艺术的审美因素的，因而艺术的真正影响在我们许多人身上隐没了，只有少数人逃脱了灵魂的专制，领悟到思想不存在的最高时刻的奥秘。"① 理性思想不存在的时刻只剩下审美因素，这是王尔德所梦寐以求的。但真相也许是，理性思想不存在的时刻美就要面对并表现神性了，艺术在那一刻有了神光乍现的荣耀，那一刻非理性实现了对理性的超越。

当然，形式与内容的融合问题在形式处理理性内容时同样存在，但此种矛盾是否能解决更多依赖个别艺术家，而且也存在很大程度上完美融合的可能，比如古希腊的雕塑。本书讨论的形式与内容的矛盾是难以克服的，它是有限与无限之间那种性质的矛盾。所以，对主题的选择就是对要表现的内容的选择，此种选择极大程度影响着艺术作品形式与内容的结合状态，决定着作品的艺术格调。比如基督教艺术、文艺复兴艺术以及唯美主义艺术或显著或微妙的不同。

我们以别尔嘉耶夫对文艺复兴艺术这种形式与内容的融合必定不能完美的原因——文艺复兴的二重性价值关切——的说明结束本节的分析："文艺复兴表明，历史上的基督教时期不可能有形式的古典完美性和古典鲜明性。在天穹为之敞开的基督教精神看来，世界的界限（生活对于它不可能是内在地封闭起来的）扩大了。在这个世界里，不可能达到完美的形式……古代希腊世界创造了人间天堂的形象，即尽善尽美的尘世生活的形象。这在世界史上只能有一次。在基督教历史上，往往试图复兴和回归，热切地思念希腊美，但在基督教世界里，无法达到精神的鲜明性和完整性，因为基督教意识在尘世生活和天

① ［英］王尔德：《王尔德全集》（评论随笔卷），杨东霞、杨烈等译，中国文学出版社 2000 年版，第 19 页。

堂生活、暂时生活和永恒生活、内在地封闭起来的世界和超验的无限世界之间所作的割裂，在尘世历史、尘世文化的范围内是无法克服的。”① 因此说到底，在西方的文艺复兴进程中，形式与内容完美融合只是一种理想，因为经过了基督教对人的超越生命的聚敛培育，彻底远离精神中心是需要时间的，可能也因人而异。实现这一理想要等到人更彻底地抛弃超越的精神向度，也就是说现代时代的到来可能通过摒弃基督教精神内容，使现代艺术达至它的形式的完美。当然，这种现代艺术的形式也已经不是古典艺术的形式了。

第四节　调和中的神圣与世俗

在形式与内容无法完美融合的文艺复兴和唯美主义艺术中，两希原则的对立得到了一定程度的反映。与此同时，文艺复兴艺术和唯美主义艺术还有调和两希原则的尝试。尽管文艺复兴艺术与唯美主义艺术对调和所持的态度不一样，但其调和的基础和限度还是基本相似的：其基础是异教的感性主义、神秘主义与基督教的神性精神的结合，② 也就是说其基础建立于希腊原则的起点，而不是我们所界定的希腊原则本身，因为正如前面所分析，感性既是理性的起点又是神性的起点；其限度止于异教的理性主义，即希腊原则本身，因为异教的理性主义与基督教神性精神的调和是失败的。

---

① ［俄］别尔嘉耶夫：《历史的意义》，张雅平译，学林出版社 2002 年版，第 107—108 页。

② 德国宗教现象学哲学家奥托在《论“神圣”》中对神圣因素进行了分析，他认为神圣基于非理性的神秘，此神秘基于受造感，包含畏惧与着迷这样的复杂情感。而一般的神秘经验（包括异教的神秘主义）只是通向神圣的神秘主义的起点，只是粗略地近似于神圣的神秘主义。而这就揭示了神秘主义与神圣的亲缘关系。这是宗教哲学对神圣的思考中值得借鉴的思想。参见［德］鲁道夫·奥托《论“神圣”》，成穷、周邦宪译，四川人民出版社 1995 年版。

佩特在《文艺复兴》中说："如果没有一些关于15世纪意大利学者试图调和基督教和古希腊宗教的记述，有关文艺复兴的记载就不能算完整。调和初看上去互不相容的各种情感形式，让人类心灵的各种产物在一种多元性的理智文化中互相调节，给予心灵与想像力尽可能多的人性，是那个时代的丰富的天性所要做的事。"① 文艺复兴艺术试图对基督教和古希腊宗教进行调和，试图将两者整合进文艺复兴的理智文化中，而调和两者的动因，就是人性的尊严和人类的伟大：文艺复兴对异教和基督教的调和是以理性主义为中介，人本主义为动力的。而能够进行某种程度调和的深层原因却在于异教的神秘主义与基督教神秘主义的某些一致，在于宗教根植于人类心智自身永不停息的活动和创造。

我们知道，古希腊的前苏格拉底时代是一个以神话为核心的多神教时期，大约自苏格拉底起，希腊的哲学时代开始了：古希腊人通过哲学拒绝了命运、神谕和朦胧的神性，以哲学的理性奠定了希腊往后的人本主义方向——人以自身的力量支撑人的生存。这样，当异教故事的天然魅力在人们心里从蒙昧中浮现时，渐渐地它们曾有的宗教成分消失了，变成了纯粹艺术或诗歌创作的主题，以感性主义的人本主义立场附和着希腊的现世主义原则。当然对于希腊人而言，理性主义才是他们的人本主义所遵从的客观真理之法则，是现世主义的根基。而希腊的多神教生活则多属于那些没有受到哲学启蒙的人们，并留驻于自然界。

多神教那些古老的神祇在基督教取得特定胜利的公元3世纪时陷入另一种痛苦的窘境。他们被黑色的僧侣大军追杀，幻变成恶意的神灵生活在晦暗的宗教中心，以与上帝的光明王国进行基

① ［英］佩特：《文艺复兴：艺术与诗的研究》，张岩冰译，广西师范大学出版社2002年版，第31页。

本是令人沮丧的抗争，或者伪装成别的什么。譬如海涅在《流放的众神》中提到，阿波罗神就曾被当作吸血鬼。① 在差不多整个中世纪，“自然界”依然陷在那个被基督教摒弃的多神教世界里，其内部生活令人恐惧。妖法魔法承担了与自然界神灵的交往。基督教主宰下的人们那里仍然保留了对自然界的恐惧作为与多神教的血缘联系。基督教带来了摆脱这种恐惧和奴役状态的福音。因此，基督教就其性质而言不是自然的宗教，不应被认为是与感觉自然和反映自然界整个神秘过程相联系的自然宗教，而应当被认为是一种非自然的宗教。② 而多神教则是神对自然界的启示。这种根本的不同使异教相对于基督教而言，似乎均带着多多少少的渎神意味。因此，多神教与基督教以自然理性为中介其实是无法调和的。多神教面向自然此乃理性主义的始机，而孕育于犹太教的基督教贯穿着非理性自由精神，是信仰以及价值的契机，理性是不能对其进行整合的。

不过，原始的多神教的神秘主义与基督教的神秘主义也有几许相通，与世俗相对，它们都指向神性存在。而且，多神教的俄赛里斯的宗教神秘仪式、阿宴尼的宗教神秘仪式、狄俄尼索斯的宗教神秘仪式无一不是对真正的救赎这一宗教奇迹的朦胧体验和强烈渴望。在自然理性还没有强大到足以拯救人于自然的困境时，人们极度想望通过这些仪式摆脱自然的奴役。换句话说，希腊多神教的边际就有人的神圣精神性要求。而当感性与神秘结合时，神性也就临近了。

由此，15 世纪对基督教和异教的调和并非纯然是徒劳无功的，至少在艺术领域是有成就的：“意大利文艺复兴的神话就是

---

① 参见［英］佩特《文艺复兴：艺术与诗的研究》，张岩冰译，广西师范大学出版社 2002 年版，第 36—37 页。另参见 Wapter Pater, *The Renaissance: Studies in Art and Poetry*, New York: Dover Publications, Inc., 2005, “Pico Deela Mirandola”。

② 参见［俄］别尔嘉耶夫《历史的意义》，张雅平译，学林出版社 2002 年版，第 97 页。

这样一株奇异的花草，它从两种传统、两种情感——神圣和渎神中生长起来。古典故事有许多有想像力的材料被接受和吸收了。……在乌菲齐美术馆的《护民宫》中，米开朗琪罗实际上已将异教的色彩带进了圣母的仪容中，这是一种不加掩饰的人类面貌，是一种耽于酒神式享乐的农牧神的欢乐，就如同更简单一些的画家将地球上的花花鸟鸟画入宗教画一样，米开朗琪罗给了那位圣母自身许多粗鲁的更古老更原始的‘巨神之母’的力量。”[①] 就这样，文艺复兴艺术以异教神祇的多少有些世俗感性的趣味修改润饰着基督教的神圣个性。而这种调和的实质正是对异教世俗感性主义的接纳和提升。

在唯美主义时代，对神性的表现也结合了多神教的感性、神秘和基督教的神性。不同的是，文艺复兴对多神教和基督教的调和源于一种比较自发的人文主义的情感；而唯美主义对多神教和基督教的结合却是一种叛离时代的、反世俗理性主义的自觉意愿。例如，拉斐尔前派最重要的画家之一伯恩 - 琼斯曾说：“我想通过一幅画，表现关于某种东西的美而浪漫的梦：它从未出现也不会出现，它在比所有亮过的光都美好的光中，它在除了欲望，无人能够记起和辨识的地方，其中的形状有神性的美，然后，我就醒来。”[②] 从欲望到神圣，伯恩 - 琼斯的绘画作品就这样结合起希腊神话、圣经故事和亚瑟王的传说，充满浪漫奇特的梦想和诡异神秘的情调。比如他的《潘和普西客》（Pan and Psyche, 1872 - 1874）[③] 就是以象征的方式对欲望与神性的解说：普西客是人类灵魂的象征，而潘是欲望之神。画中的潘忧伤而满有爱意，好似在安抚美而困顿的普西客。很巧，王尔德在《道连·

① ［英］佩特：《文艺复兴：艺术与诗的研究》，张岩冰译，广西师范大学出版社 2002 年版，第 54—55 页。

② 参见澜工《唯美主义大师图典》，陕西师范大学出版社 2003 年版，第 118 页。

③ 同上。

格雷的画像》中说道："通过感官治疗灵魂的创痛，通过灵魂解决感觉的饥渴，那是人生的一大秘密。"[①] 他还认为，思想也有性欲的要求。显然他和伯恩－琼斯一样，对神性的途径、对欲望与神性，有真正的艺术家都有的直觉。实际上，拉斐尔前派的艺术家大多结合着希腊感性的神秘主义因素与中世纪禁欲主义的神性因素。总之，唯美主义艺术的神圣除了来自对中世纪的留恋外，更多来自对感官感性的极致化提升，与法国后现代思想家巴塔耶所谓的"圣性"事物内涵相似。而文艺复兴艺术的神圣价值虽然结合了异教和基督教，但它却是自发的，具有不能强行分断的浑整价值。

与文艺复兴艺术不同的是，部分唯美主义者还有对欲望与神圣的界限的朦胧感觉。比如，渥特豪斯（John William Waterhouse，1849－1917）的那些以古希腊罗马神话为题材的油画，就萦绕着一种永恒的伤感：至美永远是欲望不可企及的。他的那幅《塞壬》（Siren，1900）就以象征的方式暗示了这一主题。画面不同层次深深浅浅或新或旧的黄涂抹出令人迷茫惆怅的感伤，幽冷地掠过心际。凄美的欲望加强了至美那种令人绝望的神秘品质：塞壬自己仿佛也被无尽的冲动所左右，遗憾不已地望着因她而溺水将亡的水手，和他一样对命运无知无觉，无为无助。他们交汇的惶恐绝望眼神似乎能够让观者领悟那隐匿难及的神圣之域。他的另一幅绘画作品《埃蔻与那喀索斯》（Echo and Narcissus，1903）同样表现了爱欲的无望与神秘的至美。[②] 而欲望与神性之美的绝对界限，应该也是形式的极限。不过，如果依据巴塔耶的分析，欲望的极限处就孕育着明晰与模糊、理性与非知等两性义的至美。他所用的"两义性"，也就是"圣性"，本身就包

① ［英］王尔德：《王尔德全集》（小说童话卷），荣如德、巴金等译，中国文学出版社2000年版，第25页。

② 参见澜工《唯美主义大师图典》，陕西师范大学出版社2003年版，第279、284页。

含了欲望，但又超越了欲望，十分准确地概括了艺术的当然之境。

在思想领域，尽管我们在前面就多神教与基督教进行了粗浅的学理辨析，但尝试对其做出理论上的调和却显出了内在的困难。皮科·德拉·米兰多拉所致力的工作就是调和基督教和异教，也就是以理性主义为工具调和异教的理性主义与基督教的神圣精神。他本着文艺复兴的求知欲以囊括世界的宗教，要认识而不只是信仰，要以“寓言性的说明状态”来解释各种宗教：“在解说柏拉图和摩西的一致性时，皮科紧紧抓住了各种比喻和分析、那双重含义的词、犹太教仪式的符号、晚期希腊神话学家的隐晦故事的深层含义。”① 而按照舍斯托夫，“比喻阐释法”、寓言性说明等诸如此类正是中世纪思想家们用理性真理对启示真理的毒化。② 因此这类工作也可以看作中世纪经院哲学之努力的延续。可贵的是，皮科依靠自己天生的虔诚对阐释上帝的努力产生了怀疑。他在写给安杰罗·波利蒂安的信中说：“爱上帝，我们可以做到，却无法了解或言说上帝。然而人们宁愿欣然依靠并非他自己寻找到的知识，而不愿凭着爱去获得那种没有爱将无法获得的东西。”③

尽管如此，皮科还是严肃热情地思考并实践调和各个哲学家的思想，调和哲学与宗教的关系，虽然最后不免失望地退回到孩子式的简单信仰中。但是这种失败，也许可以看作从反面对希腊原则与基督教原则相对立的说明，因此也可以认为是两希原则融合对立的延伸。而且这种失败中就包含着贯穿整个文艺复兴过程

① ［英］佩特：《文艺复兴：艺术与诗的研究》，张岩冰译，广西师范大学出版社2002年版，第52页。

② 参见［俄］列夫·舍斯托夫《雅典与耶路撒冷》，张冰译，上海人民出版社2004年版，第225—226页。

③ ［英］佩特：《文艺复兴：艺术与诗的研究》，张岩冰译，广西师范大学出版社2002年版，第51页。

的，神秘主义与理性主义—现代性结合与分离的论题。对这一论题的反思可以使我们进一步看清唯美主义与文艺复兴中两希原则对立的不同样态。另一方面，调和哲学与宗教，也即雅典与耶路撒冷，在唯美主义同样可以说是一种比较模糊的意识所致的行为；而在文艺复兴时代，调和的愿望是自发的，他们甚至也认为是可能的，至少能够在一个人的精神中并存。继皮科之后，蒙田和帕斯卡尔①也思考过这类问题。但启蒙运动中断了这种调和。无论如何，雅典与耶路撒冷之争直到现在仍然是西方文化诸多领域都回避不了的问题，它实际上近乎是西方现代性进程的起点。而具有过渡形态的唯美主义运动大概最可以体现西方文化这两个源头在历史形态的转换时期，那种相互竞夺又难舍难分的纠缠。但是对唯美主义的分析在这方面以往基本上是忽视的。

第五节　分寸感与整体性

在《文艺复兴》一书中，佩特对异教原则做了区分，这种区分对分析文艺复兴文化中现代性趋向的发展分化甚至异化以及唯美主义的现代性向度很有帮助：“15 世纪的运动是双重的，一是文艺复兴，一是有着现实主义和对经验的渴求的所谓‘现代精神’。它包括一种向古代的回归，一种向自然的回归。拉斐尔代表着向古代的回归，列奥那多代表着向自然的回归。在这种向自然的回归中，他在寻求一种满足由她的永恒奇异而来的无尽的好奇心的方式，寻求一种满足由她的技巧、或为培根所注意的优雅的自然

① 前面已经提到，帕斯卡尔对此问题的思考集中体现在《思想录》中，比如，在《思想录》中，帕斯卡尔说过“我害怕自己犯错误并发现基督教是真理，远过于我害怕自己相信基督教是真理而犯错误。”（第 116 页）这种表述即包含理性的怀疑主义态度，也包含对信仰更大程度的接受。这就是两种要素的对立与共存。蒙田的《蒙田随笔》中浓烈的怀疑主义启发过帕斯卡尔，使他重新回到信仰的启示途径。

的精妙的运作而来的微妙的感觉方式。"① 佩特没有指出向自然的回归是由向古代的回归所带动，比如列奥那多·达·芬奇在艺术中对自然对科学的探索与拉斐尔对基督教的异教润饰都是面向古代的后果。但重要的是，他指出了这两种回归的不同，面向古代使现代性—世俗性在接下来的时代成为西方文化的最强音，而现代性与世俗性又各自预示了文化的稍显不同的价值去向。

别尔嘉耶夫在对文艺复兴的分析中也指出，文艺复兴起初面向自然和面向古代有着同一目的——现世化。但是，如果考虑到西方现代性的后果，这种区分就有着敏锐的历史预见性：文艺复兴面向古代时求助于希腊的人本主义；面向自然时却发展出了现代的实证理性。这种实证理性后来成长为瓦解人本主义的核心力量。对此本书不拟做深入讨论，只依据中心论题，对归属于现代性的理性就本文所涉及的理性样式，如古希腊的理性（自然理性）、科学（实证）理性、社会理性以及作为理性样式之一种的艺术形式等，做一粗略的区分，以对文艺复兴和唯美主义艺术不同的二重性特征做出更贴切的说明。通过前面第 4 节的分析我们已经知道，文艺复兴和唯美主义从感觉方面而来的神性既有多神教的神秘感觉又有犹太—基督教的神性精神。而本节以理性分化为中心线索对文艺复兴中现代性演化的分析，更多针对异教的神秘主义。当然，此种对应同样在神圣与世俗的二元框架内。另一方面，文艺复兴面向自然的方式已经开始变化，它不同于古典时代面向自然的方式而更具有现代性特征。这种不同既是文艺复兴现代性的源流变化的反映，又决定着文艺复兴与唯美主义神圣与世俗价值意向双重性的不同内涵。

首先人们面对的自然本身就不同：古典时代的自然是人与低级的精灵共在的自然，神秘的非理性活动充斥其中；而经过

① ［英］佩特：《文艺复兴：艺术与诗的研究》，张岩冰译，广西师范大学出版社 2002 年版，第 147 页。

中世纪的文艺复兴的自然是一个神灵逐渐消失的自然。据别尔嘉耶夫分析："这种摆脱自然界的自发力的过程也有其负面，它被痛苦地称作'伟大的潘之死'。……基督教似乎在扼杀自然。这就是基督教完成的拯救人类精神这一伟大事业的负面效果。……基督教通过与自然界内部生活的分离完成了解放人类精神的过程。……基督教时期的效果和后果是自然界的机械化，虽说自然界对于整个多神教世界，对于整个古代世界文化曾经是活生生的有机体。自然界在基督教时代一开始是可怖可怕的，引起不安全感，因此害怕认识自然，逃离自然和与之进行精神上的斗争。稍晚，到了近代早期，技术开始影响自然界，自然界因之被理解为死的机器而非活的有机体而开始机械化。……只有基督教使得实证的自然知识和实证的技术成为可能。……机械论的世界观与基督教相抵触，但机械论的出现又是基督教使人类摆脱自然界和自然之精灵这一行动的内在的精神结果。"① 基督教通过剥去自然的有机性使文艺复兴人面对着一个可以理解和掌控的自然，某种程度上通过贬低自然抬高了人，沿着这个方向，就是上帝也失去有机性，即上帝之死。实际上基督教确实滋养了近代理性精神，而且前面讨论犹太—基督教哲学时对中世纪经院哲学的分析以及对中世纪的文艺复兴的分析都关联到这个问题。

就人对自然界的关系，别尔嘉耶夫认为可以分为三个时期"原初时期——基督教以前时期，即异教时期，其特征是人的精神沉浸于自发的自然界，并且直接地有机地同自然界融合一体。……在这一时期，人用万物有灵论来感受自然界。人对自然

① ［俄］别尔嘉耶夫：《历史的意义》，张雅平译，学林出版社 2002 年版，第 91—92 页。关于"伟大的潘之死"这一论题，不仅宗教哲学有这样的论述，一般性地讨论某些文化要素的著述也论及这一论题。比如，纽曼在《恐怖：起源、发展和演变》中也有"伟大的潘死后被耶稣取代"之类论述。参见［美］保罗·纽曼《恐怖：起源、发展和演变》，赵康、于洋等译，上海人民出版社 2005 年版，第 1—6 页。

界的关系的下一个阶段同基督教相联系，并且持续于整个中世纪。这个阶段以人的精神对自然原质、对自然力作英勇的斗争为标志。人的精神同自然界作斗争的这一过程，其特征是人的精神背离自然界而转向里面，转向深处，把自然界当作罪孽之源、当作人卑劣原质的迷惑之源来对待。最后，人的精神对自然界的关系的第三个时期，始于文艺复兴时代，其特征是人的精神重新面向自然生活。但是，人的精神之重新面向自然生活，跟世界史由以开端的作为精神和自然界之间相互作用的最初阶段的那种与自然界的直接交往截然不同。在这里进行的已经不是精神对自然原质的斗争，而是征服和战胜自然力以期把自然力变成达到人类目的、谋取人类利益和幸福的工具的斗争。……外部自然界为人所征服和战胜，人本身也由此发生变化。从外部征服自然界，这不仅改变自然界，不仅造成新的环境，同时也改变人本身。人本身在这一过程的影响下，发生根本的彻底的变化。有机类型转变为机械类型。……我说的是由于机器引进人类社会生活而发生的转变。……某种神秘的力量仿佛与人和自然界作对，进入人类生活；某种既非自然的也非人类的第三个环节获得威风凛凛的权柄，对人和自然界进行统御。”① 第三个环节其实就是人类理性最普遍的一种形态。悖论的是，文艺复兴是从面向自然、探索完美的自然形式开始的。这种转向本应开辟一个人的社会生活自然化的新纪元，以代替中世纪人对自然的背离。但是，文艺复兴、人文主义的往后发展在这种转向中揭示出工具理性这样一个本原，此本原按照新方式并且深刻得多地把人同自然界隔离开来，而人在中世纪也从未如此被隔离。这一本原恰好孕育于基督教的中世纪，机械的形态原本是基督教的产物，这几乎像基督教的神迹一样难以理解。换个说法，人与自然关系的这种本质变化，必

① ［俄］别尔嘉耶夫：《历史的意义》，张雅平译，学林出版社 2002 年版，第 119—121 页。

得经过中世纪才能发生。然而，按照舍斯托夫的理解，人与自然无论以何种方式发生视自然为他者的对象性关系，人对自然的关注都是对信仰的背离之举。它是现世属性的，导向与宗教非理性不可通融的理性。[①] 所以人对自然的态度的变化也可能是历史断裂发生后的强烈回归的极端后果。如此来看，中世纪对现代性而言也是不可缺少的。而人与自然关系的根本不同，就决定了文艺复兴艺术与唯美主义艺术中神圣与世俗对立并存的不同样式。

对自然以及人与自然之关系的分析揭示出促成现代性的各种要素：现代性最初的源头是希腊的人本主义。这种人本主义以理性主义为核心，结合着希腊的感性主义，并且还为神秘主义留有空间。因此希腊的理性主义并不纯粹，譬如柏拉图就对理性必然性持有怀疑。非理性在希腊人关于自然的观念和与自然的关系中表现更多：他们把自然界的生活当作充满崇高精神的、有生命的、住着精灵的有机体的生活，并且与这些精灵长期交往。自然完全缺乏独立性，是诸神（自然神灵）的表现，被诸神分割以反映他们的意愿。后来由于智者的辩论造成的希腊文化注重可信性而不是真理以及文化相对主义的出现，促成人们背离朴素的传统价值观念，使自然作为价值观念的一个独立源泉出现。这样，自然就被当作某种独立不依的东西而成为确定的研究对象。由此分裂出一种比较纯粹的自然理性。[②] 但总的说来，古希腊的自然是多神教的自然，其理性也还没有强大到能够彻底清除非理性。

① 当然，与这种观念相反，也有学者以否定哲学与宗教分离的方式直接化解了此种对立。比如，吉尔松宣称“哲学家的上帝即是自有永有，是亚伯拉罕、以撒和雅各的上帝”。他认为现代哲学看不见其非宗教上帝（即哲学所推论的上帝）的深层宗教根源。Étienne Gilson, *God and Philosophy*, New Heaven and London: Yale University Press, 1941, p. 144。舍斯托夫就受惠于吉尔松，不过他是指出此种对立以恢复被长期遗忘的神圣的非理性维度。参见［俄］列夫·舍斯托夫《雅典与耶路撒冷》，张冰译，上海人民出版社2004年版，第14页。

② 参见［美］约翰·E. 彼得曼《柏拉图》，胡自信译，中华书局2002年版，第40页。

基督教通过使人与自然界内部生活相脱离，一方面使人的精神力量内在地得到调整、聚集，为在精神上把人置于世界中心的地位做好了准备，为文艺复兴的现代性准备了近代意义上的人本主义动力；另一方面又使自然机械化。这就为现代性提供了明确的方向——以面向自然、以自然为对象开始，尽管中世纪自身因为与精神中心的深刻联系以及与自然界的分离，并没有现代性的出现。也就是说，中世纪对自然的疏远实际上使被它中断的古希腊自然理性对自然的对象化更可操作。继此，文艺复兴便恢复并革命性地推进了古希腊（被中世纪中断的）研究并控制自然的进程。现代性由此走向与古典的、有机的自然，进而与人的对立。

因此，文艺复兴时期人与自然的关系、人对自然的态度与现代性充分生长后的唯美主义时期情形就不同了。反映在艺术创作中，文艺复兴的现代性自然而然地混合着或浓或淡的神秘气息，艺术向自然的开放也顺理成章地接纳了神性，其方式也是多样的，比如拉斐尔与列奥那多的不同方式等。而唯美主义处理的现代性几乎是现代性的成熟样态，它剥离了原始的神秘主义，唯美主义只好在艺术中营造神性氛围，并且要求“创造力贫乏”的自然向唯美的艺术学习。

佩特认为，列奥那多身上既保留着异教的神秘气息，又体现出通过科学方法把握自然的文艺复兴人的现代性意识。像皮科一样，他那种自发地将科学理性与多神教的神秘感觉相结合的努力表现了那个时期神圣与世俗的整体性。谈到此种结合，佩特是这样说的：“……后来的作者只考虑到他的关于绘画的组织得很好的论文，这一论文由法国人朗费罗·杜费莱斯涅在百年之后汇集而成，他收集了列奥那多潦草的手迹，这些手迹非常奇特，像他的态度一样，奇怪地由右向左写，这一文集已经为他的探寻设想了一个刻版的顺序。但是，这一刻版的顺序与他永无止歇的性格很不一致，而且，如果我们认为他是一个让构图符合解剖学、让作品符合数学规则的纯理性的人，我们将很难得到那些列奥那多留给他周围的人的印象。……这些使他对他周围的人来说，更像一个巫师或魔术师，拥有神奇的秘密和不为人知的知识，他生活在只有他自己才有钥匙的世界里。他的哲学似乎非常像巴拉塞尔士或卡当，古老的炼金术的观念依然在他的哲学里游荡，这一观念相信有着通往知识的捷径和旁门左道。"① 显然，列奥那多糅合着神秘感觉的理性气质使他对人类的科学理性的限度有某种直觉。他的理性世界充满魔力和对不可思议的奇迹的期盼，一般人难以进入也难以理解。当然，这也是文艺复兴早期除了他和皮科外其他很多人文主义者对世界的感觉方式的特点之一。②

列奥那多的现代性趣味在艺术作品中从两方面得到表现："他的艺术如果要对世界意味着什么，必须增加自然的意义和人性的分量。"③ 他在这两方面都通过将科学与神秘主义结合，以突破传统的艺术方法，制造出雕琢、奇异的艺术趣味。在表现自然和表现人性两方面，其艺术都透露出柔和、典雅而精致的神秘气息。而另一方面，他的画中更多涉及的却是生活在佛罗伦萨的妇女，而不是圣徒。这是他对神圣精神的疏远。当然我们在此侧重的也是他较之他人更明显的世俗特征和这种特征预示的文化现代性方向。

在列奥那多的艺术中，理性与神秘性冲突的一个主要表现是他对科学与艺术的区分："在他的天才中有一种德国风格，即歌德所说的'理论是灰色的'这样的风格。……但是在他与德国人之间横亘着一种差异：有了那种精细的科学，德国人就认为不再需要其他东西了。歌德自己的名字会使人想起艺术家多么可能面临过分科学化的危险……但是，在幸运的时刻——适意的时刻，

① ［英］佩特：《文艺复兴：艺术与诗的研究》，张岩冰译，广西师范大学出版社 2002 年版，第 145 页。

② 相关论述可以参见［美］雅克·巴尔赞《从黎明到衰落》第一部分，林华译，世界知识出版社 2002 年版，第 2—240 页。

③ ［英］佩特：《文艺复兴：艺术与诗的研究》，张岩冰译，广西师范大学出版社 2002 年版，第 143 页。

对富有想象力的人来说是发明创造的时刻——到来之前，列奥那多绝不会工作。……对列奥那多来说，区别是绝对的，在适意之时，炼金术完成了：观念冲进了色彩与意象，阴郁的神秘主义被精心加工成和缓又雅致的神秘事物，绘画既赏了心，又悦了目。”① 列奥那多对科学探索的巨大热情并没有削弱他那带有神秘主义直觉的艺术感觉。但在这里，我们还应该对科学和艺术在两希原则的意义上做一个辨别，以便理解艺术与科学的界限以及艺术中神秘的真正来源。

前面曾提到，希腊原则的美学价值不过是其理性原则的一种。换句话说，艺术的形式原则就是一种理性原则，当然这种理性原则不同于自然理性以及后来分化出的科学理性、功利理性等。但从其对非理性的物质本原进行赋形、进行整序化，使之能够被重新感觉和意识而言，它就是一种理性方式；从其对自由的非理性本原的限制来讲，它就是一种非神圣的世俗属性。在这方面，形式原则与科学理性有一致性。也就是说，从非理性的神圣角度看，它们并无不同。这也是舍斯托夫在《雅典与耶路撒冷》中的论题之一。事实上，一些唯美主义者也意识到了科学对艺术的可能价值之所在。王尔德在《英国的文艺复兴》中说道：“一旦时代到来，文艺复兴只得自己酝酿成熟了——先是科学倾向，它在我们时代产生了一群有点喧闹不宁的巨人，对诗歌倒不无益处。我并不单纯指科学倾向在热情中添加了作为其力量的理性基础，或增加它更明显的影响，华兹华斯就曾考虑到这种影响，他精辟地说过，诗歌只是面对科学的激情表现……我也不详记宏伟的宇宙情感和深奥的科学源神论，当雪莱和斯温伯恩对此分别唱出了最初和最终的颂歌，我要讨论的是在保持作为真正艺术家特征的细致观察，想象明晰以及对界限的感觉方面，科学与理性对

① ［英］佩特：《文艺复兴：艺术与诗的研究》，张岩冰译，广西师范大学出版社 2002 年版，第 151—152 页。

艺术精神的影响 。”[①] 这段话不经意中对科学在艺术中的作为做了精辟的解说：科学或者是艺术的理性内容，或者科学理性的极限所暗示的不可把握的神性成为艺术的内容；或者科学为艺术提供形式法则。这里讨论的是最后这种情形。

当然，唯美主义者更多看到的是科学与艺术的不同，这是他们所处的文艺复兴后期机械时代理性分化的表现。比如，王尔德说：“记得有一次与伯恩－琼斯先生讨论现代科学，他对我说，‘物质的科学越发达，我就要画越多的天使，我就以它们的翅膀来捍卫灵魂不死’。”[②] 显然，他俩都直觉到了神圣对世俗可能的救赎，他们要以艺术的神圣反对科学的现世主义。但他们也没有对科学与艺术的那点不同的由来深入追究。从本书秉持的两希原则冲突融合的立场看，艺术与科学的不同在于，科学理性将理性与实证相结合使科学与必然性更加符合，从而彻底去除了神性；艺术却可能从不同途径触摸到并传达出神圣自由。这种自由超越了人的理性，因而艺术的形式原则难以与之和谐。但形式尽力对神圣的捕捉毕竟能暗示出一些神圣的光荣，那就可能是艺术永恒的魅力来源之一。而唯美主义创作中对不可思议之情欲的探索体现的神秘精神离科学和自然理性就相当远。

实际上，明晰的界限感是理性的标志性特征，是现代性的表征。偏向于神性的人常常自觉不自觉地模糊界限。而列奥那多不同，他既自觉到科学对艺术形式原则的贡献，又意识到科学与艺术的不同，这是文艺复兴时期文化中的新因素。而且他还亲自实践，锲而不舍地尝试将科学用于艺术创作。基于此，可以说他是文艺复兴式的整体的人中深具现代意识的一个。

科学与艺术的冲突性结合在列奥那多那里还体现为天才与规

---

① ［英］王尔德：《王尔德全集》（评论随笔卷），杨东霞、杨烈等译，中国文学出版社 2000 年版，第 8 页。

② 同上书，第 18 页。

则有分寸的结合："……只有在创造性充盈的时候他才工作，他瞧不起那些认为艺术是一项仅通过勤劳和规则就能够做好的工作的人，他时常为画一笔而走过整个米兰。"① 在列奥那多使人着迷或者说使人半怀反感的天性中，其天才的力量太强大，使他不能仅沉迷于规则、科学和勤奋而无视天才。凭借这种天才，他还推进了对科学的运用、对观念的形象化表达。但天才是什么呢？我们只能在与规则相对应的意义上来理解，那就是某种非理性能力。这些都说明了列奥那多的天性中理性与非理性动态的并存。而那种良好的分寸感的存在无可争议地表明了一种现代气质，一如希腊艺术卓越的分寸感表明一种现世旨趣。譬如对光线的运用，与波提切利的作品比较，列奥那多画作中的光线分明是遵从科学原理的自然之光，而非漫射的内在神圣之光。他要师从自然。这正是接下来倡导理性主义的新古典主义文化运动的美学理念。而唯美主义，众所周知，王尔德尽力宣讲的是自然以及生活去模仿艺术，这显然是在文化与理性将世界划分得太过清楚之时的一种无可奈何的补救之策。

还需注意的是，列奥那多的分寸感与希腊艺术的分寸感并不是一个概念，他的分寸感是相对于整体性的分寸感，这种分寸感是在两个对立的因素间的平衡；而希腊艺术的分寸感是比较纯粹也能够纯粹的分寸感，因为它止于有限，不针对无限。那么唯美主义又如何？唯美主义没有文艺复兴初期那种天然的整体性，它以一种未经反思的刻意要求整体性，而且是以一种不自明的方式，一种祛除某些理性形态的样式，总之是以一种相对复杂的方式争取人的整体性，因此分析唯美主义艺术的分寸感是不容易的。可以说与列奥那多相对良好的分寸感比较，唯美主义与中世纪正好表现了分寸感缺失的两极——极端形式与极端非形式。唯

① ［英］佩特：《文艺复兴：艺术与诗的研究》，张岩冰译，广西师范大学出版社 2002 年版，第 157 页。

美主义的纯粹形式论认为形式就是艺术内容本身，其结果这种纯粹形式的理想并没能实现。例如，惠斯勒（James McNeill Whistler, 1834 – 1903）毫不犹豫地给他的《母亲像》加上了一个《灰色与第 1 号黑色的变奏曲》（Arrangement in Gray and Black No. 1：Portrait of the Artist' s Mother, 1871）的名字，他的本意是要表现艺术与主题无关的纯粹性，但人们却认为这幅作品是严肃而强烈的。一些顽固的人甚至认为它表现了拳拳孝子之心，是对母性的宁静温柔的阐释。而《母亲像》又确实能使人感到无穷无尽的心灵满足。此外，画家对黑与灰的选择和排列还使画面流动着一种神秘的感召力。而这些都是分寸感“失衡”的结果。[①]

佩特还提到列奥那多的好奇心与对美的渴望的相互冲突。这种冲突不过是神圣性与现代性冲突的又一表现。佩特指出：“有时，这种好奇与对美的渴望相互冲突，它倾向于使他过分深入到事物的内部而忘却事物的表面才是艺术真正开始和结束的地方。这一理智及其观念与知觉和对美的渴望之间的较量，构成了了解列奥那多米兰生活的关键，即了解他的永无止息、他的反复润饰及他用颜色所做的奇怪的实验的关键。”[②] 按照施特劳斯的总结，好奇始于诧异之感，是哲学以及文化的契机；[③] 而对美的渴望虽然与初级的理性即感性更接近，却无论如何都与精神的上升结合着。在列奥那多两种欲望同样强烈，这是人不应被切分的整体性。这些评论表明，在列奥那多和他的艺术里，科学理性常常企图跨越界限打破平衡，但又总能被他难以言喻的神秘天才所控制。而当这两种欲望在列奥那多以某种方式使之取得一定和谐的

① 参见澜工《唯美主义大师图典》，陕西师范大学出版社 2003 年版，第 294 页；［英］威廉·冈特《美的历险》，肖聿、凌君译，中国文联出版公司 1987 年版，第 111 页。

② ［英］佩特：《文艺复兴：艺术与诗的研究》，张岩冰译，广西师范大学出版社 2002 年版，第 151 页。

③ 参见陈建洪《耶路撒冷抑或雅典：施特劳斯四论》，华夏出版社 2006 年版，第 28、48 页。

地方，就有卓越的美的呈现。在这方面，唯美主义者的困惑也不少，只不过以不同的样式体现着。

列奥那多身上体现了两种对自然的方式的混合——异教方式和科学的机械的方式。这种混合状态正是文艺复兴的标志。同时又表明了文化现代性和审美现代性的必然发生——人的恶的自由（理性的自由）要求伸张，直到其动能获得充分、彻底的消耗。由此出发，现代性越来越远离其源头的浑整，朝着独尊启蒙理性的方向进入一个贬抑、放逐内在精神性的时代，而其不同于古代完美形式的文艺复兴源头所追求的形式，已经包含了形式的现代性可能。实际上，到了唯美主义，纯粹形式主要是一种现代性趣味，它不是其古典的有机形式，也不是文艺复兴的混杂形式；而强烈感觉又主要是一种超越世俗感性主义的圣性感觉，而不是文艺复兴的混沌感觉。这正如别尔嘉耶夫所言，现代性以机械的明晰性清洗掉了文化中保留的含混。唯美主义的神圣立场一方面来自其对神圣的记忆，另一方面通过对现世的提升而获得。因此，与文艺复兴主动的现代性取向相反，唯美主义的主动取向却是反现代性，因为它已经有了较之文艺复兴更充分的现代性。现代性对唯美主义而言是一个欲罢不能的困扰：唯美主义虽然以神圣性反现代性，但它自身又是现代性的产物。这就预示了唯美主义的破产，它的反现代性努力是悲剧性的。

第六节　小结

本章借助唯美主义者佩特等人的文本来讨论了唯美主义价值意向的文化根源与基础。由此我们看到唯美主义的双重价值意向深深根植于两希文化的冲突与张力。具体而言，唯美主义的世俗价值意向与文艺复兴所发掘的希腊文化有关，而唯美主义的神圣价值意向则与希伯来—基督教文化有染。

本章借助“形式与内容的关系”来展开此一论题。在古希腊，形式与内容可以达到完美的结合，因为这里的形式与内容都是在希腊的世俗理性精神中铸造的，即它们都是有限的，有限的形式与有限的内容可以达到完美的统一，犹如希腊神像。而在中世纪，内容与形式发生了分裂，因为这里的“内容”变成了基督教的神性精神，后者是无限的。在此出现了一个无法解决的问题，当基督教将艺术的内容无限化后，它却不能将形式无限化，因为形式之为形式就在于它的有限，它拒绝无限化。因此，在基督教艺术中出现了有限的形式与无限的内容的矛盾，它导致基督教艺术形式上的“未完成性”与“不完美性”，比如基督教的圣像或反偶像运动。如果说在古希腊艺术对内容的完美形式表达中我们看到的是一种纯粹的世俗价值立场，而在中世纪基督教艺术放弃形式对内容之完美的表达中我们看到的则是纯粹的神圣价值立场。文艺复兴的一些艺术与上述两者都不同，它处于中世纪的结束期又处于希腊文化的复兴期，两希文化所铸造的精神文化世界赋予它双重性的品质，即同时具有神圣与世俗的价值意向。这表现为：它既保留着对无限的神圣内容的追求，又渴望像希腊艺术那样有形式上的完美。因此，文艺复兴时期出现了一种摇摆在两种价值态度之间的艺术，当它侧重于无限的神性内容时，它安然于艺术形式的未完成性；而当它迷恋形式的完美时，它又竭尽全力去追求形式上的十全十美。

从根本上看，唯美主义艺术的价值意向是文艺复兴艺术的价值意象的延伸，它们的同一是根本的，差异是非本质的。因为它们都处在两希文化对立冲突的世界境遇之中，不同的只是这种对立冲突由文艺复兴的两极平衡发展到了更多地向世俗化的倾斜。因此，唯美主义所具有的神圣与世俗的双重价值意向在总体上偏向了世俗，但并没有放弃神圣，而且其主观意向较之文艺复兴更加强烈，其对神圣的执守也更加艰难。他们一方面更强调形式的完美和重要性，而相对轻视了神圣的内容；另一方面也以多样的表现方式保有对神圣内容的关切。

第二章　内容：在神圣与世俗之间

本章主要依据法国思想家巴塔耶有关“圣性”、“色情”与“滥费”等观念，在对动物性（自然性）的禁忌与反禁忌的人化活动（文化活动）中，考察唯美主义精神内容层面上的神圣与世俗意向。主要分析对象是王尔德及其作品以及法国颓废主义作家于斯曼的作品。在王尔德对艺术与生活之关系的处理中，在他对同性恋的态度与艺术的表现中，在他对享乐的态度与艺术的表现中，我们都能看到其唯美主义所呈现的神圣与世俗意向。而在于斯曼有关天主教神秘主义情色的描写中，我们还能看到其与唯美主义情色的某些外在一致与内在精神诉求的相通。

第一节　巴塔耶之谓圣性[①]

一　人化：动物性与圣性

巴塔耶所谓的“圣性”，相关于他所理解的“动物性”。据

① 本书对巴塔耶“圣性”的分析，主要参考了［日］汤浅博雄《巴塔耶：消尽》，赵汉英译，河北教育出版社 2001 年版，对巴塔耶思想的介绍。特此说明并致谢。另参见 Georges Bataille, *The Accursed Share: An Essay on General Economy*, Volume Ⅰ: “Consumption”, Translation of: La part maudite, New York: Zone Books, 1988。大致说来，巴塔耶通过他所谓限制经济学与普遍经济学的区分，定义了“滥费”这一术语，进而分析作为滥费形式之一种的“色情”其社会文化含义，以及死亡欲念，等等，并通过对滥费的深入阐释以与反世俗的圣性相关联。

黑格尔的说法，人的原初状态就是“动物状态；事实上，天堂原本为一个动物园；”① 成为人意味着超越动物状态。但与巴塔耶寄予动物状态的意义不同，黑格尔从文化的立场否定了自然性。而在第1章我们已经知道，舍斯托夫实际上也通过对动物性的肯定找回了被希腊理性所弃置的非理性神圣，因此，巴塔耶与舍斯托夫对非理性的肯定是一致的。在巴塔耶看来，人类对动物性的疏远使“人类自己创造出自己”，人成为“人性”的人、文化的人；而对疏远后的动物性的接近——这种无限反复又永不能真正到达的过程就体现了人性与动物性悖论性并在的必然样式。这样，圣性大约就是被人圣化之后的动物性或自然性，是一种超越世俗文化性存在的非理性神圣意向。所以，在本章的讨论中，人性、文化性、理性、俗性这类概念内涵是相近的；动物性、自然性、非理性、圣性这类概念内涵也大致相近。

如果更精细地辨识，这里的动物性指向“文化以前的”自然，是“人类尚未人化以前的”自然，也就是说，不是已经被知识的视线划分、规整过的自然，而是在那以前本来的自然。这一自然没有语言相伴随，也没有对时间的思虑。按照巴塔耶的说法②，如果一定要给动物性以定义，即是“内在性”和“直接性”。内在性是被明确划分了的某物，在这种意义上亦即“超越了无序”的某物尚了无踪迹的状态，也就是超越了动物性的混沌

① Hegel, *Lectures on the Philosophy of Religion*, ed. P. C. Hodgson, trans. R. F. Brown, et al., Berkley: University of California Press, 1988, p. 214. 另外，阿冈本也在 *The Open: Man and Animal* 一书中检视了人与动物分离的问题。他的立场与巴塔耶相近，他认为，人类总是以为自身是自然肉身和超自然的、社会的，甚至神圣的要素的神秘结合体，但是人们必须学会将人类思考为是从实践和政治层面对人性与动物性的分离的产物。也就是说，人化历史中人与动物的分离是人为发生的，并不具有绝对真理性；而人们对这种人化分离的重新审视将能够为哲学和政治学研究开辟新的路径。参见 Giorgio Agamben, *The Open: Man and Animal*, trans. Kevin Attell, Stanford, California: Stanford University Press, 2004。

② ［日］汤浅博雄：《巴塔耶：消尽》，赵汉英译，河北教育出版社2001年版，第114页。

与连续的人化的人，用总是外在的理性形式之能力，对此无法进行确实把握的实存状态。直接性就是无媒介性，因为那是一种无任何媒介作用也不孕育任何否定契机的状态，是对“持续之努力”全无觉知，不包含谋划之观念的“即时”性，是一种总是处于进行状态的未完成性。也就是说，“动物性”——“内在性”与“直接性”的人只能识别一个一个的瞬间。人化以前，内在性、直接性是人的本来状态；人化之后，内在性与直接性就从人的“活动性的外在的生”中退隐而去，成为名副其实的“内在的生之运动”。理性具有的外在性和媒介性成为人自许如此的“人性”的要素。

实际上，一直支撑着人化的人类的，按照巴塔耶的看法，“首先是‘始源与终极作为那个先验式地存在着’、‘在一切的本源中有着本来的自我同一性’这样的目的论式的思考；其次即为这样的‘目的论’所支撑，‘我经常作为“我”而存在着’、‘我始终是（向自我显现的）同一者’、‘“我这个人＝个人”的统一性是可靠的’这样的信念；再进一步，即是‘过去是已经逝去了的现在、未来是不久理应到来的现在’这样的被认为以现在为特别中心＝起点的接连继起的时间流的‘时间’观念”①。也就是说，否定了动物性，人类获得的理性化行动方式，其要点就是语言分断的能力和谋划的时间观点。始源、终极以及自我同一性是语言的划分能力最根本也是最坚固的保障，同一性与分断能力否定的是内在的、无法分断的、不能形成整体的、无尽的混乱之流，否定的是那种（包含非同一的偶然的）动物性的深深的连续性；而谋划之观念就基于分断、基于以现在为中心或起点接连继起的时间流的时间观点。它所否定的是即时价值，是“即时”的直接性。而且实际上语言能力和谋划能力之于人化的人而言是一

① ［日］汤浅博雄：《巴塔耶：消尽》，赵汉英译，河北教育出版社 2001 年版，第 72 页。

体的，都基于对“本源中本来的自我同一性”的深信不疑。

获得了由“自我同一性”保障的“自我意识”的理性化主体，逐渐把“内在性”作为与自己不同的客体“分断”开来，使之成为外在，逐渐摒弃了直接性而获得与间接性、媒介性、代理性的维度相关联的能力。人类凭借分断和谋划这样的人化之力，通过规定禁忌，将自己从漠然的动物性中分离出来，走上人化和文化之路。

但据巴塔耶分析，此种对自然的否定的禁止运动从一开始就孕育了另一种逆向的回归运动：“所谓的‘禁止’，并不是不做被禁之事，并不是完全放弃。一方面使之服从‘限制’，为之确立规范，另一方面又以打破这些限制与规范的样态实行之。所谓的‘禁止’同时又是敢于打破禁围、侵入禁围之事。一度被拒斥、被疏远的部分由于‘被禁’这种感情又附加了不可思议的魅惑力，从而作为更能唤起欲望的事物被召唤回来。这已经不是单纯被嫌恶的兽性了。一方面感到这是‘动物性的’，这种感性依然如故，但另一方面，同时又作为‘带有某种圣性的事物’被接收下来。可以说，这是一种‘圣性的’动物性。”① 侵犯禁围的行动其目标就是被否弃的动物性，是对否定的再否定。此种基于双重否定运动的圣性的动物性就具有了文化属性。不仅如此，还有托庇于这种双重性的非凡魅力。所以，圣性的动物性应该是人化的人对直接性和内在性的重新皈依，是连续性状和未完成性状的呈现。

尤其值得注意的是，这种回归的、非理性样式呈现的圣性，已经是浸润过理性与文化的非理性，已经是一种黑格尔扬弃意义上的圣性了。它既有别于中世纪基督教强调的超越于、外在于人的神圣，也不同于古希腊以及更远古时代原初的动物性。如果说

① 参见［日］汤浅博雄《巴塔耶：消尽》，赵汉英译，河北教育出版社 2001 年版，第 187 页。

文艺复兴的神性价值还主要追随基督教的神圣，那么唯美主义时代的神性，比较而言，更多表现为这种对内在的圣性的求索。当然，无论外在超越的神圣还是内化内在的圣性，其基底都与非理性的神秘相关。而内化内在的圣性，依据巴塔耶分析，更具体地表现为人化的人对两义性领域和至高性瞬间的接近和触知。

二　至高性瞬间与两义性领域

对于至高性，巴塔耶这样分析："对于'之后理应到来之时'的期待已不再发生效力，因此，现在的确活着的'这个时'便从惟有通过预测'将来之时'并欲'到达彼时'、'完成于彼时'才'具有意义'的'谋划之模式'中脱离出来。'这个时'成为了最强的瞬间。在这一瞬间发生了（自己掌握在手的）所有能量的自由的横溢，其力的剩余部分无任何保留、毫无疑虑地被消尽了。换言之，这个瞬间仅以作为其自体具有价值的方式被彻底地活尽了。这样的瞬间，巴塔耶姑且将其称之为'至高的瞬间'。"[①] 也就是说，人类身上的"至高的"部分，不"指向获得或拥有什么"，不"期望到达某个目标或成就某种完整，"也不是"此时"预测到"将来彼时"并力图达到彼时，而是唯有作为此时才具有价值的部分。至高的瞬间就这样揭示出即时性生存的至高性价值瞬间。但是，这也许是"能够做到的极限"，毋宁说，这也许就是"不可能之事"。因为科学或人类劳动以及理性化活动，决不使"这个瞬间"以作为这个瞬间本身具有价值的方式彻底地"活尽"，不使之成为被消尽的瞬间。对人化的人而言，这是那个被疏远的直接性的瞬间，是不具有人化意图因而不具有文化意义上的完成性的瞬间，代表着动物性的贪婪、粗野和茫然。对此的接近，就是对时间观念、对人性之谋划观念、对理性

① ［日］汤浅博雄：《巴塔耶：消尽》，赵汉英译，河北教育出版社 2001 年版，第 73 页。

的否定。因此，圣性就是对人化的否定给予本来的动物性的一种精神意向，是神圣的非理性。

这样，巴塔耶所谓的至高的瞬间就是“消尽”的瞬间。因为消尽而达于生命的至高绽放。他还通过对消尽的分析从功利谋划的层面说明“至高性”：俗事物世界的消费财富，是“为了再生产活动顺利进行”——考虑到或不自觉地预测到这一目的而进行的。而原始祭祀活动耗费财富却不是这样，它是以专在此活动本身之中具有终极性的样态进行的。因此，按照现在的经济观念，这时的财富是以“非生产性”的方式被耗费掉了。与通常意义上的“消费”不同，这毋宁说是“消失”。因此，此种耗费是“滥费”或“消尽”。[1] 但这种原始的宗教性耗费实际上是人类欲望的本质层面，与俗事物世界的欲望不同——人们通常称之为“欲望”的东西，是与占有和获取相联结的“自我所有化的欲望”。但实际上，在“欲望”之中岂不是有一个更深的、被隐匿的、本质的层面，有一个朝着“消解自己（的贵重部分）”的方向倾斜的层面吗？这种消尽就是对俗事物世界时间观念的抹消，对谋划的否定，极端而言，就是人的自毁。而对于“圣性事物”的爱的经验、宗教性、恋爱、文艺、某些思想，甚至死亡欲念等，就是与这样的“消尽的欲望”、这样时间被遗忘的非时间的瞬间相联结的领域？人类身上的“至高的部分”，即与这样的“消尽的欲望”相关联。而在人类的色情生活中，这种“消尽”的欲望尤

---

① 巴塔耶所谓“滥费”和“消尽”关联到他所论的“普遍经济学”。在 *The Accursed Share: An Essay on General Economy* 一书的序言中，他说，“简言之，我不得不徒劳地尝试弄清楚‘普遍经济学’这个概念，在这里，财富的耗费用光（expenditure）或者说耗尽（consumption）而不是财富的创造，是主要的目标和对象”。也就是说，普遍经济学中，“消尽”是一种与创造和保存财富的世俗经济行为根本不同的行为，因而蕴含完全相异的文化意向。Georges Bataille, *The Accursed Share: An Essay on General Economy*, Volume Ⅰ: “Consumption”, Translation of: La part maudite, New York: Zone Books, 1988, p. 9.

其明确。①

概而言之，至高性所体现的圣性就是动物性的直接性，是对谋划之时间意愿的中断，是不针对任何目的的未完成性，是以此表现出的非理性。当然它就是对禁忌的侵犯，因为“消尽”对俗事物世界而言就是禁忌之域，“消尽”发生就是对禁忌的侵犯。不过，不只是侵犯的违逆性，更重要的是侵犯、违逆的消尽，是瞬间性和直接性，赋予圣性以至高性。

圣性领域的另一特征就是两义性，至高的瞬间打开了两义性领域。所谓两义性是不能明确地“作为我的对象”加以认知和定位的部分，不能确然地加以划断区分、不能清晰地陈述的部分，是浑浑噩噩黏滞难辩的部分，是主体性和对象性兼有的两义性领域，是常常不能成为“整体”、以自身的碎片形式空悬于未完成状态的东西。总之，是不能分断也不能完成的深深的连续性。“理性与科学”把这样的暧昧且两义的部分也作为“自己的对象”处理时，该部分便已经被抽离，被强行分断，被改变为“能够划分的对象”了。于是，绝对不能依据这样的“逻辑和客观的方法”将其“对象化”的领域，便完全沉入阴暗之中，已经看不清，也觉察不到了。② 所以，两义性领域其实是语言的分断能力和理性的明晰性不可能深入的领域，是极具神秘色彩的非理性领域。

巴塔耶认为，追寻出离到主体之外的内在经验即内在性，就踏入了两义性领域。他权且称之为“内在经验”的经验，一方面是他力图超出“能够表达的事物”的界限而出离到外的一种尝试，是他想方设法意欲接近难以捕捉的东西，不能成为“我的对象”便逃逸而去的东西的一种尝试；为此在另一方面，也是他力图从

① 参见［日］汤浅博雄《巴塔耶：消尽》，赵汉英译，河北教育出版社 2001 年版，第 91 页。

② 同上书，第 42 页。

最深层意义上重新追问“同一的我的存在”的可靠性的一种尝试。……在狂热焦灼与不安中对自己认为已认识了一个人的“存在”这一点进行考验并重新追问，对“我”的确定性无休止地提出异议。就是一种“重新追问一切事物，且无休止地投入到问号之中的经验”。因此与消尽的经验相同，这也是通往“可能之事的极限之旅”，而且只能成为没有终点的旅程，也就几乎是不可能之事了。也就是说，内在经验以无法完成也无法完整的两义性对语言的明晰性，进而对具有“自我意识”的主体的自我同一性，更进一步对一切事物的“本来的自我同一性”，最终对理性化的存在和人性提出怀疑。值得注意的是，这是非理性以理性化的方式对理性提问，是一种悖论样式，正如理性对非理性的提示或暗示。这种彼此对象化的困难在内在经验中还表现为内与外的悖论，这正如巴塔耶论及内在经验时那种极其艰涩的表述：的确只能在自己的“内部”彻底地活在这种内在经验之中，不可能“从外部凭借知性去理解它”，而只能“从内部”体验其真实（不是通过语言去讲述，也不仅仅是凭借感觉去感知它，而只是作为不能纳入这些维度之中的，难以分割的混沌去体验之）。但同时，这种经验又如布朗肖所言，是主体之“外”的经验，是出离到外的尝试，“我（通过）在自己内部、在这种经验中竭力地尽情地活着”，终于“触及到了那个我无论如何不可能‘作为现在体验’的不可能的维度——尽管这其中有一种悖论”。①

这两种悖论都源于人作为主体的确立。通过人与自然的脱离而确立的主体，就在人原初浑然一体的生存中引入了分裂、对立乃至对抗，但这对立的双方本来就相互依存，这就决定了人化之人的回归之途必然是悖论状况，而内在经验体现的两义性也只能

① 参见［日］汤浅博雄《巴塔耶：消尽》，赵汉英译，河北教育出版社 2001 年版，第 66—69 页。这种内与外的悖论形式，在后面第 3 章对形式主义的辨析中将借助对康德“内在目的”论的阐释，获得某种统一。

是一种悖论式的样态，是悖论式地对圣性的思考与接近。换句话说，对于否定了动物性的人即理性主体而言，对本来的动物性的回归是彻底不可能的，就算对圣性动物性，也只能是黑格尔式的扬弃方式。由此，内在经验是一种使超越了作为主体的人类的、主体之外的维度显露并试图为之吁请权利的尝试，是依托这样的“外”的维度将作为主体的人类二重化，使之总在进行不断拓展的经验。可以说是一种为使人类“作为整体的存在”获得确认的尝试。这并不是要以非理性取代理性，而是通过对被理性深深遮掩的非理性之存在的揭示，诘问极端化的理性。

巴塔耶还指出了语言作用过程中内里本有的对圣性的接近。自我意识使人类确信“我是传递语言的起点”，终极而言，语言就是“我”命名，命名就是对象化地分断实存，保证“本来的自我同一性”，保证明晰度以及鲜明的界限感。也就是说语言使两义性领域“消失”，但只是在主体之人面前消失。因为据巴塔耶分析，语言还是对“知”能力的诘难，这一诘难是对两义性领域的接近。据一般的看法，世界、事物、现象作为其自身而存在，然后语言为该世界及事象命名。但实际上并非如此。毋宁说，正是语言——既是将某物符号化的力量，又是这种作为的语言本身——才将本来无确定状况而实存的那些东西划分开来、分断化并改变为“世界及事象”的。借用索绪尔的用语，正是语言才将一种非限定的混乱无序状态按照记号相互差异化的关系性进行分断，赋予其“价值”并改变为世界的。……语言的作用，从根本上说，即是这种符号化的力量及其运动，它使无定形的某事物消灭，又使其作为消灭的“痕迹”显现出来。换句话说，诸语词（及其句法结构）使之出现的现实，实际上岂不是某事物不在化的，那个不在的显在吗？不是“其自身”显在，而是作为“其自身”的影像或拟态的显在，或者说是显在的影像或拟态。因此，虽说语言力图接近真正的显在性，但却无论如何不能到达这种显在性，而只是无限反复欲接近之而已，仅仅是这样朝向着。所以，语言，亦即符号化的力量及其运动是不会“终结”的，它永远都不会完成，而是无限地回归、重来、反复。而且，每次循环都作另一种划分，修正分断化方法并改变为新的发生意义的方式。极端地说，是改变为新的“世界”和“事象”了。[①]语言分断世界的无限反复过程，说明了世界本然的无法截然分断的连续性样态；这一分断过程本身就使圣性显露。而对语言确定性的怀疑就是对人的自我同一的本质的怀疑，也就是从根基上对理性的怀疑。如此看来，文学艺术本身就必然是对两义性困境的触探。

总之，两义性就是对异质性的揭示，而保证人化能够得以进行的却是同一性、同质性。因此两义性对人化的动摇是永久性的。而对两义性的说明所显露出的悖谬，也是圣性的悖谬，其实也是人类自身的历史。另一方面，无论从消尽的至高的瞬间这种意义上还是从两义性的内在经验这种意义上看，文学艺术、宗教性、恋爱甚至死亡欲念等都是能够接近圣性之途径。

而从上面的分析可以看出，人化的人就在至高的瞬间感知着两义性，内在经验就是至高的瞬间内在的生之运动的经验。换句话说，至高的瞬间对人化的人而言，不可能不是两义性的——人化已经“一劳永逸”地摧毁了本然的整一。而在人化的人的一般性生存中，两义性大概也只能在至高性的瞬间才能被体察到。至高性与两义性就是对同一种状态的描述，它们相互贯通，相互诠释，一同说明圣性在人化之人的生存中被深深遮蔽的暗晦的存在。而圣性已然是动物性的摹像。它是人的双重“自律性”运动——人化与动物化的结果，是人化的人祈望整体性的囊括悖论的努力。

那么，“圣性”外在表现的特性如何？按照巴塔耶的观点，

---

① 参见［日］汤浅博雄《巴塔耶：消尽》，赵汉英译，河北教育出版社 2001 年版，第 106 页。

“惟有这整体的纠结，才构成一种‘意义’。如果一旦分断开来，则连‘部分的意义’也无法构成，就会被歪曲、被误解。……只有依靠在某处随意划线的方法才能将其划分开来。在这样一种力本论式的摇动中，‘禁止’与‘侵犯’相互对立的一体性、‘嫌恶 = 恐惧’与欲望既对立又一致的特性被开示出来。禁止理所当然地包含了侵犯，另一方面侵犯亦把禁止视为理所当然之事；恐惧与嫌恶理所当然地包含着欲望，反之，欲望又包含了恐惧与嫌恶。正是这种相互对立的一体性，才构成了‘圣性事物’的力动一体性。因此，所谓的圣性，并非如更加晚近的宗教中被制度化了的‘神圣性’那样，全都是洁净的、纯粹的、高贵的、吉祥的事物，它既洁净又不洁，既具有魅惑力又使人感到恐惧，既诱惑人又令人嫌恶，既是柔和的‘吉祥’又夹杂了野蛮的‘不吉’（《宗教的理论》）。圣性领界的这种激荡的情念性、禁止与侵犯既相互对立又呈一体化的力动性［dynamism（英）］，与‘俗事物世界’的平稳性、与封闭了粗蛮之力的规律性和秩序形成了显著的反差”①。所以，与制度化了的、理性化的“神圣性”不同，② 圣性是包含悖论的动态过程，它是以理性、俗事物世界为反面又包含理性、俗事物世界的圣性动物性，是唯有人化的人才能感知的神圣性，是借助动物性对理性之奴役的对抗。因此，在文化的背景中圣性的外在表现大约是难以言说的。由此也就与理性化的基督教或基督教的理性化部分区别开来。

圣性的开启对人化的质疑是根本而有力的。因为，虽然作为

---

① ［日］汤浅博雄：《巴塔耶：消尽》，赵汉英译，河北教育出版社 2001 年版，第 192—193 页。

② 这里需要说明的是，第 1 章讨论的神圣之传统是就犹太—基督教的非理性传统而论的，与这里所谓“制度化的宗教”不是一个概念。制度化的宗教是被理性规整过的宗教，但这种规整并不能完成祛除宗教的非理性精神因素。因此以制度化的宗教为中介，人们也可以与神圣相遇。参见［德］鲁道夫·奥托《论“神圣”》，成穷、周邦宪译，四川人民出版社 1995 年版。在该书中，奥托精细严谨地辨析了基督教神圣观念中的非理性因素以及与理性因素的关系。

主体的人类拥有自认为如此的“人性”，但这点人性绝对不能构成人类存在的“整体”。正如巴塔耶在尼采的思想中领悟到的那样，所谓的“上帝死了”，并不是人类的胜利。实际上，唯有在对“人类”这个概念作解体式重新追问的同时，唯有“人死去”，“上帝才会真正死去”。巴塔耶这里所指的上帝，是舍斯托夫分析过的被经院哲学改造过的，也就是巴塔耶所谓的基督教的理性上帝，也就是现代理性。深受尼采和巴塔耶影响的福柯在《词与物》中预告的“人类之死”，不过是继上帝之死对现代理性更加彻底更加中肯的否定，是后现代的自觉。据福柯的看法，“人类”这一概念绝不是从一开始就作为“那样的东西”而存在的，它只是在欧洲式的思维最优先地将“表象、再显在化（representation）的作用”置于基础和中心地位进行思考的时候，也就是将“我作为现在而活着的表象”重新“作为向我显现的事象”而忆起，或在心中加以描绘，把这样的作用特权化进行思考的时代，才清晰地形成的。[①] 对人类这个概念作解体式追问，根本上动摇了理性主体的唯我独尊，人类的非理性实存显露出来。由此提出人类作为整体的存在的“合理性”要求，以使人类偏执的生存得到些许矫正。

极端而言，圣性就是非理性，与舍斯托夫等人对耶路撒冷精神的理解一致。而且他们都企图恢复非理性在人的生存中应有的位置。因此巴塔耶对现代性的反思还是在耶路撒冷—雅典（即希腊—希伯来）之争的框架内。当然之间还有不同：这种非理性在巴塔耶看来，以理性为中介，因而此种圣性既与理性对立又与之相关联，既超越了理性又超越了动物性，是动态的两义性。而舍斯托夫的非理性与理性截然对立，它没有那样的理性过渡，而是直接来自他自己重新阐释出的、上帝的自由意志，来自犹太教的

---

① 参见［法］米歇尔·福柯《词与物——人文科学考古学》，莫伟民译，上海三联书店 2001 年版，第 95 页。

非理性精神源头。某种程度上，他们的差异只在于所取路径的不同：舍斯托夫以直接的、非辩证的方式在人类的精神源头找到人性应有的非理性向度，而巴塔耶，经过黑格尔辩证精神深深浸染的巴塔耶，将辩证精神化入了他的人的整体性复权的吁求和尝试中。实际上，在他们对现代性共同的反思和反动中，秉持的立场都是非理性对理性的纠偏和补充。

本章对唯美主义的分析，以圣性外在表现的特性为切入点，也就是对违禁情念的分析。下面对王尔德在艺术创作和生活实践中的异常态——违禁的同性恋行为和死亡欲念，以及对于斯曼的天主教神秘主义色情的辨析，都将借用违禁行为的“至高性”以及“两义性”属性分辨其针对俗性的圣性立场。而其实质不过是不自觉地与文化现代性的对抗。

第二节　王尔德：色情的圣与俗

一　色情之圣性

色情之圣性是接近动物性的圣性的一种。据巴塔耶分析，人类把“动物性”欲求之贪婪，不能不即刻“快乐”的直接性作为“兽性”而嫌恶之、畏惧之。对“以动物性相同的方式”满足欲求的行为抱有耻辱感，把与动物不同的满足方式作为“人类化”的差异尊重之。希望通过拒斥动物性的条件而创造出“人类化”的差异，创造出人性。这种自我创造就是人对于依存于、服从于自然所赐的拒斥。而“不想依存于任何事物”可以说是原始人类对于“自然”抱有嫌恶与恐惧的“动机”。[①] 由此人类建立起规约自己性行为的禁忌。但是，人类对自然直接性的拒斥而形成的人化条件却成为人类生存的第二自然，在这种对第二自然的

① 参见［法］乔治·巴塔耶《色情史》，刘晖译，商务印书馆2003年版，第37—44页。

服从中人类重又感到已被自己超越的依存和约束，又萌生侵犯禁忌禁止领域的想法。这就是对被否弃的动物性欲求的接近，虽然并不能真正回到本然的动物性，但也不强求本然的动物性，而是在对动物性的再次亲近中体会着一种触犯禁忌的圣性情感，并赋予自己违禁的色情行为一种文化性的神圣价值。因为订立规约、使之规范化的运动，赋予本来（在动物性中）不过是不可捉摸的冲动性力量的性活动以新的含义，“人化”的性已不再位于“欲求”这一直接性的水准上了。“不许触碰”，“可怕可厌”，尽管这种截止力在抵抗着，但同时又“欲望”着超越这种抵抗而接近之——人类化的性即位于这种欲望的维度，巴塔耶将其称之为“性欲”（eroticism）。一度被拒绝、被诅咒的部分，由于这种被诅咒的感情又被附加了不可思议的魅惑力，作为更能唤起“欲望”之物被召唤回来。① 这个过程再一次引发了人类的宗教性的情感，其本质同于上帝全能的自由意志。不同的是，第一次外在超越的神圣中，与恐怖相伴的还有确定的崇敬情感，因为这种神圣以高于人的超越样式呈现。而内在的圣性，尽管某物被制约着，被强有力的厌憎嫌恶抽取出来，人类欲远离之，但又敢于打破制约而侵犯之——所谓的圣性感情就与这种自相矛盾的行为相联结，它比原初的神圣更复杂纠结。

据此，人化之人所有形式的性行为严格说来都是多少有些圣性意味的色情行为，而合法的被社会许可的性——为生殖的性，不过是人化之理念对实存之无序的妥协。但这项合理谋划，却引来更剧烈的违犯、更恐怖也更魅惑人、更磨砺人的各种文化形态的色情。而对在诸多方面都越益疏远动物性的文化之人，最可能的接近圣性之路径似乎就是内在性的色情经验了。

---

① 参见［日］汤浅博雄《巴塔耶：消尽》，赵汉英译，河北教育出版社 2001 年版，第 163—164 页。本部分内容还参考了 Georges Bataille, *Erotism: Death&Sensuality*, “Part One: Taboo and Transgression”, trans. Mary Dalwood, San Francisco: City Lights Books, 1986, pp. 29 - 146。

如此，人类违禁的性行为领域，实际上是人类圣性情感的通道之一。只不过，在人们没有关注此种生活场景，没有对此进行勉力为之的清理之前，理性实存样态的人只有不自觉的反应，却无法意识到“违禁”某种意义上也是理性之人不可能不为的行为：它既是人化之人“自律性”运动的延续，又是对其本源的一种再确认，还是恢复人的完整性的尝试。这一过程借来黑格尔理性精神否定之否定的外壳，已然以圣性的形态囊括了人性与动物性。当然，人类违禁的圣性色情活动按照前面的分析，就孕育着至高的瞬间，孕育着两义性场域显露的时机。在消尽自己的激情中，一种暧昧迷离，既带着难以言表的污秽又深具魔力的场景悄然展开，忘情于此的人处于一种几近肉身融逝的恍惚状态，带着因恐惧和嫌恶而深透灵魂的战栗，以及伴随这种违犯行为的销魂狂喜，出离于自我之外，陌然而深刻地经历着两义性的内在经验。在由同一性支持的、要求明晰性和有用性的社会看来，触碰禁忌的色情行为当然就是违逆道德的卑污行径，甚至被道德森严的社会视为邪恶的违法行为，尤其当这种色情行为还被社会确认为不仅触犯了社会还触犯了自然（文化以后的自然）的性倒错行为时更是如此。它构成了对人类自己建构的社会性性规则的挑衅，进而挑战了这个界限井然的社会。而这个社会对并非如此的东西，不能清晰地将其“对象”化的东西，不能明确地加以划分、表达的东西，既非“世界”，亦非“事象”的东西，总之对这个社会难以对其命名确认的东西，譬如同性恋者的世界，是难以接纳的。而这种两义性的领域对于那些从未触犯过禁忌的人，作为精神行为从不曾违犯过法律的人，以及尚未真切地体验过“耻辱变为容光”、“残酷变为慈悲”的人来说，也是难以认可的世界，只能将其归入异端和罪错。

需要指出的是，这种违犯行为在唯美主义更多是一种止于语言表述的精神行为，或者说，他们的主观意图更多是精神性的，后面相关章节将会涉及此一问题；其次，此种精神意味为主的违犯行为其发生主体必然要求或多或少有某种文化层面的自觉，而没有深受文化浸润的人的违犯其实不在此类行为之列。

二　违禁色情与肉感色情

回头来看，王尔德等具有“妖魔”品性的唯美主义者们实际上是极具先锋意识和圣性情念的一群。他们的生活和艺术完美地结合着，而将其结合的贯通之力正是对圣性的模糊而执着的追随。他们的作品和行为都前瞻性地表现了一种近似巴塔耶式的“圣性”。

一般认为，王尔德的《一个无足轻重的女人》是一出描写未遂的同性恋的戏剧，而他的小说《道连·格雷的画像》就被认为确实描写了这种变态情感。王尔德在同昆斯伯里侯爵相互指控的几场讯问中，被多次问及的一个问题就是，《道连·格雷的画像》是否描写并美化了有伤风化的性倒错情感。在法庭讯问过程中，昆斯伯里的辩护律师卡森宣读了几段描写贝泽尔对道连的“异样”情感的段落，以鉴定这种情感的性质。

小说中贝泽尔向亨利勋爵坦承他不想展出道连的画像的原因，是他担心肖像会泄露他自己灵魂的秘密。他还认为这一秘密亨利未必能理解，也可能不会相信。亨利坚持要他说出那不可信之事。贝泽尔很痛苦地说道：

> “有时我自己都不信。我不知道这是什么意思。事情很简单。两个月以前，我去参加布兰登夫人举办的一个晚会。……我在客厅里跟一些打扮得吓人的贵族遗孀和乏味透顶的皇家美术院院士聊了十来分钟，忽然觉得有人在瞧着我。我转过头去，就这样第一次看见了道林·格雷。当我们的视线碰在一起的时候，我发觉自己的脸色在变白。一阵莫名其妙的恐惧向我袭来。我明白自己面对面遇上了这样一个

人，单是他的容貌就有那么大的魅力，如果我任其摆布，我整个人，整个灵魂，连同我的艺术本身，统统都要被吞噬掉。我在自己的生活中从来不需要任何外来的影响。你也知道，亨利，我有着怎样的独立性格。……我一直是自己的主人，至少在我遇见道林·格雷之前一直如此。然后……我不知道怎么对你说好。好像有一个声音告诉我，我正面临着平生最可怕的危机。我有一种奇怪的感觉，觉得命运为我准备着异乎寻常的快乐和异乎寻常的痛苦。当时我愈想愈害怕，就转身打算走出客厅。驱使我这样做的并不是良心，而是胆怯。我不想把打算逃跑说成是我的光荣。”

“……不管是什么驱使着我……反正竭力往门外挤。偏偏在门口撞见布兰登夫人……”

……

“我没法把她甩掉。……突然，我跟那个使我奇怪地激动起来的年轻人打了个照面。我们靠得很近，几乎碰着了。我们的视线再次相遇。我疯狂了，但我请布兰登夫人给我们介绍一下。也许这并不算太疯狂，而且恐怕是不可避免的。即使没有人介绍，我们也会互相攀谈起来。我相信一定会是这样。道林后来也对我说，他也感觉到我们命中注定是要认识的。”

……

“……他的容貌向我启示了一种全新的技法，一种全新的风格。我看事物和过去不同了，我对它们的想法也不同了。现在我可以用过去不知道的方法来再现生活。……单是这个少年的出现就意味着什么？他自己也不知道他在为我们勾勒一个新学派的轮廓，这个学派将具备浪漫精神的全部热情和希腊精神的完美特征。灵魂与肉体的和谐——这是多么了不起啊！我们曾在疯狂状态中把这二者分离了，发明了庸俗的现实主义和空洞的理想主义。亨利！你要是懂得道林·

格雷对我意味着什么就好了！”①

后来，道连·格雷也要求画家回答拒绝展出那幅画像的理由。贝泽尔倾诉了对道连不可名状的爱：

“……我崇拜你。我嫉妒跟你说话的每一个人。我要你整个属于我。我只有跟你在一起才感到幸福。……当然，我从未让你知道这一点，因为这听起来有点不可思议。你一定无法理解，我自己也未必清楚。我只觉得看到了完美的形象，只觉得世界在我眼里变得非常奇妙，也许太奇妙了，因为像这样狂热的崇拜包含着危险；保持这股势头固然危险，但失去这股势头也许更危险……”②

无论如何，贝泽尔对他与道连相遇相识过程的描述更像是激情之爱的遭遇，是完整的生命随之跌宕起伏的纯粹之爱的体验，但也是非常之爱。而且贝泽尔对自己这份非常之爱有着出于本能的不祥的预感，在男人之间的情感中这是极其罕见的，尽管这种爱的强烈感觉还对他的艺术创作有过革命性的启迪。按照辩护律师卡森的理解，这种一个男人对一个刚长成人的年轻男子的感情是不自然、不道德、不合法的。从一个生活于俗事物世界的社会人的角度，这样的爱慕之辞只能用于异性之间合乎社会规范的情形下发生的爱恋。那些饱含着热烈到痛苦的激情的表白在两个男人之间传递，让将性行为规整得严格有序的理性社会狐疑不已。

但据艺术家本人看来，这不过是艺术正当的权利。王尔德在

① 参见孙宜学编译《审判王尔德实录》，广西师范大学出版社2005年版，第69—72页。该书中Dorian Gray被译为道林·格雷。

② ［英］王尔德：《道连·格雷的画像》，转引自孙宜学编译《审判王尔德实录》，广西师范大学出版社2005年版，第74页。

《道连·格雷的画像》的自序里说："根本不存在什么道德或不道德的书。书只有写得好坏之分。"[①]"如果写得好，自会产生一种美感，美感是人类能够获得的最高感受。"[②] 美感可以不理会道德。按照艺术自身发展的逻辑，艺术的权利应该包含以先知的姿态、用违犯的方式拓展人的生存空间，只要遵照王尔德所言，以能给人带来不同凡响的美感之形式状写即可。按照第1章对有限形式与无限精神的分析，无限精神引导艺术美的形式永恒上升，而无限精神就是突破规范的否定之力，是上帝的全能意志昭示的完整自由。而如果按照巴塔耶的理解，艺术之为艺术就在于它天赋此种侵犯之特权，它天生就行走在划分圣与俗的那条无形且不断改变的分界线上。上面那段呈示热烈爱情的话语中谈到的那个具备浪漫精神的全部热情和希腊精神的完美特征的新学派，就是对此的文学式说明，一种并不怎么严密的说明。因为希腊精神的完美特征即形式的完美理想，而浪漫精神的全部热情大约更多指向无限精神，这种无限精神当然不是形式可以完美把握的。按照王尔德的理解，艺术的发展依赖于两个要素：一是出现了新的手段供艺术使用；二是出现了新的人供艺术使用。[③] 艺术之发展似乎是由形式因素决定的。但实际上却是，艺术家借助新的形式领悟到他过去未曾或不敢注视的实存样态。形式只是无限精神显现的中介，并不决定无限精神，一般情形下反而是苦闷精神的桎梏。因此，王尔德对新学派的赞誉不过是称赞一种似是而非的完美罢。或者可以说，他执念圣性但并未自觉。

不过，王尔德的"美不理会道德"的确是艺术意识的一种发展。遗憾在于，王尔德（甚至其他实践恶之美的唯美主义者）对

---

① ［英］王尔德：《道连·格雷的画像》，转引自孙宜学编译《审判王尔德实录》，广西师范大学出版社2005年版，第66页。

② 同上书，第67页。

③ ［英］王尔德：《王尔德全集》（小说童话卷），荣如德、巴金等译，中国文学出版社2000年版，第13—14页。

艺术违禁的权利并没有更进一步的思考，他没有将此想法深入，而是转移到另一个更易辩解的话题——艺术不等同于生活——上。在为辩护《道连·格雷的画像》而写给《苏格兰观察家》编辑的信中，他借这一命题为艺术家创作自由的辩护就显得相当无力："作家在创作艺术作品的过程中所得的愉悦是一种纯粹个人化的愉悦，他创作的目的就是为了获得这种愉悦。艺术家关注的是对象，除此之外他对什么也不感兴趣，至于人们会有什么闲言碎语他更不在意。他手里的工作已把他牢牢吸引住了。……我写作是因为写作最可能让我获得最大的艺术享受。……你们的批评家试图把艺术家与他的话题硬扯到一起，这真是犯了一个绝对不可饶恕的罪行。对这一点，先生们，你们是根本没法辩解的。济慈是自希腊时代以来世界文学史上最伟大的作家之一，他曾说过，他在构思真善美的东西时所获得的快乐与想到假恶丑的东西时所获得的快乐一样多。……让你们的批评家考虑考虑济慈所作的这种优秀批评的意义吧！……作家总是与他要表达的话题保持一定的距离。一旦他创作了一件艺术作品，他就要对之深思熟虑。他离自己要表达的话题越远，他就越能更自由地工作。你们的评论家暗示说，我没明确表示过我是喜爱罪恶厌恶美德呢，还是喜爱美德厌恶罪恶。美和丑之于他只是如画家调色板上的颜色之于画家，仅此而已。他知道只有依靠它们才会产生一定的艺术效果，并且确实做到了。伊阿古在道德上可以说是可怕的，而伊摩琴则是完美无瑕的。就如济慈所言，莎士比亚在创造某个恶人时所获得的快乐是与他在创造好人时获得的快乐一样多的。……这个故事必然会戏剧化地围绕着道林·格雷的道德堕落这个问题发展，否则这个故事就没有什么意义了，故事情节也就没什么主题了。保持这种暧昧不明而又奇妙无穷的气氛就是杜撰出这个故事的艺术家创作的目的。我敢说，先生们，他已取得了成功。每个人都在道林·格雷身上发现了自己的罪恶。而道林·格雷有什么罪恶倒没人知道了，因为他的罪恶是发现了他身上的罪恶的人强加给他的。”①

艺术创作是个人化的行为，艺术创作具有个人主义属性，道德等非个人化的观念艺术家并不在意。而且艺术不等同于生活。艺术家描写犯罪，但艺术家并不是罪犯本人。比如伟大的济慈和莎士比亚。艺术对罪恶的抒写是获得美妙艺术效果之所需，当然不是为了褒扬良善，而济慈和莎士比亚是不是为了良善或者纯粹为了艺术效果或者两者兼而有之而创作罪恶，其实也无须追究，反正王尔德是不屑艺术服务于道德的。这是“艺术独立”清晰自觉的意识，是现代性的产物。这里还需指出的是，王尔德以调色板上的不同颜色比拟美丑善恶，对艺术家而言都不过是待处理的材料，在某种层面上这样说是合理的；不过善恶到底与颜料不同，善恶观毕竟更具主观色彩。而王尔德在此不知为何又忽视了这种更符合现代性的明晰的区分，显出某种后现代性的含混。

另一方面，按照他的意思，艺术只关心美。美是什么？一种暧昧不明又奇妙无穷的氛围。如果依据社会共通的尺度仔细分辨这种氛围，这里所谓的美就是可疑的，内容被置换了：善之美变成善恶美丑含混难辩之美。是违禁之美，是抹去界限的美，是晕染一抹美的光彩的毒品。人们有理由认为王尔德不过是借着艺术美之名品尝禁果罢，尽管他反复申述艺术并不是艺术家的生活，反复念叨济慈和莎士比亚对罪恶的雕琢。他对美不理会道德的合理性有一种直觉的意识，正如他对艺术人物之罪错行为的辩护——道连的罪恶是发现了他身上的罪恶的人强加给他的。但他缺乏巴塔耶那样的深邃洞察：他认可美对界限的超越，却没能察觉实存对界限的超越——一边沉醉于这里的至高性和两义性，另一边却不能坦然捍卫这样的内在性经验。因此他对美不理会道德的辩解乏善可陈。如果说这种辩护用于艺术人物时还能差强人意

① 参见孙宜学编译《审判王尔德实录》，广西师范大学出版社2005年版，第182—183页。

的话，在面对诘难他自己的同性恋生活时就完全失效了。所以如果认为王尔德只是为他所谓的“希腊式的爱”寻到了一个可以暂且容身的处所——美的艺术的话，这不仅并不奇怪，反而看起来相当合理。对缺乏艺术感觉和不能正视自身非理性状况的俗事物世界的人而言，他们所见的真实就是如此。因为，王尔德实实在在并未满足于在艺术中犯禁。

生活里他痛享着侵犯禁忌的巨大而莫名的快乐。从这种喜悦中诞生出他写给道格拉斯勋爵的那些奇妙的信，也孕育了《道连·格雷的画像》本身。不幸的是，那些魅力十足的文字后来都成了将他送进监狱的证据，谨守规矩的中产阶级清清楚楚地从信中读出了同性恋的激情：

1893 年 1 月　巴巴库姆悬崖

我自己的男孩：

我的宝贝，你的十四行诗非常可爱。

你那玫瑰叶似的红唇不仅生来是为了歌唱的，而且也是为了疯狂的热吻的，这真是个奇迹。你那纤细的金色灵魂行走在诗歌和激情之间。我知道，为阿波罗所钟爱的雅辛托斯就是在希腊时的你呀。

为什么你要一个人留在伦敦？你什么时候去索尔兹伯里？你一定要去那里，在各种哥特式建筑的灰色光线里冷静一下你的双手。你随时可以到我这儿。这是一处可爱的地方——只是缺少你，但先去索尔兹伯里吧。

我对你的爱是永恒的

你的奥斯卡①

① 孙宜学编译：《审判王尔德实录》，广西师范大学出版社 2005 年版，第 298 页。

王尔德将这封信看作一首散文十四行诗，一首回应“他的男孩”的十四行诗的散文十四行诗，一首他决不会为之感到羞愧，并准备在任何地方发表的诗，他也绝对不在乎别人怎么对这封信展开联想。而单就语言的优美、意蕴的朦胧和对美的膜拜来看，这封信还算得上是一首美妙的散文十四行诗，信里所谓的爱还看不出有特别露骨的肉欲激情。也许更准确地说是艺术的形式能力规约了那暗里涌动的不敢说出口的爱，或者说是那令人心悸的爱激发了诗人的艺术灵感。不过下面这封信就暴露了这种爱侵犯当时社会律法的性质：

1893 年 3 月　伦敦，萨瓦旅馆

我最亲爱的男孩，你的信就是一杯让我沉醉的红黄色的佳酿，但却让我悲哀不能自抑。波茜，你不要再与我吵闹了，这要杀了我的，它只会毁灭生活中可爱的东西，我不能看着那么优雅和希腊式的你被激情扭曲。我不能听到你那线条优美的双唇对我说出恶毒的话。我宁愿（让伦敦的每一个男妓）敲诈我，也不愿接受你激烈的不公正的恼恨。我必须尽快见到你。你是我想要的圣物，是优雅和美的化身；但我不知道怎样才能见到你。去索尔兹伯里吗？我在这里的账单是每周 49 英镑。我在泰晤士河畔弄了一套新房子。为什么你不在这儿，我亲爱的，我奇妙的男孩？我怕自己必须离开了；没有钱，没有赞誉，只有一颗铅一般沉重的心。

只属于你的

奥斯卡①

王尔德认为这同样是一封美丽的信，是一首与众不同的诗，

① 孙宜学编译：《审判王尔德实录》，广西师范大学出版社 2005 年版，第 299 页。

表达了他对道格拉斯勋爵的伟大的爱。“你的信就是一杯让我沉醉的红黄色的佳酿，但却让我悲哀不能自抑。”多美呵！仅仅读这一句就能让人心动不能自抑。但是，对道格拉斯的爱因为他与男妓们的纠缠而失去了他赋予的美的色彩，沦落为世人奚落的“卑污的”变态性行为的遮羞物。王尔德恐怕真的不明白自己为什么是这样，正如贝泽尔不明白自己对道连的悲喜交集的感觉；而且在不自觉的意识里恐怕也真的惧怕这种“性倒错”情感，他因此想要生活在艺术中以忘却真实的生活，尽管他在辩护艺术时把艺术与生活做了断然的区分，所谓“艺术不同于生活”。这都因为生活在那个严苛的理性时代他无法穿透自己的真实欲望。而也正是这种禁忌的存在，正是因为他不能穿透那种欲望，才使得他的触犯行为具有一种圣性的精神韵致，也由此把神圣性带进了他的艺术中。

某种程度上，王尔德是一个缺乏界限感的人，与更多代表了现代性、具有明晰的界限意识的列奥那多不同，他预示了一种后现代风格。一个自觉不自觉对界限有敏锐痛感的人，对自身的分裂性以及自身被分裂的忧惧都有刻骨铭心的感受。王尔德对界限的超越是一种不自省的行为，与巴塔耶甚至福柯的自觉不同。巴塔耶的所有努力就是要模糊界限，侵入两义性/两价性的领域。王尔德先于他做到了、成圣了，也被毁掉了。悖论在于，只有在被毁掉的情形下才能做到，也只有在不自觉的情况下才能被毁，被毁就意味着对禁忌的某种认同，意味着某种悖论式的困难心境。他是一个天生易触及圣性的人，他缺乏界限感。借艺术掩饰生活就体现着对艺术与生活界限感的缺乏。他不仅将生活艺术化，而且他就生活在艺术中。这种虚拟与真实浑然一体的生活充满歧义，对他而言又蛮有魅惑。然而很难说这不是他面对自己命运的一种忧虑，一种胆怯的逃避，就像贝泽尔虽受到道连致命的吸引，又想从道连身边逃去，以避开向他袭来的莫测命运一样。虽然他们最终都被这命运挟持而去，回应了宿命的神秘。

实际上，王尔德年少时对忽略界限的妙意就有领悟。在一本介绍王尔德生平的书中有这样一段记录："在波尔特拉的第一年，关于威廉爵士勾引病人的丑闻在整个爱尔兰传得沸沸扬扬。同时代之人无不嗤之以鼻，或引为笑谈，不过我那时还小，根本搞不懂。他们的嘲笑令我困惑不解，但我把困惑变成了轻蔑，我也嘲笑他们。我对同学们编造家庭背景的谎话。我告诉他们瑞典国王是我的教父，我们在都柏林家中的奴仆多得数也数不清。我把真假的界限奇妙地抹去了，我的同伴们只是愕然以对。连威利也感到惊异，甚至无法站出来揭穿我。"① 这时对真假的混淆还只是一种稚拙的自卫手段，但即使这时，王尔德就已经显露出他那令人难以置信的对界限的忽略能力，尽管只是诉诸语言，借助想象。在以后的日子，这便成为他超越俗事物世界的有效又上手的工具。

这里需要指出的是，与奥托分析的神圣的非理性情感相比，王尔德的圣性情感缺乏崇敬的因素。我们知道，敬畏不同于单纯的畏惧，某种程度上，敬畏是甘居下位的，不会因为受造感而羞愧，也不会因为缺乏界限感而羞愧，因此敬畏不包含愧疚感。而圣性情感基于对违禁的畏惧，也就包含自我的愧疚，虽然在这种不断重复的过程中还可能也会生长出敬畏感来。换个说法，古老的神圣情感广受赞许，而圣性却遍遭敌视，尽管它们实质上都是对非理性神秘的揭示，都具有令人着迷的魔力。

此外，王尔德还是一个追逐快乐的人，他追逐极乐。按照巴塔耶的分析，极乐只在理性的人接近违禁的至高瞬间时能够领会。但跟随极乐、接踵而至的是极悲，甚至可以说它们是一体的两面。王尔德在一段令人不安的预言中说："不，我并没去追求

---

① ［英］彼得·阿克罗伊德：《一个唯美主义者的遗言：奥斯卡·王尔德别传》，方柏林译，译林出版社 2004 年版，第 29 页。

快乐，但是快乐却更带悲剧性。”① 但他是在追求快乐，只不过追求的是非同一般快乐的极乐，并且对所追求的极乐的悲剧性有痛彻的了悟。但天性的柔弱，以及某种难以言喻的情结都使他迷失于这种夹带着厌与怯与愧的违禁之狂喜。对沉溺其中的生活，他执迷难弃，一边愧悔，一边“堕落”，直至跌入深渊。那么，此种生活中令他不能自持的“不可告人”之处是什么？据巴塔耶分析：“‘欲求’基本上只忠实地服从于自然的法则，此外的规范、禁止、制约等等概未知晓。与欲求不同，‘欲望’则是一度经历过‘文化意义上的’规范和限制的人类强行超越、打破这些规范的力动性。一度被嫌恶、被禁止、被疏远的东西，欲望则要重新把它带回来。人类化的性亦即‘性欲’，即位于这样的‘欲望’的层面。性欲式的欲望，理所当然地包含了恐惧、嫌恶这样一些情绪。尽管不能靠近之、不能接触之，这种忌避的感情在作着强有力的抵抗，但又敢于超越忌避而侵犯之。这时欲望才真正地高涨起来，变得极为强烈，从而打开了‘惟有人类才懂得’的通往喜悦与不安的通道。”② 违禁行为的圣性价值就伴随着这样极致的欢愉和迷狂。这种狂喜的魔力来源于欢愉中的厌倦与苦涩，迷狂中的虚空和颓丧；是不断要求自律的人化，在人未觉知到这种自律的状态下又依存于人的某种天性方面的软弱，因而受困于深深的自责。而前面已讨论过，只有在人不能觉知违禁行为中的自律时圣性才是可能的，因为人若察知了违禁中的自由意志，因这种理解禁忌就不对他构成禁忌，圣性也就没有了依附。当然现代理性对禁忌的反思也有破除禁忌的功效，而这正是理性化的色情平庸乏味的原因。也就是说，圣性与人的理性无关，它垂爱人的非理性，但它又必得以理性为铺垫。而王尔德的痴迷就

---

① ［英］威廉·冈特：《美的历险》，肖聿、凌君译，中国文联出版公司 1987 年版，第 173 页。

② ［日］汤浅博雄：《巴塔耶：消尽》，赵汉英译，河北教育出版社 2001 年版，第 172—173 页。

是对以悲剧意味呈现的圣性的本能反应。

总之，王尔德性格的两方面——天性的柔弱和追求极乐的气质倾向——都使他容易以混淆真假的方式参入生活的那些禁忌领域，并以与此生活天然默契的艺术接近那种不断重复又不能真正到达的动物性。这就是圣性经验，是向着至高的连续性打开的经验，是对不能完成的两义性的体悟。而他对这一领域的迷恋自己并不完全不自知，他有某种程度的自觉，尽管这种自觉并不具有破除圣性的力度。而且，对于艺术传达这类经验的无能为力又不得不勉力奋力为之的那种紧张，他了然于心："生活的混沌无形让我非常害怕——它带着与生俱来的混沌印记，就好像美玉宝石上的斑痕。所以我双手接住了这无形，将其化为故事和警句，后来又将其转化为机智的戏剧。我把谈话变成了艺术，把个性变成了象征；只有这一切才使我勇于面对从四处袭来，要将我吞噬的空虚和黑暗。而现在，这空虚和黑暗又来和我长相厮守了：多怪啊，一个人到头来还要承受他最为担忧的命运。"①

生活对于社会人并不是混沌无形的，它被各种界限和法规安顿得明明白白秩序井然等级森严。但对王尔德这类亲近圣性的个性而言，明朗有序的生活并不真实，他们最切身的感受是生活本真的黑暗和虚空。但俗事物世界给他们打上了不可磨灭的理性印记，使其像出于本能那样害怕混沌无形。王尔德抵御混沌无形的方式就是给它加上一种艺术的形式，他以为通过赋予形式，生活的"污秽黯晦"就可以堂堂正正登堂入室。他忽视了两点：其一，艺术的形式仍然是一种理性形式；其二，艺术的形式试图触犯崇尚有用和明晰的理性形式禁约的"已消失"的领域，这本是理性自身功能的延续，但又是一种对禁约消失之域的其他理性形

---

① ［英］彼得·阿克罗伊德：《一个唯美主义者的遗言：奥斯卡·王尔德别传》，方柏林译，译林出版社 2004 年版，第 55—56 页。

式的侵犯。因此文学艺术本身就大可置疑，逃进艺术中并不能免除世人的起诉。上面这段话是在他因自己的“希腊式的爱”[1] 坐牢两年出狱后，对早年创作力充沛的生活和眼下丧失活力的孤寂生活之差异的感叹。生活一如既往地混沌无形，但他已失去了为之赋形的能力。形式的能力从来就是有限的，它依赖于人凭借“同一性”而来的分断力和时间感。但生存的深深的连续性却从未中断，也应该永不会中断。如果对这种生存的非理性深渊有深透的理解，他大约不会因为理性能力的丧失而感到黑暗和空虚那么突兀那么刺心。换个角度，文学、艺术甚至文化本身大抵也都是以对无边的黑暗、混沌和虚空的恐惧为契机的吧？王尔德对无形生活的惧怕，并不与他当年通过犯禁去触碰那样的两义性领域相背：在他具有赋形能力时，他就回应那种混沌；而缺乏赋形能力时，混沌无形就要淹没他了。但正是对混沌的敏感和侵犯，使他的诗意色情显得别有意味。

另一方面，留恋于感官感觉的世俗感性主义与唯美主义的圣性分辨起来也并不容易，或者说，对圣性动物性的接近实际上也为沉溺于世俗肉欲提供了方便。或者甚至可以说，在唯美主义，很多时候这两种激情是彼此结合的。王尔德以及其他唯美主义者的违禁色情事实上就结合着世俗的肉感色情。当然，在对肉感激情的表现中他们是不必面对界限感带来的紧张的。

我们知道，王尔德并不是一个单纯的同性恋者，他对异性间的肉欲之爱也有切身的体会和别致的描写。在《莎乐美》中，莎乐美对乔卡南（圣约翰）的爱充满肉身欲望而且极其强烈，她感叹道：“……我爱的是你的嘴，乔卡南。你的嘴像象牙塔上一条红箍。它像象牙刀在石榴上割开的口子。泰尔花园的石榴花怒

---

[1] 王尔德以“希腊式的爱”为自己的同性恋行为辩护。他认为，米开朗琪罗和莎士比亚的伟大艺术就贯透了这种完美的精神之爱。但是严格说来，“希腊式的爱”在古希腊并无圣性之美，因为希腊社会并未视此为严格的违禁。See Anne Varty, *A Preface to Oscar Wilde*, Beijing: Peking University Press, 2005, pp. 28－29。

放，比玫瑰更艳，却不如你的嘴红。为国王鸣响开道的红号让敌人胆寒，仍不如你的嘴红。你的嘴比盘旋在庙宇、僧侣喂养的鸽子的爪子还红。它比在森林里宰杀过狮子、看见过金虎而后走出来的猎人的脚都红。你的嘴像鱼儿在昏暗的海中发现的一丛珊瑚，专门献给国王的珊瑚！……它像摩押人在摩押矿井里发现的朱砂，是国王强迫他们进贡的朱砂。……世间任凭什么也没有你的嘴红呵……让我吻一吻你的嘴吧。"[①] 这里对乔卡南的爱非常感官化和具象化，落实到对他艳红的嘴繁文缛节式的勾勒，对他的头发的漆黑以及肉体的洁白同样不厌其烦，以强化那必须满足的占有欲；而对他的声音，奇特而相对抽象的声音，就以更可触知的感观感觉——"你的声音就是我要喝的酒。"[②] "你的声音是一个散发着妙香的香炉"[③] ——来呈现，以突出那难以平息的肉感欲求。这都是些对世俗欲望的伸张，而艺术的形式使之有了一种世俗美感。困难在于，莎乐美充满肉欲的性爱其对象是乔卡南，一个深具圣性气质的基督徒，而不是拥有世俗之美的年轻叙利亚人。这也许只是一个复杂的巧合，也许王尔德还是想说明世俗美深处的圣性美，虽然世俗美也那么诱人地展示着。

唯美主义色情的世俗性在其他唯美主义者的作品中也有表现，例如比亚兹莱（Aubrey Beardsley，1872－1898）的那些被斥为邪恶、颓废而且淫秽的"色情画"。当然也有批评家注意到比亚兹莱色情画的多义性，认为某种程度上他比王尔德禀赋更多严肃的圣性情念，认为他的绘画飘散着罪恶的芳香，王尔德的作品与之相比就显得完全无伤大雅；而且由于某种神秘的原因，比亚

① ［英］王尔德：《王尔德全集》（戏剧卷），马爱农、荣如德等译，中国文学出版社2000年版，第354页。

② 同上书，第352页。

③ 同上书，第375页。

兹莱与恶的力量有着亲密的血缘关系，他的传达则相当严肃。[①]但比亚兹莱很多精巧的作品的确也表现了世俗情色的美妙，例如《亚瑟王之死》第十四章开头部分的装饰画（约 1893—1894年)。画面是一个两性人，有女人的乳房和男人的阴茎，颀长的身材和女人纤秀的脸；赤脚踩在荆棘上，微微前倾的裸身俯向面前开在荆棘上的一朵极富装饰感的花，眼神专注地望着，表情显得极其迷离，还伸出一手抚慰那朵夸张的花。这似乎在赞美唯美主义的恶之花，其肉欲的暗示非常撩人。[②] 而另一幅《神秘的玫瑰花园》（The Mysterious Rose Garden，1895)，通过简洁勾画的裸身少女表现的情色，就没有侵犯性禁忌的挑衅意味。这是一种相对世俗化的色情，尽管比亚兹莱令人困惑的天才表现力还是使画面流动着同样令人困惑的神秘气韵。[③]

而罗塞蒂后期作品表现的也多是世俗肉感美人，比如那幅以莫里斯夫人为模特的《白日梦》（The Day Dream，1880)。画家虽没有像比亚兹莱那样描画具有强烈视觉冲击力的性器官和裸身，但肉欲的美与迷失还是从健美性感相对修长的象牙色脖颈、浓艳丰腴花蕾似的红唇、陌生似乎暗示着欲望的方形下巴、神秘忧郁的眼神、轮廓模糊却极其浓密好似流淌着肉身活力的红棕色披散长发，甚至手的灵巧感觉和慵倦的神情中表露出来。罗塞蒂为这幅画题有同名的诗："……在梦幻之树四面伸展的阴影中/梦直到深秋还会萌生，但没一个梦/能象女性的白日梦那样从心灵升华/看哪！天空的深邃比不上她的眼光/她梦着，梦着，直到在她忘了的书上/落下了她手中忘了的一朵小花。"[④] 女人与男人、生命本

---

① 参见康斯坦丁·巴扎罗夫《罪恶的芳香》，欧阳英译，《美术译丛》1980 年第 1 期。

② 同上。

③ 参见澜工《唯美主义大师图典》，陕西师范大学出版社 2003 年版，第 76 页；张望编《比亚兹莱画集》，辽宁画报社 1956 年版，第 22 页。

④ 赵澧、徐京安主编《唯美主义》，中国人民大学出版社 1988 年版，第 246 页。

身与存在、梦幻与现实之间神秘莫测的纠缠在画与诗的不同呈现之间彼此照应，极富感染力。但是，这些作品的精神性内涵已不如前期表现中世纪情意的作品，这里的神魅更多物欲，更具感官性。当然也相当美妙，他肯定也认同这种美妙。[①] 他的另一幅绘画作品《被吻过的嘴唇》（Lips That Have Been Kissed, 1859）[②] 就被认为开创了以纯粹取悦感官为目的的新风格。该画以他的模特、情人兼管家范妮为原型，他把范妮描绘得健壮而性感；人物轮廓的线条由以前的涩滞内敛转变为浑圆饱胀；画家把自己生命的活力和欲望注入对模特的审美观照中。亨特对此评论道："我可以毫无掩饰地说，这幅画给我的印象很深，特别是那种令人作呕的、带有异国风趣的色情口味……我怀疑罗塞蒂已经把刺激感官和获得动物一样的生理快感作为艺术追求的目标，我坚决反对这种堕落。"[③] 这是后期罗塞蒂更具世俗色情意味的艺术旨趣。

因为这种俗性与圣性结合与分离的缠绕，唯美主义的情色其实就结合了世俗和神圣两种态度，与下面将讨论的无限色情的贫乏不同，它是丰盈而灵动的。所以，唯美主义的"不敢说出名字"的色情作为无限的非理性精神之一种，与其自觉的形式主义美学理想更多代表一种世俗价值不同，可以说更主要是一种圣性态度和立场。

三　色情的美与丑

为了深入理解唯美主义艺术中的色情，这里将唯美主义色情与萨德的色情作一仅限于本章主题的比较。在萨德之前，丑的色

① 参见澜工《唯美主义大师图典》，陕西师范大学出版社 2003 年版，第 245 页。

② 同上书，第 224 页。

③ 参见陶宇《温和的反叛——拉斐尔前派艺术研究》，硕士学位论文，中国艺术研究院，2003 年，第 21 页。该论文分析了拉斐尔前派艺术尤其是罗塞蒂画作的现代主义尝试。

情更多是指对合法的性的违犯（婚姻之外的性），而社会对此违犯有时也取一种变通的态度。也就是说，社会多少是容忍违法的性的。当然也存在对性禁忌的触犯，却并不敢公开为此吁求话语权，因此对性禁忌的触犯往往被错位地归为道德范畴，以不道德之名抹去了其可能的严肃意义。但自萨德始，色情公然违反性禁忌，他把违禁色情置于光天化日之下，如此，对禁忌的触犯这一问题就彻底越出了道德的疆域，成为一个质疑俗事物世界之有用性和明晰性原则的异常尖锐的问题。某种程度上，萨德开了打破禁忌和书写触犯禁忌的色情文学之先河。不过与唯美主义的色情不同，萨德的色情对性禁忌的违反无论在生活中还是在艺术里都呈现出一种缺乏悖论式思辨的极端形态。他的违禁对动物性的接近之强度是绝无仅有的，他要的似乎就是本来的动物性，就是回到赤裸裸的文化之前的自然状态。通过把人重新降为动物，完全取消了人的文化之努力，也消解了基于人化的圣性价值。萨德的色情不具有唯美主义色情的圣性情怀，是一种严重忽略对人的整体性生存之察知的偏激。

那么，萨德的色情是什么样的色情？与唯美主义的色情比较，萨德色情的文学性价值立场如何？它为唯美主义的违禁做了什么？

萨德侯爵（Marquis de Sade，1740－1814）出生于法国南部一个古老而高贵的家族，然而，在其成年岁月中他时而被当作疯子，时而又被看作罪犯，一生中的大部分时间是在监狱和疯人院度过的，他的作品和他本人的奇特魅力就受惠于这种俗事物世界之外的经历。由于其性虐狂行为和对性虐狂的书写，萨德这个名字成了为增加性快感而施虐这种精神病的名称（Sadism）。他的小说《索达姆城的一百二十天》、《朱斯蒂娜》（《淑女蒙尘记》）、《朱丽埃特》和其他一些作品充分演绎了他的性虐狂行为和对性虐狂的幻想。他认为这些不仅是为了推广多种多样的性经验，也是为了把人从世俗禁欲中解放出来，其目的是为了追求科学真理。因此，萨德长期以来主要是作为色情小说家为人们所熟知和记忆。然而，萨德并不是普通的色情小说作家，他的色情是基于他自己颇引为自傲的哲学修养，这种自傲在他的多数作品中都有表露。

与唯美主义色情潜在的反理性旨趣不同，萨德色情是明明白白的文化虚无主义，它当然包括了对文化之理性内核的否定。而且，与唯美主义者不自觉地寻求自律性的违禁行为不同，萨德是有一整套理论为其选择的生活方式和文学主题做准备的。萨德性虐狂的直接思想基础是他的自然主义和自由主义，这种哲学结论的出发点却是科学理性和唯物质主义。

我们知道，西方的理性传统孕育了实证的科学理性。萨德之前，科学和工程的辉煌成就便使得唯科学主义成为一种极有说服力的社会思潮，到18世纪中叶，科学与唯物质主义哲学的结合就完全公开了，[①] 是科学促成了哲学领域的唯物质主义。唯物质主义成为不少人笃信的“新宗教”，它宣称：宇宙不过是由受物理规律支配的物质构成。物质不是被创造的，而是永恒的，其本质是不可毁灭的。整个宇宙都一直受到自然创造的推动力的制约。以此来看人的生命：生命便是自然的不可停止的力量对分子永恒的重新排列。个人的意志和行动与自然持续快速地再使用分子的现象相比，根本没有任何价值。因此，这是个使自己保持永恒的宇宙，上帝只是个不恰当的假设，建立在一个假设的、根本不存在的存在物——善——之上的道德系统显然是一派胡言。宇宙以其自身的力量规定着与人的意志无关的生命、欲望和权力法则，这个法则并不在意人们组建社会的法则。[②]

萨德将唯物质主义的道德内涵进一步扩展，得出了他的道德

① 参见［美］雅克·巴尔赞《从黎明到衰落》，林华译，世界知识出版社2002年版，第363页。

② 参见［英］大卫·考瓦德《序言》，［法］萨德《朱斯蒂娜》，旻乐、韦虹译，哈尔滨出版社1999年版，“序言”第25页。

自然主义的逻辑结论：社会是一个非自然的结构，其目的是反对自然。人们所谓的“邪恶”根本不是自然所关注的问题，自然以一种宽宏大量的方式看待战争、迫害和暴虐。所谓渎圣是荒唐的，因为上帝根本不存在。而在自然中根本不存在财产，因此偷窃不是罪恶。谋杀和自然因素引起的死亡从这个角度来看也毫无区别，所以同情不过是软弱。① 关于性，萨德认为：爱情是一种幻觉，是人的一种傲慢，因为欲望是性感刺激的结果。性是一种欲望而且本身就是一个结果。生育不是自然优先考虑的事情，自然采取了浪费的形式，因此，同性恋只在社会的意义上是罪恶，正如通奸、卖淫以及所有其他形式的性反常行为一样。它们是自然现象，具有自身的缘由和一个优先的宇宙的正当理由。② 而欲望者只能凭借自己的能力获得对身体欲望各自不同程度的满足。就这样，道德体系完全坍塌了。在《淑女蒙尘记》中，德·布鲁萨克侯爵想借索菲之手毒死亲生母亲，他游说索菲答应他的那段话就是萨德这种反社会的道德观的直陈：“在你缺少哲理的眼中，出现了两件大罪，由于被杀的人是我的母亲，这罪行就加重了。所谓杀死我们的同类，索菲，请你注意，只不过纯粹是空想而已，大自然没有赋予人类灭绝一件东西的能力，人类充其量只有改变一件东西的形式的能力，而没有将其灭绝的能力。而从大自然来看，一切形式都是平等的，在宇宙的巨大熔炉中，没有什么是消失的，只不过变化而已，投进熔炉的每一部分物质，都不停地以新的面目出现，我们不管做什么，我们的任何动作都不会直接伤害它，都不能玷污它。我们的破坏只能使它恢复活力，保持它的能量，而一点也不能使它减弱。”③

实施这种自然法则的自然力在人的生活中表现为强权，反道

① 参见［英］大卫·考瓦德《序言》，［法］萨德《朱斯蒂娜》，旻乐、韦虹译，哈尔滨出版社1999年版，“序言”第27—28页。

② 同上书，“序言”第28页。

③ ［法］萨德：《淑女蒙尘记》，陈慧译，时代文艺出版社2002年版，第78页。

德是根植于权力中的。而且这种权力不是任何有确定组织形式的社会权力，它是发自自然寓于个体的破坏力。很明显，萨德必然是反任何形式的政体的，他也的确不见容于他所经历过的所有政体。而萨德索要的自由就是对此种强权的理论保障：从他的唯物质主义的哲学基础出发，自由就是权力在满足身体欲望的过程中不受约束的运用，除了受动方的反抗外。萨德将欲望解释为物质的产物，而物质是唯一正当的理由，因此自由只能是对欲望的维护。

《淑女蒙尘记》中有一段对感恩之情的驳斥极具个性地表现了萨德关于个人自由的闻所未闻的荒唐推理。索菲救了一个名叫达尔维尔的伪币制造者，但她的善举招来的却是受恩者对她的欺骗和血腥的虐待。达尔维尔为他的行为辩解道：“索菲，你所主张的感恩之情，大自然是不承认的；它的法则里从来没有这项记载；施恩的人获得乐趣，并不能成为一个理由，使受恩的人放弃他对施恩者的权利。你看见在禽兽中也有你引以为傲的感恩之情吗？当我的财富和精力都超过你的时候，我为什么要为你而放弃我的权利？就因为你为你自己做了一件应做的事吗？”①

因为施恩只是施恩者个人的需要，她从施恩行为中感到的乐趣就是对其行为的回报，她因此不可以再要求别的。而受恩者无论是强者还是弱者，必然仍会按照他本有的生活逻辑去行事，强者就可以按这种逻辑继续压迫施恩于他的弱者。这种权力逻辑清除了在这类事件中潜在而人道的等价交换（回报）原则。其推理前提是唯物质主义，结果就是身体欲望和满足欲望的个人权力。换个说法，极端个人自由理论制造出一种将人从人神关系、人际关系、国家约束甚至整个文明中彻底剥离出来的可怕情形，它要将人与动物的差距完全取消。

① ［法］萨德：《淑女蒙尘记》，陈慧译，时代文艺出版社 2002 年版，第 137—138 页。

萨德将科学理性和唯物质主义引入社会领域得出其道德上的自然主义原则，这种原则独尊物质，消解所有非物质的文化建构，导向严重的文化虚无。但在这里，遵循科学理性得出的道德自然主义之“自然”，应该是人化的自然，因为科学理性本就是文化之一种，是人化的自然的产物，它不能逆推出本然的自然以及本然的自然许可的同性恋和性虐狂行为，也推不出合理作恶的理论，当然也无法推论保证这些“性反常欲念”和罪恶的萨德式的极端自由。在这里萨德将人化的自然悄悄地置换成本来的自然，但这种逆推显然不合乎科学理性对逻辑严谨的要求。不过这一置换扩展了萨德自然的外延，实存的非理性形态也被含含糊糊地包括进来，而且是以科学的名义被接纳的。更蹊跷的是，萨德还把他的自然的重心不知不觉地移到非理性方面了。所以，萨德的色情其实是缺乏理论说服力的。但这一逻辑上可疑的跳越使他的违禁色情对不明就里的人就显得理据充分、令人信服，虽然实质上不过是从一种偏激走向了另一种偏激——从科学理性到纯粹动物性，这种跳越本身就是缺乏智慧的轻率。唯美主义对动物性的接近正如巴塔耶所分析，是以理性为其必不可少的环节的——没有理性也就谈不上对动物性的接近，当然也没有圣性之存在，会成为萨德式的本然的动物性。不过严格说来，套用萨德自己的习语，回到本然的自然肯定也只是人的一种傲慢，一种妄想。

从这种逻辑中演绎出的极端自由也不可能是萨德所标榜的真正自由。摆脱与相对他者和绝对他者的诸种关系，人并不能获得纯粹自由。从经验层面来看，受萨德所谓的自然法则支配也是受约束。这种约束与社会法则对人的约束在人被约束的意义上并无不同。因此，人受制于自然力也是人的不自由，并没有纯粹的自由。当然，社会法则和自然法则对人的约束是不同的：自然法则是人不能选择的，而且相对不变；社会法则是人根据需要建构的，不会恒常不变。就社会法则而言，它的变动性允许人为自己的违反寻找可接受的借口，同时这种变动性标示着人的社会性的不断发展。然而，相对不变的自然法则总是以不同形式的个体性方式呈现于人的公共生活领域，它是个体对人的社会性永不能臻于完善和完美的一种挑战。因此，对人的动物性的凸显永远是要求社会变革的旗号。萨德就曾被视为和法国大革命是一体的两面。从革命的层面看这是对的，尽管萨德与法国大革命的政治抱负根本不同。也就是说，正是对人的动物性和人性的强行区分，使萨德从一个极端走到另一个极端。但萨德的自由主义的意义正在于此：他从科学理性演绎出的极端自由主义以其巨大的偏执力量形成对同样偏执的理性社会之不自由的强力冲击。

这种理论所保证的色情对社会全面而根本的挑战，比唯美主义色情通过对禁忌的违犯对社会道德的温和质疑，其毁灭力量惊人得多。而与唯美主义通过圣性吁请人的整体性复权不同，萨德色情的破坏力对人的整体性的可能基本上只有一种反例的价值，而其色情文学的价值立场也很难纳入圣与俗的二元范畴来考察。

那么，萨德凭借其哲学思想所践行的性虐狂色情与唯美主义色情的不同具体表现在哪？

按照前面的分析，唯美主义的色情是对禁忌的违反，而禁忌是人类走出自然、脱离动物性的开始，是文化的起点，在这个意义上色情是对自然的回归。但是，色情回归的自然已经不是人类当初要摒弃的自然，他回归的是因为禁忌而变得满有魅惑的文化性自然。因此，色情这双重的违反使回归自然的人能够恢复人的整体性。① 人的这种违犯过程就开示出隐匿的圣性领域。也就是说，人的总体性、神圣眷顾都是人的一种文化行为，因为这种回归中既有人做出选择的意志，又有人以赋予自然文化属性的方式

---

① ［法］乔治·巴塔耶：《色情史》，刘晖译，商务印书馆2003年版，第62—63页。

对其性质的改变。

萨德由他的哲学思考保证的色情当然也是对自然的回归，但不止于此，它对自然的回归有着彻底排除文化的疯狂决心。在《索达姆城的一百二十天》中，萨德列举了六百种激情：从“简单的”激情到“充满杀气”的激情。这些激情以暴虐抹去了人化的温情。巴塔耶在《色情史》中对萨德的色情有专门的分析，他将其定义为无限的色情。在萨德想象的色情中，色情行为并不是两相情愿的，而是主动方对受动方的强制，即萨德恶名的性虐狂。巴塔耶对此的分析指出：“……即对性伙伴的否定向色情敞开了最后一个领域。这个领域开始很难进入，而性伙伴的配合反而看起来是一种增加紧张程度的手段。对这种配合置之不理，在冷漠中寻找新的毁灭形式肯定是不人道的，因为这些新形式通过在残酷和罪恶中增大胆量，无视同谋关系，加剧了违反。”①

也就是说，性虐狂与一般色情相比有一个基本的不同，那就是对同盟关系，对社会关系的漠然否定。这是萨德哲学思考的色情样式：萨德从唯物质主义得出身体欲望应不受任何限制地获得满足，这就断然否定了与他人的任何社会性联系。因此，指导萨德及其作品中人物行动的法则是彻底的个人主义和文化虚无主义。正如莫里斯·布朗肖所说：“（萨德）的道德……是建立在绝对孤独的首要现实之上的。”萨德“说过且以这种形式重复：自然使我们孤独地诞生，一个人与另一个人没有任何关系。行为的唯一法则，就是我喜欢一切对我产生完美影响的东西，我把那些在我看来会对别人产生不利的东西视为乌有。别人的最大痛苦总是比不上我的欢乐。我会用数桩闻所未闻的罪行换取最小的享乐，这又有什么关系呢，因为享乐令我愉悦，让我感同身受，但

① ［法］乔治·巴塔耶：《色情史》，刘晖译，商务印书馆 2003 年版，第 148 页。

是罪行的后果对我不起作用，它是身外之物。”①

因此，萨德的极端色情是对文化、对社会、对他人、甚至对自我的否定。从这个角度看，唯美主义的色情对文化的否定就很难算得上是真正的否定了。因为在同性恋行为中人对自然的回归还保留着对性伙伴的认同，按照巴塔耶的说法就是因“对—面”的关系而期望着无限接近那逃逸而去的陌生的所爱者，这就认可了人的社会性存在属性。这种对禁忌的违反实质上仍然在文化的疆域内，它是人对带有文化意味的自然（因禁忌）的回归，对本来的自然只能是接近而已。所以，这种色情与其说是对文化的违反，还不如说是对文化的一种迂回的建构，它暗含着对人的完整性的诉求，在实际生活中开化社会对其的态度有时也是模棱两可的。但萨德的色情中个体是彻底孤立的，其模式是凶残的狼和悲惨的羊。他的明晰的意志和行动都是要回到切断了与文化的所有联系的纯粹自然状态，尽管从终极的立场看，和唯美主义一样，他也绝对做不到纯粹。

不过，萨德的色情肯定或多或少地影响过唯美主义的色情。萨德不算多的创作基本上是一些古典叙述风格的作品。他的创作对唯美主义、对文学的启示在于：通过对禁忌的书写拓展了文学的边界，进而促使人们去思考文学是否应该有边界。通过对文学边界的开拓，还模糊了为实存划定的界限。而通过对极端色情的描写，他又为唯美主义、为文学的想象力插上了黑色的翅膀——对恐怖、残忍和罪恶的想象。

对文学边界的挑衅无论如何都需要非同寻常的想象力，因而，萨德对于想象力所具有的魅力不容否定。他是个特殊人物，超越了单调的资产阶级时代卑微价值观允许的纯粹邪恶或纯粹善良的人的观念。1843 年圣伯夫评论说，浪漫主义的两个主要人

① ［法］莫里斯·布朗肖：《洛特雷阿蒙与萨德》，转引自［法］乔治·巴塔耶《色情史》，刘晖译，商务印书馆 2003 年版，第 149 页。

物是拜伦和萨德，萨德提供了违禁事物的诱惑力。紧随浪漫主义之后的唯美主义就从萨德身上继承了这种反叛。在绘画艺术中，他被证明是视觉意象的丰富源泉：许多画家，包括拉菲尔前派的画家，都利用了他的残酷和对成规的破坏。[①] 法国唯美颓废派作家于斯曼在小说《逆天》中也有对萨德及其创作的分析。而巴塔耶对萨德的强烈兴趣结出的果实，就比萨德自己更具思想价值。受惠于巴塔耶的一些后现代主义大师福柯、罗兰·巴尔特等的写作肯定也从萨德的“超文学”写作中获取过较多的灵感。[②]

但萨德的想象力并不直接与美感相关。他与唯美主义所谓的“恶之花”很不相同，他只有恶没有花。王尔德、波德莱尔等要在违禁、在恶与丑中提炼出美，他们献祭的神殿供奉的是美；萨德则不然，他对残暴色情的叙述几乎不带任何美感，或者说预示了其后的“反美学”。但是，他让人深刻地了解到想象力驰骋的广阔领域，想象力的指向并不单纯，而且指向本身在原初时刻不应被赋予价值判断，也就是说任何方向的想象力都应该被允许，它是自然的总体性的体现。他让人体悟到文学确实是具有充分的反叛特性和权力的，这种特性和权力是人的整体性本身赋予的，因为文学从不自觉到自觉描写的都是整体性的人。而尤其肯定的是，如果没有萨德式的黑色想象力，唯美主义的“恶之花”是不可能的。王尔德在《道连·格雷的画像》中就描写了令人毛骨悚然的谋杀。他还感慨说：“……十九世纪的服装可恶至极。色调是那么阴暗、沉闷。现代生活中剩下的唯一真正鲜明的色彩都是

① 参见［英］大卫·考瓦德《序言》，［法］萨德《朱斯蒂娜》，旻乐、韦虹译，哈尔滨出版社1999年版，“序言”第15—17页。

② 关于福柯从萨德那里获取的灵感，主要见之于他的多卷本巨著《性史》的内容和写作风格；而巴尔特则直接对萨德有所研究，并在其灵感的启迪下写出了自己的“超文学”作品，这方面尤其可参见他的两部著作——《萨德，傅里叶，罗约拉》（*Sade*, *Fourier*, *Loyola*, Paris: Seuil, 1971）和《恋人絮语》（*Fragments d' un discourse amoureux*, Paris: Seuil, 1977）。

罪恶。”① 而波德莱尔和于斯曼更是迷醉于恶之美。

然而，正统的文学在漫长的历史时期缺乏对自身特性的明晰意识和对本属于自己的权力的自觉，甚至今天还是如此，虽然文学创作中像萨德和唯美主义这样自觉不自觉地突破禁忌打破边界的书写其实一直在发生。不过，人们现在对文学究竟是什么到底有些犹豫起来。在消解本质的今天，人们当然有充分的理由要求诸多领域边界的拓展或者干脆去除边界，文学也不例外：书写应该是自由的，一如人的自由——许多因素之间达成平衡的动态的自由。但这是哲学发展的后果，人们很少从文学理论自身出发去思考这些问题。原因当然复杂，但有一点可以肯定：人们普遍缺乏类似萨德的理论叛逆所需的想象力，大概因为理论留给想象的空间很小。

第三节　王尔德：滥费的圣与俗

一　圣王的权力

依据前面提到的巴塔耶有关“普遍经济学”的理论，原始的“宗教性”运动是一种意欲否定“以生产活动为中心的世界”的逆向性运动，原始的献牲以及祝祭作为“非生产性”的滥费，亦即作为非功利性的“纯粹赠予”打开了“圣性事物”的维度。因此，这种“非生产性”的滥费就不仅仅是与经济、经济学领域相关联的，而且还与对“功利”、“谋划”进而对“理性”、“知”这类更根本问题的重新追问相关联。滥费打开的“圣性事物”之维，其“本质”是非俗世的至高性“时刻”和两义性“状态”，是对“语言的分断能力”、“俗事物世界的时间观念”，进而对“知”、“理性”这类哲学认识论问题进行的重新追问。

① ［英］王尔德：《王尔德全集》（小说童话卷），荣如德、巴金等译，中国文学出版社 2000 年版，第 33 页。

那么，原始宗教性运动的祝祭、献牲到底怎样？

据巴塔耶分析，“祝祭”就是以滥费的形式突然要否定使“俗事物世界”得以持续成立的规约，突然中断进行劳动时、合理化地行动时不可缺少的谨慎以及保留的行为方式；欲从有效抑制的规律化的行动模式中脱离出来，力图突然导入平时所讨厌的、欲避开的混乱和无秩序，把经历无数劳碌和辛苦生产的产品（诸如畜牧成果牛羊、农耕收获稻麦等）以几乎就是“白费”的方式作为“祭品”消费掉。其集约化的形态即是“献牲”（sacrifice）。[①] 换句话说，原始的宗教性运动以庄严隆重的仪式实际上掩盖着一个颠覆、奢侈与狂欢的“大阴谋”，这里奢侈本身就是颠覆，是非理性生命的极致张扬。它导入了对时间、对谋划的否定，以及对明断、确定的无视。而滥费的极致——献牲，就是对俗性的极致否定了。

所以，“纯粹赠予”（祝祭等）的维度实际上映照出了人类的最隐秘目的，人类在心灵的极深处期望着（明知不可能而又欲望着）最终毫无保留地消尽，亦即“纯粹赠予”这一维度就这样把人类无论如何意欲超越“有用性”和与此相连的实在性、庄重性，从而达至“非功利”的辉煌这一终极的，但却不可能到达的目的奇迹般地开示出来……尽管只能在那一瞬间。[②] 因此，祝祭就是以消尽的方式对俗事物世界的决然否定，是比违犯个别的禁忌更全面的违犯，是更深入地回归圣性动物性。与此同时，也使物由从属于有用性的俗事物世界归于其本来的灵性存在样态之隐秘世界。也就是说，献祭过程中，物摆脱人所赋予的物性，成为圣性的物自身。某种程度上，这是双重的回归神圣性。

---

① 参见［日］汤浅博雄《巴塔耶：消尽》，赵汉英译，河北教育出版社 2001 年版，第175页。另参见 Georges Bataille, *The Accursed Share: An Essay on General Economy*, Volume Ⅰ, “Consumption”, New York: Zone Books, 1988, pp. 45－110。

② 参见［日］汤浅博雄《巴塔耶：消尽》，赵汉英译，河北教育出版社 2001 年版，第213页。

当然，从人化的人的角度，祝祭的发生与色情一样是人的“自律性”的隐晦而执着的要求，是违犯的违犯。与色情的圣性相同，祝祭的圣性也是在对禁止的触犯未被反思的情况下呈现的。事实上人们就是无自觉的：在功利性的外在的生的时空中，人们不能理解自己不依存于、不服务于任何物，唯有作为自己本身，在自身之中才具有终极性这一至高的存在样态。然而，尽管置身日常生活的人们并未清澈地意识，但在内心深处却总是相信“自己并不是专为回应满足生存必需品之欲求的一种存在”①。他还有超越生存的精神性愿望。但是，内心深处的意识不是明晰的意识，人们就自己对圣性的忧虑没有明识。原始的祭祀活动就这样打开了深深的连续性。而原始的王或高贵者的权力，从根本上说就被刻写上一种“消失型权力”的特征。在其限度内，财富不仅向获得与拥有之方向而且也向滥费的方向、向奢侈与狂欢敞开。②

不过，当制度化的宗教将原始圣性限制到几乎消失的地步，滥费就随着原始的王或高贵者的消失沉潜入人类意识的深处，俗事物世界通向圣性的这个契机就被遗忘了。但是，接近圣性是人的最基本最顽固的倾向，这个契机是不可能彻底从俗事物世界失落的。因此，在王尔德的时代，上层阶级生活中的奢侈和排场多少就有点原始的王的滥费意味，就于暗默之中安慰了对圣性的焦灼。但这是隐蔽的，不为时人所认同；在他们眼里，滥费实际上与罪恶相连。他们无法辨识圣性的滥费与世俗的消费。绝妙的

---

① ［日］汤浅博雄：《巴塔耶：消尽》，赵汉英译，河北教育出版社 2001 年版，第 189 页。

② 巴塔耶有关原始的王和高贵者的“消失型权利”的论点，也与他所谓“普遍经济”的观念相一致。“消失型权力”主要呈现为滥费形态的权力，不同于功利性的消费，向圣性开放；也是早期人类社会其社会分层的一种标记。他的这一思想有其人类学和宗教史的来源，比如，马塞尔·莫斯（Marcel Mauss）的《礼物》对北美印第安人冬季赠礼节仪式的研究。参见 Stuart Kendall，*Georges Bataille*，London：Reaktion Books Ltd，2007，pp. 95－103。

是，王尔德看到了“中世纪圣者”与“当代罪人”精神中的某种一致，看到他自己“罪孽”生活中幽隐的圣性。

二 自毁与成圣

王尔德讲究享乐、追逐极乐。实际上唯美主义者们都是迷醉于享乐的：佩特就写过一本《伊壁鸠鲁主义者马里于斯》的小说，在书中宣讲自己的享乐主义哲学；还有于斯曼的《逆向》（或译《逆天》）。在王尔德接受卡森讯问时被问及《逆向》，并引述了《道连·格雷的画像》中提到的此书对道连道德堕落的影响：读着此书，“他觉得，仿佛全世界的罪恶都穿上了精美的衣服，在柔美的笛声伴奏下默默地从他面前一一走过。凡是以前他曾迷离恍惚地梦见的事物，一下子都变得十分真实，而他连做梦都没有想到过的事物，也逐渐显露出形象。这本没有故事的小说，实在是一部心理学研究。其中仅有的人物——巴黎一青年——以毕生的精力试图在十九世纪再现过去各个时代的一切欲念和思潮，从而集世界精神所经历的种种情绪于一身。他既能玩味被人们荒唐地称作德行、实为矫情的自我克制，同样也能欣赏被贤哲们称作罪恶的天性反抗。……感官生活是用神秘哲学的术语加以描写的。读者有时摸不透。他看到的是一位中世纪圣者精神上的极乐境界的缕述呢，还是一个当代罪人病态的自供状。这是一本有毒的书。似乎书页上附着浓郁的熏香，搅得人心神不安”[①]。道连受其影响，感觉那个身上十分奇怪地糅合着幻想家和学者的气质的巴黎青年是他自己的原型。他也要经历各个时代的一切欲念，以锤炼集世界精神所经历的种种情绪于一生的独特个性。而且在这种个性里，很诡异地结合着当代的罪与中世纪的圣。那么，他有怎样的经历？

---

① ［英］王尔德：《王尔德全集》（小说童话卷），荣如德、巴金等译，中国文学出版社 2000 年版，第 134 页。

接下来王尔德用了整整一章缕写道连对各种享乐奢华的品玩：他的宴会的排场；各种香精及其制作的秘密、各种芳香对感官的不同刺激以及这些不同的刺激所对应的不同情绪状态；各种不同个性的音乐、各具风格的音乐会、各种古怪的乐器它们奇怪的演奏方式以及各自特别的音色；形形色色的珠宝的变化多端的迷人色彩、各自独特的神奇效用的奇闻、传说中和历史中高贵者的名贵珠宝夸耀式的气派；各种最珍奇的绣品和壁挂的精美做工以及富丽堂皇的构图；各种华美的法衣；等等。

读读王尔德对珠宝的铺陈：

> 他对珠宝发生了兴趣，曾像法国的海军将领安·德若耶斯那样穿了一件缀有五百六十颗珍珠的衣服参加一次化装舞会。……他常常整天玩弄收藏在首饰匣里的各种珠宝，搬来倒去，理了又理。其中有金绿宝石，它的橄榄绿颜色在灯光下会转成红色；有嵌着银色纹理的乳光宝石、淡黄中微泛绿色的橄榄石、玫瑰红和醇酒色的黄玉；有鲜艳夺目的红玉，其中闪烁可见一颗颗四角的星星；有红得火辣辣的钙铝榴石、橘黄色和淡紫色的尖晶石；有红蓝闪色的紫晶。他喜欢日长石的金红、月长石的珠白、蛋白石的虹晕。他从阿姆斯特丹物色到三颗大得出奇而又晶莹可爱的绿柱玉，还有一颗采自古老岩层的绿松石，是行家无不啧啧称羡的极品。①

他还醉心于传说中和古代高贵者对珠宝的享用和炫耀：

> 锡兰国王在加冕的那一天要手拿一颗很大的红宝石骑马穿过首都的大街。牧师约翰的宫殿的大门是“由肉红玉髓制

① ［英］王尔德：《王尔德全集》（小说童话卷），荣如德、巴金等译，中国文学出版社 2000 年版，第 144 页。

成，上嵌蝰蛇角鼻，使人不得携毒药入”；尖顶上有“金苹果两枚，内藏红玉两颗”，白昼金光灿烂，夜里红玉照耀。洛济的一部传奇小说《美洲一珍珠》里讲到，在女王寝宫中可以看到“世上所有贞洁女子的银像，各自面对贵橄榄石、红玉、青玉及绿柱玉的宝镜顾影自怜”。马可·波罗尝见日本国百姓将粉红色珍珠置于死者口中。神话中说有一海怪爱上了一颗珍珠，采珠人潜入海中取出这颗珍珠献于波斯国王庇鲁士，海怪愤而杀死采珠人，并为失去所爱哀伤七个月之久。据普罗科匹厄斯所述，匈奴后来将庇鲁士诱入陷阱时，国王扔弃了珍珠，虽然阿纳斯塔修斯皇帝出了相当于五百六十磅黄金的赏格，却始终未能觅获。马拉巴尔王曾给一个威尼斯人看过一串念珠，那是由三百零四颗珍珠串成的，每一颗代表一位他所崇奉的神。

据勃兰托姆所记，亚历山大六世之子瓦伦提努阿公爵拜会法王路易十二时，他的马全身披着金叶，他的帽子上两排红宝石辉煌耀眼。英王查理坐骑的马镫上有四百二十一颗钻石。理查二世有一件缀满玫瑰红尖晶石的大氅，价值三万马克。霍尔描写亨利八世在加冕之前去伦敦塔的途中身穿“凸花金钱锦袄，胸铠上镶有钻石及其他珍宝，项下一条阔带嵌满玫瑰红尖晶石”。詹姆士一世的宠姬都戴着金丝细工镶嵌的青玉耳环。爱德华二世曾赐与他的宠臣皮尔斯·盖维斯顿一副镶红锆石的赤金铠甲、一条用绿松石烘托金玫瑰的颈饰和一顶缀满珍珠的头盔。亨利二世戴的手套长到肘部，装饰得珠光宝气。他的一只猎装臂套缀有十二颗红宝石和五十二颗大珍珠。大胆查理——他那个家族中最后一位勃艮第大公——的冠冕上装饰着许多蓝宝石和梨子形状的珍珠。①

---

① ［英］王尔德：《王尔德全集》（小说童话卷），荣如德、巴金等译，中国文学出版社2000年版，第145—146页。

这种繁文缛节式的缕述与道连那种穷奢极欲的生活风格，以及王尔德那种细腻而奢华的生活趣味倒是很相宜的。实际上，上面引文所出的这一章可以说最能代表王尔德唯美主义生活的理想和唯美主义创作的格调，值得细细玩味。他如此忘情于传说中和古代高贵者那些流光溢彩美轮美奂的滥费，也许，很大程度上唯有高贵者能够滥费？无论如何，放纵感官的生活遗忘了物的有用性，深深沉醉于物自身的灵性、自身的美之中；流连于对物的无穷无尽的细腻的触知与感受，还物以物自身内在的某种终极性（物自身存在的目的性）。这与色情的放纵对功利之人的释放一样，人朝向滥费的人回归。也正是巴塔耶揭示的体现着圣性的至高性瞬间的极限体验。超脱出俗事物世界功利性循环的人在那一刻接近着深幽迷茫的晦暗之域，体会着无以言表的恍惚与沉醉。

这种经验还与基督教神秘家们的经验极为相似，只是途径不同。据巴塔耶对神秘家们的经验的分析，与所谓的行动、工作或生产活动正相反，神秘家们通过修行、冥想等方式，也就是说，他们并不“要拥有什么”，倒不如说通过“消除”自己的力和能量的运动，打破“自我”的外壳，经历着“出离到自我之外”似的经验。实际上，我们可以认为，“十字架上的信徒约翰”以及“阿维拉的圣特雷萨们”，必定达到了极其强烈的“失魂”状态，脱自体状态。① 其实，严格极端的禁欲主义和彻底的放纵欲望一样，都是感官体验的极致，是对俗事物世界理性规约的否定。这就是中世纪圣者与当代（王尔德时代）罪人精神上深刻的内在一致。

王尔德自己有一段针对这种生活的算不上反思的评议，很可以说明这种所谓的罪恶生活与圣性的两面性关系：“关于他的生

---

① 参见［法］乔治·巴塔耶《色情史》“神圣的爱”，刘晖译，商务印书馆2003年版，第142—147页。关于中世纪基督教神秘主义与违禁色情的关联，在后面讨论于斯曼的部分将有更详尽的论述。

活方式的种种离奇的流言蜚语，已传遍整个伦敦，成了俱乐部里的议论不休的话题。但即使那些听到过极端不利于他的坏话的人，只要一看见他，就无法相信任何有损他名誉的事情。他始终像个身居浊世而纤尘不染的人。人们本来在谈论秽闻亵事，道连·葛雷一进来，立即鸦雀无声。他的纯洁无邪的面容有一种使人感到内疚的力量。只要他在场，人们就会慨叹他们也曾是无瑕的白璧，但被自己糟蹋了。”① 如果道连体现的圣与罪的依存因为画像的介入还比较勉强的话，那么，《亚瑟·萨维尔勋爵的罪行》中的这段话就无可怀疑了：“……这一头金发使她脸上显示出圣徒的形象，却也掩饰不了她罪人的魅力，确是心理学研究的奇妙的对象。她年轻时就发现一条真理：最最与天真烂漫相似的莫过于放荡不羁了。”② 王尔德以戏谑的方式暗示出他对消尽与圣性之关联的心领神会，但仅止于此，正如他对违禁色情与圣性的直觉。

不过，对王尔德这样的唯美主义者而言，以“无所事事”的形式表现的滥费更有针对性。无所事事是比奢侈更具唯美性质的滥费，是古典式奢侈的现代形态，它给“有用”和“有效”这类信念以更直接的迎头痛击。王尔德《作为艺术家的批评家》的文章副标题就是兼论无所事事的重要性。在那篇文章里他将一个流行的俗见“做一件事比说一件事更难”颠倒为“说一件事比做它要困难得多”。他抨击道：“别，欧内斯特，别提行动，它是一种受外界影响控制的盲目的事，被连自己也一无所知的冲动推动着前进。它是一种本质上有缺陷的事，因为受到偶然因素的限制，并且对自己的方向一无所知，总是和目标相左。它的基础是

---

① ［英］王尔德：《王尔德全集》（小说童话卷），荣如德、巴金等译，中国文学出版社 2000 年版，第 136—137 页。

② 同上书，第 243—244 页。

想象力上的匮缺。它是那些不知道该怎样做梦的人的最后资源。”① 实际上，与做梦相比，人化的行动可以说贯穿确定的逻辑和理性意志；行动的盲目在于外界以“偶然因素”形式介入揭示出的人类理性的有限。这种有限理性就是王尔德所谓的想象力的匮缺，其实也是想象力的被牵制。梦的好处在于卸去了行动必须承担的有用性承诺，从而卸去理性逻辑，可以满足人的任性妄想，满足人超越人化成为圣王的隐晦心理渴求。而“被连自己也一无所知的冲突推动着”的行动这种表述，就是对理性有限性的一种直觉。

就这样，在不太公开的个人生活范围，王尔德凭借私密的滥费与色情活动将自我放逐了。以离弃世人的方式领悟了这个世界之外和这个世界的自我之外、时间已经变形或者说已经没有这个世界的时间的那些令人眩晕的、意味无穷的两价性生活。也就是说，他通过自我流放成了神圣的高贵者、神圣的王。当然，这还因为他不是只在创作中展示、玩味奢华，鉴赏罪恶，还在同性恋生活中极尽奢华之能事。前面引述的王尔德写给道格拉斯的信就暴露了金钱和炫富性的消费在他们两个人共同的生活中不可缺少。在那封信里他告诉道格拉斯，他在萨瓦旅馆的账单是每周 49 英镑；而据爱德华·雪莱——王尔德为他的“希腊式的爱”结交的一位社会地位不算太低的少年——自供，他有时一月仅靠 4 英镑几便士维生。这之间的差距大概就是无益的滥费，虽然也许与色情的圣与俗一样，这种无度的消费也有世俗性的物欲迷恋在其中。王尔德从狱中写给道格拉斯的长信《自深渊》一再抱怨道格拉斯浪费了他太多钱财与时间②，这是他被迫接受监狱改造、经

① ［英］奥斯卡·王尔德：《谎言的衰落》，萧易译，江苏教育出版社 2004 年版，第 115—116 页。

② 参见［英］王尔德《王尔德全集》（书信卷下）“致阿尔弗雷德·道格拉斯勋爵（1897 年 1—3 月）”，常绍民、沈弘等译，中国文学出版社 2000 年版，第 59—185 页。

过理性炼狱洗礼后的“忏悔”之辞，我们可以不必理会这种抱怨。但它向世人昭显了这位神圣之王在生活中对他们敬若神明的“有用性”的羞辱。

另据前面的分析，界限感模糊的王尔德，其创作和生活几乎是连成一体的。甚至可以说，艺术本身就是他的滥费形式之一。按照巴塔耶的分析，“精神”又一次力图切断、打破对“世界”的依存和从属，想以此而重建自己的“自律性”这种“颠倒”运动，总体上看是理解圣性事物的显现运动——献牲与祝祭、性欲以及文学艺术等——的关键，是领会“两价性”（ambivalence），正相反的价值感情一面相互对立，另一面又并存而形成一体化这一本性的关键。[①] 也就是说，巴塔耶根本就将文学艺术划入了与献牲和色情一样的“两价性”领域。这其实也就是我们前面说过的，艺术本来就行走在理性与非理性的界限上——文学艺术以所谓“美”的理性形式对非理性的精神内容的整序与表现。文学艺术当然也服务于俗事物世界，这与人化的人的悖论性处境完全相宜。但这里圣俗共在的前提还是对动物性的接近内涵着的自律性未被觉知。“颠倒”运动一旦被理性的反思穿透，光晕就无迹可寻。当然人们不必为此担忧，无边际的深深的连续性领域是不可能被穷尽的，对本来的自我同一性的追问会一直持续，对实存的分裂的意识会一直保留，而人们将面对更高阶的悖论样式，文学艺术也将生生不息。

这种意义上，王尔德就以一位神圣的王的姿势代表了纯正的文学性。唯美主义也最大可能地占据着纯文学的领地。

然而，王尔德不满足于做一个不公开的圣王，他既没有小心守住个人生活的私密，也没有谨慎止步于创作。他的漫不经心，让整个社会都愕然于他的生活和创作，从而悲剧性地成就了其圣王的声

---

① 参见［日］汤浅博雄《巴塔耶：消尽》，赵汉英译，河北教育出版社 2001 年版，第 189—190 页。

名。也使生活与文学的关系、文学自由这类古老问题再次被提出。

王尔德控告昆斯伯里侯爵诽谤罪这件事，对他个人和对文学艺术的确都是一件意味深长的事。表面看来，王尔德是要以这个社会的理性之法，维护他设想的可以被这个社会接受的所谓正当名声。1895 年 2 月 28 日，剧作《认真的重要》在伦敦首演成功后两周，他在阿尔玛特俱乐部收到昆斯伯里侯爵留给他的一张明信片，上面题有："致奥斯卡·王尔德，装模作样的好男色者。"王尔德因此理所当然地以诽谤的罪名把昆斯伯里侯爵送上了被告席。两年后，他异常痛心地承认，"我一生中最可耻、最无法原谅、最可鄙的事就是竟然不得不允许自己向社会求助，为的只是不受昆斯伯里侯爵的侵害。"①

被告方要证实王尔德确系"好男色者"实在太简单不过。1895 年 4 月初，经开庭审讯，昆斯伯里被无罪开释，而王尔德反因有伤风化的行为被捕。经过两次审问，伦敦中央刑事法院根据 1885 年通过的一条针对男同性恋的刑法修正案判处王尔德两年徒刑。这是世人对他的离弃，是俗事物世界对他的放逐，一次献牲式的放逐。这次放逐成就了王尔德的神圣之名——"臭名昭著的牛津圣奥斯卡，诗人，殉道者"。

看看自以为公允的世人怎么看这件事：

> 王尔德在法庭上为自己与道格拉斯的关系作过一番表白，他力图表明，那是一种柏拉图式哲人与朝气蓬勃的年轻学生之间纯洁完美的感情，正是这种为俗世所不理解的高尚情操充溢于米开朗琪罗和莎士比亚十四行诗的字里行间（王尔德用想象笔法写过一篇讨论莎士比亚十四行诗的文章《W. H. 先生的画像》，提出莎士比亚所爱的是一位年轻男性演员）。

① 参见陆建德《"声名狼藉的牛津圣奥斯卡"——纪念王尔德逝世 100 周年》，《外国文学评论》2000 年第 2 期。

> 这种辩白，与其说感人，不如说可怜。王尔德缺乏真正的勇气来面对一条条查有实据的指控。他和道格拉斯之间感情上的依恋绝对不是“忠贞”一词所能形容的，在猎取男色方面他们是友好的对手和搭档。……受他们享用的娈童面首大多社会地位低下，有的还是处于失业状态的仆佣。在王尔德和为他提供性服务的年轻男子之间处处是卡莱尔所说的“货币关系”（王尔德还数度被敲榨大笔款项）。伦敦高级旅馆厚厚的窗帷最终还是遮不住一桩桩丑事，王尔德的这些行止到头来只使得他的辩解乃至他一贯标榜的至高无上的美更显滑稽。
>
> 当然，类似的嗜痂之癖在伦敦上流社会甚至内阁要员中绝非罕见。要说当时的社会是在一种伪善的道德观驱使下像猛虎扑食般抓住一位艺术家的过失不放则又是有失公允了。当王尔德案的真相逐渐暴露后，物议沸腾。有关方面不得不予以追查，不然法官就要承担掩盖丑闻（该案还涉及当时首相罗斯伯里伯爵）的法律责任。矢在弦上，不得不发。①

从一种认同俗事物世界的视角，此种评议可以说相当实在而且还有保留。他们首先确认同性恋是“嗜痂之癖”，为此破费属“货币关系”，谈不上有多少情意或别的什么不同于金钱的价值。讽刺的是：货币关系本就是功利社会的尺度，人们却要将所谓情感假惺惺地排除在外。既将情感排除在外，却又要情感服从某种根本上与货币关系之本质一致的秩序。这是世人顽固的理性情结，或者也许更准确地说是由此滋生的权力欲。

这里还暗示，社会也许对艺术家是仁慈的，只不过因为要首先考虑社会地位在艺术家之上的政界要员和法官本人的利益，艺术家就不得不承担替罪羊的可悲使命了。看看这里，理性社会的逻辑有

① 陆建德：《中文版序》，［英］王尔德《王尔德全集》（小说童话卷），荣如德、巴金等译，中国文学出版社2000年版，“中文版序”第9—10页。

多混乱：似乎艺术家是可以有某种不一样的、在这个社会秩序逻辑之外的特权，但还有一个按照社会等级序列来分配的特权。遭遇这个特权的等级系列时艺术家的特权就飘摇起来——艺术家是个令理性社会头疼的难题。这都因为艺术在圣与俗之间的“尴尬”。

王尔德就这样被以明晰性为理想的社会以不明不白的逻辑，明明白白地宣判为罪人，不仅以法律的名义而且凭着人们的习见。但这场官司的本质是什么呢？王尔德遭遇了什么？他当然缺乏真正的勇气来面对一条条查有实据的指控，他甚至不敢面对自己的生活。但这只能说明艺术家也活在俗事物世界，活在世人中间。然而那不是艺术和艺术家生活的全部，根本也不是人类生活的全部。可人们却要以谨严的节制和明晰的界限干干净净地抹去圣性的至高性和两义性。看看卡森如何讯问王尔德就能了解这一点：

卡森：你读过《牧师与侍僧》吗？

王尔德：读过。

卡森：你丝毫也不怀疑这篇作品不适当吗？

王尔德：从文学的角度讲，它是极其不适当的。

卡森：你只是从文学的角度不赞成它？

王尔德：对一位文学家来说，他不可能用别的方式对此做出判断。文学，当然意味着对主题的选择和处理等，我认为它对主题的处理是蹩脚的，主题也是陈旧的。我的意思是说，我不能将一本书当成实际生活的片段进行批评。我认为它的选材是错误的，主题是错误的，写作方式也绝对是错误的，整个处理方式都是错误的。

卡森：整个处理方式都是错误的？

王尔德：主题是错误的。它本来可以写得很美。

卡森：我相信，你的观点是：没有什么不道德的书？

王尔德：是的。

卡森：你这样认为？

王尔德：是的。

卡森：我是否可以这样理解：你认为《牧师与侍僧》不是不道德的？

王尔德：比这更糟，写得很糟糕。（笑）

……

卡森：你认为这个故事亵渎神灵吗？

王尔德：我认为它的结尾，它对死亡的描述，违背了所有的美的艺术标准。

卡森：这不是我问的问题。

王尔德：这是我能给你的唯一回答。

卡森：我希望知道你是否认为这个故事亵渎神灵？

王尔德：你什么意思？这个故事让我充满厌恶。结局也是错误的。

卡森：回答我的问题，先生。你是否认为这个故事亵渎神灵？

王尔德：我认为它令人厌恶！

……

卡森：请原谅。我想知道你对这部作品到底是什么看法。

王尔德：我读这部作品的时候只感到厌恶。

卡森：我有很多问题问你，请只用“是”或“否”回答。你是一位绅士，你绝对能够理解我的问题。你是否认为《牧师与侍僧》里的故事亵渎神灵？

王尔德：我不认为是这样。

卡森：很好，我对你的回答感到满意。

王尔德：我只认为它让人恶心。[1]

---

[1] 孙宜学编译：《审判王尔德实录》，广西师范大学出版社2005年版，第56—58页。

这段特殊的对话给我们最深印象的就是卡森对暧昧朦胧的抵制，他紧盯住这个问题，锲而不舍，只要王尔德在是与不是之间做出选择：道德还是不道德？亵渎神灵还是不亵渎神灵？彻底处身于俗事物世界的理性逻辑与文学艺术模拟的圣性领域形同陌路。不是吗？这段对话里的两种声音几乎无法对话，只是在王尔德被卡森坚持不懈的明晰性追问强行拖拽出艺术的领界后，王尔德的回答才能令他满意，他们的对话也才能继续下去。在理性法庭上的这场官司是俗对圣的胜利，而且俗是必定要胜的，这是在它的法庭上。

情形就是这样：王尔德走上法庭的那一刻就注定了他必须接受这种世俗的逻辑，他也必然会败诉。在明确分断的世界中不能明确地命名的事物使人不放心，暧昧就意味着罪恶。说得更直接，触及圣性就意味着可能犯罪。人们实际上以赋予理性对非理性的无上权力成全了王尔德的神圣性，当然也是王尔德亲自将自己送上理性断头台的，他要祭祀的是文学性，是文学的圣性价值。从对一些禁忌的违犯到对抗这个社会的根本逻辑，从秘密的违反到公然的挑衅，他以本然的自我之死为圣性的祭坛纳上无价的新贡——从控告、庭审、被捕，再受审到判刑，整个一出跌宕起伏的模拟献牲的戏剧场景。这是以最华丽的滥费之形式显现的圣性，是对俗性的极致否定。因为，依据对滥费的定义，死亡（包括献牲中的死亡）是最奢华的滥费："表面看来，孕育生命的过程代价越高，机体的产生就越需要浪费，活动就越令人满意。以最低的代价从事生产的原则与其说是一个人类的观念，不如说是一个严格意义上的资本家的观念（它只有有限的意义：从股份公司的角度来看）。……生命是奢华，死亡是奢华的顶点，在生命的奢华中，人类的生命是最昂贵的，最终，在生命的安全感降低的时刻，对死亡的日益恐惧，到了一种毁灭性的穷奢极欲的巅峰……"① 死亡与穷奢极欲，死亡就是生命的穷奢极欲，它

① ［法］乔治·巴塔耶：《色情史》，刘晖译，商务印书馆2003年版，第70页。

滥费掉昂贵无比的生命。死亡禁忌是保守的坚持，是一个人化的理想。对死亡禁忌的违犯在暗默之中渴求着极度的奢华和消散，恰似将献牲品纯粹赠予神的方式，在消尽的瞬间，破除俗事物世界的谋划之营为，以无法完成之形态悬搁于无边的虚空和黑暗，浸入深深的连续混沌之域。王尔德模态式的献牲“朝向死的虚构式的接近”与祝祭的献牲中或真实或虚构的死一样，是一种发生于人内在精神中的深刻的消尽。被分裂开来的俗事物世界的王尔德目睹了神圣的王尔德的“死”。自那以后，神圣的王尔德的确死去了，只剩下一个没有神韵的世俗的王尔德。

在世人看来，王尔德“献牲”之动机是一个难以破解之谜：“为什么王尔德要打一场打不赢的官司以致引火烧身？为什么他要用遭他激烈批评的道德价值为最终诉求来证明他根本不存在的清白？也许王尔德太糊涂，也许一直就反抗父亲权威的道格拉斯在旁积极怂恿。不过王尔德一种微妙复杂的心理不能忽视。他年幼时就渴望在‘女王诉讼王尔德’的官司中出场，他隐隐地有一种自毁的冲动……”① 说王尔德糊涂似乎有些牵强。艺术家虽然对无形有天然的亲近，他对形式也有强烈的敏感。而形式能力是能够保证他在俗世之安全的。至于道格拉斯对王尔德行动的影响，此说也很牵强。王尔德并不热衷于世俗权利，无论是反对还是获取之。他对俗世的反抗并不从对权力的反抗进入。他那比较软弱虚荣又迷醉于享乐的性格更习惯于消极的方式。自毁是他行动的深层的心理动因，但习见以世俗的价值为尺度为其赋予否定的情感。实际上，自毁就是极端的消尽，是彻底消失，是难以抗拒的圣性情结。正如巴塔耶所指出，欲望的本质层面就有着超越领有化、自我所有化，消解自我（最珍贵的东西）的冲动，这种欲望包含在色情行为中，也体现在献牲以及艺术经验中。这根本

---

① 陆建德：《中文版序》，［英］王尔德《王尔德全集》（小说童话卷），荣如德、巴金等译，中国文学出版社 2000 年版，“中文版序”第 10 页。

上还是对禁忌的更彻底的否定。

王尔德似乎就是饰满珠宝走上祭坛的神圣之王，这自毁，这庄严而奢华的“献牲”，就是他文学生涯最辉煌的篇章。由此也可见出唯美主义预示的文化的后现代之走向。

第四节　于斯曼：唯美颓废主义色情与天主教神秘主义色情

一　历史与现实中的违禁色情

基本上，开启颓废主义文学先河的法国作家于斯曼的创作和生活也可纳入唯美主义这一宽泛的文化运动中进行考察。他的作品既有前期自然主义文学那种唯物质主义和生理病理主义的趣味，也有对人的精神性维度的探究和表现，特别是后期的唯美颓废主义文学和天主教文学创作。而他后期几近于修道士的生活更是为其精神性生命追求增添了浓墨重彩的一笔。尤其值得一提的是，王尔德的《道连·格雷的画像》就是直接受到他的《逆天》的启发而创作的。

本节不拟全面探讨于斯曼的创作，只就他创作中的唯美颓废主义倾向以及他自谓的天主教文学创作进行分析。事实上，于斯曼以及王尔德等对天主教的兴趣就与唯美颓废主义、象征主义粘连着，而将天主教、唯美以及颓废贯通起来的正是所谓的神秘色情，或者可以说，是所谓的颓废派艺术家们从根本上摧毁了“美感的、色情的以及宗教的经验是或者应该是相互独立的，而且是绝对纯粹的”这样广被接受的假定，① 他们颠覆了纯粹性，使人们能够重新审视天主教、颓废派以及唯美色情。事实上，本节所论神秘色情，既具有唯美形态和颓废内涵，也关联天主教的信仰和实践。

---

① Ellis Hanson, *Decadence and Catholicism*, Cambridge, Massachusetts: Harvard University Press, 1997, p. 18.

于斯曼在《逆天》中有对居斯塔夫·莫罗（Gustave Moreau）的两幅画作《莎乐美》和《幽灵》的特别冗长、特别雕琢的描写与分析。这两幅画作都是以《圣经》中的莎乐美为原型的想象之作。他是这样透过《莎乐美》感受莎乐美的：

> 她的神情凝重、庄严，甚至可以说是令人敬畏。她跳起了淫荡的舞蹈，唤醒了昏耄的希律王那处于休眠中的性欲。她的酥胸随着舞蹈上下起伏，摇曳的项链摩挲着乳头，使其变硬，耸了起来；钻石在她微湿的皮肤上闪耀着光芒；手镯、腰带、戒指亦闪闪发亮；她华丽的长裙上点缀着珍珠，绣着银色的花纹，镶嵌着金片，金银华美的紧身衣上每一个网眼都串着一颗宝石，仿佛燃烧了起来，蛇形火花在茶色的肉体、深玫瑰红色的皮肤上蜿蜒，宛如有着炫目鞘翅的漂亮昆虫，布满胭脂红大理石花纹的翅膀上，点缀着光亮的黄色斑点、钢蓝色斑点和孔雀绿条纹。
>
> 她全神贯注，眼睛像梦游者一样……
>
> 这样的莎乐美是艺术家和诗人们心中挥之不去的形象……①

而《圣经》中对圣约翰被斩首的描写其实相当简短稚拙，并没有福音书著者详述过这位舞者令人不安的可怕魅力和侵犯禁忌（乱伦）的放荡行径。她的形象模糊而神秘，很容易被忽视和遗忘，只有那些具有萨德式的黑色幻想能力的敏感大脑才不会忽视她。而于斯曼和莫罗就具有这样“病态”敏感的大脑。② 所以：

---

① ［法］乔里－卡尔·于斯曼：《逆天》，尹伟、戴巧译，上海译文出版社 2012 年版，第 49—50 页。

② 同上书，第 50—51 页。

> 居斯塔夫·莫罗的作品超越了《新约》所提供的微薄事实……她不再仅仅是通过妖娆地扭动腰肢、发情似的发出充满欲望的叫声来挑逗一位老人，通过颤抖乳峰、抖动腹部、展现大腿来妨碍国王的毅力，熔化其意志的舞娘；从某种程度上，倔强症让她的肉体紧绷、肌肉僵直，使得她脱颖而出，化身成为象征千古不变的淫欲的神明，成为象征恒久不灭的歇斯底里和受人诅咒的美貌的女神。她像一头可怕的野兽，冷漠、轻率、麻木，如同特洛伊的海伦一样，毒害扰乱所有接近她、看见她以及被她触摸过的一切。[①]

这些引文提供了很多信息。最突出的是感官之美的悦目。于斯曼对色和光的感觉异常敏锐，这既是对画家用色用光的真实领悟，也是他自己对天主教呈现的美的理解（对此下一小节将更多论及），更重要的是他非凡想象力的发挥。这种发挥，正如他自己所说，是对灵魂的自然主义的描绘，或者说，是相对于前期生理自然主义的，精神自然主义的手法。[②] 艺术家当然不能脱离物质和身体，他用心于唯美的形式表现物质和身体，表现那么奢华无比的身体，但也并不滞留于此，而是要穿透并超越，上升到灵魂和精神以对抗时代的物质主义。

对他而言，对抗物质主义的武器就是在神秘颓废的色情中寻找到的精神尚在的明证。引文中《莎乐美》的情色来自《圣经》，这是基督教正典，换个说法，天主教本就有神秘色情的文本，虽然天主教是标榜厌弃色情的。而且，尽管《圣经》对此的描写十分有限，不过，简短稚拙的文字更能令那类天性“邪恶”、

---

① ［法］乔里-卡尔·于斯曼：《逆天》，尹伟、戴巧译，上海译文出版社 2012 年版，第 51 页。

② Joris-Karl Huysmans, *Là-Bas: A Journey into the Self*, trans. Brendan King, California: Dedalus, 2001, p. 12.

神经敏感、想象强烈的人们浮想联翩，莫罗和于斯曼的精美演绎就是以此为起点的。一方面，他们表现了色情本身，但在此更值得强调的，是他们将违禁色情之于人类精神的召唤和映照揭示出来。这位莎乐美，她是漂亮的昆虫，是可怕的野兽，是动物，野蛮而直接；但是，画面又隐含着庄严、阴森的寓意，使她的淫荡能够神化，显得放纵又绝望、轻率又严肃，邪恶而超凡，还是这位莎乐美，她又是令人敬畏的永恒的女神。从情色迷恋渐入宗教迷恋，显露出色情之后的关切。在此，正是天主教本身，以及神秘色情的悖论式可能，提示出人们神圣的精神性生存。

对于天主教中的神秘色情，于斯曼还借助对巴贝尔·多尔维利的两部传教文学作品《已婚教士》和《恶魔》中描写的，与亵渎圣物结合的性虐待狂行为的分析，指出其存在的古老历史，从而更全面地揭示出天主教神秘主义与违禁的性虐色情狂的关联。

> 在《已婚教士》中，巴贝尔·多尔维利对成功地诱惑了很多人的基督进行了歌颂；在《恶魔》中，作者向撒旦投降，继而赞颂撒旦，于是出现了天主教思想的变体——虐待狂……
>
> 然而这种如此奇特如此难以定义的思想状态对于异教徒来说是很难想象的。它不仅仅是体现在过度的性欲之中，这种欲望在残忍的强暴下会更加亢奋。原因是在那种情况下，这只不过是性意识失常，色情狂达到了他最成熟的状态；这种思想主要还是体现在各种猥亵圣物的行为中，存在于道德的叛逆、精神的荒淫中……这种思想的另一个重要特征就是，害怕的同时又得到了快感……
>
> 实际上，如果不亵渎圣物，性虐待狂也就没有存在的必要了；亵渎圣物，正是因为存在一种宗教，所以才会产生，只能通过信仰这个宗教的人才能实现；如果亵渎且不相信并

> 不了解的信仰，人是不可能从中得到任何快感的。性虐待狂的力量，它所表现出来的诱惑……存在于我们对天主教教义的逆向遵守中，为了最强烈地嘲弄上帝，犯下了他最讨厌的罪行：亵渎宗教和肉欲过度。
>
> 一言以蔽之，萨德侯爵为其命名的这种恶习和教会一样古老。曾在十八世纪横行一时，仅仅是以返祖的现象重新出现，即中世纪对巫魔夜会的亵渎行为。①

对此，于斯曼继续评议道：

> “继波德莱尔模仿巫魔夜会之夜所唱的圣歌，歌颂可怕的巫师的夜半集会的诗篇之后，这是在所有的现代传教文学作品中，唯一见证了对宗教既虔诚又不虔诚的精神状态的作品……”②

于斯曼因此觉得，巴贝尔·多尔维利的作品在他的时代绝无仅有，显得神秘莫测，这些作品的内容和文体都具有强烈的颓废格调，展现了人们所谓的病态和腐朽：猥溃不堪的外表，熟到腐烂的味道。然而，在这些令人绝望而深有渊源的作品中，存在一种奇异莫辨的魔力，通过字面，能够捕捉到只有灵魂才可感知的另一层意思，这层意思显露了穿透沉默的激情，而这沉默意指精神的无限，就如同波德莱尔的某些诗篇，是能够感动内心最深处的咒语，它们已经远远不止于感官、颓废以及绝望了。

在于斯曼看来，性虐待狂色情很早就在天主教实践中滋生出来，天主教既是性虐待狂色情的动力之源又是其魅力之源，正是

① ［法］乔里－卡尔·于斯曼：《逆天》，尹伟、戴巧译，上海译文出版社 2012 年版，第 147—148 页。

② 同上书，第 149 页。

因为天主教对其的公开反对，才加重了其违禁的神秘情色魅惑。甚至，亵渎宗教和变态色情被认为是对天主教教义的逆向遵守。在很大程度上，于斯曼的论证是有说服力的。正是在教会系统，在僧侣中，久被压抑的情色才当然地激起了这样隐蔽的、伴随莫名快感的反抗想象和行动。而我们在这类论点中就能发现唯美的颓废主义与传统基督教的亲缘关系，那就是唯美的颓废主义者们在天主教中找到了途径（天主教的神秘违禁色情）与资源（天主教的传统）去表现色情的精神性、继而表现生命的精神性。事实上，前面曾提及的王尔德在《道连·格雷的画像》中谈到的对《逆天》的阅读感受就可以旁证这一判断。他说，阅读《逆天》让人恍惚。书里感观生活是用神秘哲学的术语描写的，读者不知道自己看到的是一位中世纪圣者精神上的极乐境界的缕述，还是一个当代罪人病态的自供状。此种恍惚，正是唯美颓废派与天主教亲缘关系的体现。

当然，这与前面提到的对莎乐美的违禁色情的描写所呈现的悖论而来的圣性价值略有不同，虽然它们的指归并无不同。很大程度上，前一种价值形态类似于巴塔耶所谓的圣性，是一种导向两价性领域的状态，虽然于斯曼的表述不同。或者说，他对此种色情中力动样式的精神性的体悟，有对巴塔耶所谓圣性的直觉。而这里的性虐待狂色情，正如我们之前对萨德色情的分析，是更彻底的动物性，只是因为仍然发生在遵守天主教的范围而使其有别于萨德的色情，显现为某种程度上更加剧烈的违禁色情，它与亵圣结合，本身就是亵圣的一种，而其动机却出自神圣，自呈为悖论。这两种情形合起来不仅更全面地说明了唯美颓废主义色情与天主教神秘主义色情的根本一致，也说明了唯美颓废派的基督教精神血脉。

总的来说，唯美主义的颓废色情有其宗教历史的隐秘渊源，是基督教神秘色情的延续，在新的历史境遇中，它又只能以颓废的变态色情的形态或隐或显。这样的呈现，一方面只能以悖论的形式开示出圣性立场。另一方面又无意地契合了那个时代以及后来时代宗教（甚至文化）的颓势："教会帝国"的颓败，恰如一位衰老贵族的古旧白日梦正在被工业化的力量、民主、社会主义，以及进化论、人类学、心理学，甚至比较宗教学去除其神秘性，削弱其力量。这种颓势又恰如蛮族冲击下古罗马帝国的颓势，而颓废派们也确实将自己时代所感受的颓废比之于古罗马的衰朽。① 在这种颓势中以对圣性的接近执守生命的精神性生存，必然又与传统的宗教，以及神圣观念相关，有时甚至以古老的神圣之名去对抗时代的物质主义主潮，虽然几乎不见成效。

二 悖论的美：颓废派与天主教

前面大致梳理了于斯曼对唯美颓废色情的精神性内涵的思考，分析了此种精神内涵与巴塔耶的圣性以及天主教传统的多样关联。在此，还需考虑这一判断——唯美的颓废主义者们在天主教中找到了途径（天主教的神秘违禁色情）与资源（天主教的传统）去表现色情以及生命的精神性——的第二部分，即在天主教中找到可资借鉴的传统。

这一问题又表现为唯美颓废主义和天主教的美都是包含神圣与世俗并在的悖论性样态。唯美颓废主义的圣与俗，在违禁色情的问题上，已经有较为充分的说明，而天主教的美的悖论性，不仅在违禁色情上，还在别的方面有更多显现。这些显现，也是颓废派们皈依天主教的诱因和动力，是他们自己审美悖论性态度的渊源和镜像。

---

① Ellis Hanson, *Decadence and Catholicism*, Cambridge, Massachusetts: Harvard University Press, 1997, p. 10. 在此笔者认为，魏尔伦在诗作"Langueur"（恹恹）中将自己诗意的倦怠和罗马的颓废联系起来。关于此，还可直接参见魏尔伦《恹恹》"我是衰落已至末日的帝国/看着高大金发的蛮族通过/我，慵懒地，以充满金色/与阳光之舞的风格写离合诗/……啊，不再有意志，只等死/一切已经饮尽。巴提勒斯/笑完了！……"，转引自［意］翁贝托·艾科《美的历史》，彭淮栋译，中央编译出版社 2013 年版，第 331 页。

在于斯曼，违禁色情总是关联着天主教，他以艺术家的直觉将这种色情的悖论样式、精神性，熔铸进宗教情怀的唯美表现之中，形成他自己难以定义的个人风格。或者换种说法，他在天主教中发现了某种艺术的和性的表达的特殊方式。① 而他发现的特殊方式，就是天主教所呈现的美的悖论样式。

一方面，教堂本身就是一件美丽而情色的艺术品。教堂纯粹的滥费——它的典雅的壮丽气势、厚重的历史韵味，它的长袍的精致刺绣，它那象征而繁复的神秘仪式、每日神迹的宏阔而朴拙的至美——总是使之成为审美和感官崇拜的策源地。颓废派艺术家们对装饰着宝石的哥特式和拜占庭式大教堂总是赞叹不已，更不用说教堂内部的装饰：空间、祭坛、圣餐杯、法衣，甚至弥撒仪式本身等等，一切的一切都流溢着艺术感。它们繁杂而精致、具象又蛮有寓意，真真切切又美轮美奂。这样的感官之美，总是令唯美的颓废派们心醉神迷难以自持。另一方面，这样的感官之美又总会引发他们精神性的想象和情念。例如，于斯曼对宗教仪式的美感和所唤起的敬畏感就感同身受：

> 德泽森特看到一长列高级教士从眼前鱼贯而过，其中不乏修道院院长和主教。他们举起金色的手臂为跪拜者祝福，在阅读《圣经》和祈祷时，他们的白色胡须微微颤动。他看到无数沉默的忏悔者排着队，走进昏暗的地下教堂。他还看见耸立的宏伟教堂，穿着白色长袍的修士在讲坛上大声说话。如同“罗马努斯领事”这个词让受到鸦片影响的德·昆西（De Quincey）想起《罗马史》整页整页的记叙，在幻觉中看见领事们庄严地列队前行，罗马军队庄重的阵列开始行军一般，德泽森特看到了汹涌的人潮退出教堂、主教们离开

① Ellis Hanson, *Decadence and Catholicism*, Cambridge, Massachusetts: Harvard University Press, 1997, p. 26.

> 时在教堂深处引起的骚动，用一种神学中的表达方式来说，他因感到敬畏而喘不过气来。他完全折服于这些场景的魅力，这种魅力世代流传，在现代宗教仪式中，则演变成悲伤而温柔的音乐中的无限意境。
>
> ……这是一种难以形容的敬畏之情；艺术鉴赏力为精心策划的天主教仪式所折服；这些回忆让他的神经战栗……①

事实上，无论是英国人的或是罗马天主教，其精神仪式的纯粹感官化都使教堂备受非议，被指责为异教的，甚至享乐主义的，也由此成为天主教浪荡子颠覆姿态的理想场所。这是它的世俗性的外观。但天主教自身又是蔑视感官、物欲和享乐的，它自身就是一个精致的悖论。批评家们认为，颓废派艺术家们只不过在他们自己的审美悖论中强调了这一点。② 在唯美颓废主义时代，教堂看起来既现代又古老，既简朴又奢侈，既是精神性的又是感官化的，既纯洁又情色，既是害怕同性恋的又是同性恋的，既怀疑唯美主义又是一件精美的艺术品。正因如此，唯美的颓废派们所以能够在深深的感官沉溺中升华出精神性的敬畏，也使他们的审美悖论看起来有了某种历史合理性。

对基督教借助感官之美对精神的启示，历来就有争议。某种程度上说，这就是灵肉对抗的二元模式在基督教自身中的表现。问题在于，对抗的灵与肉，谁也离不开谁。离开了物质与感官的美，基督教的神圣精神会遭遇难以克服的困难，它将很难普遍有效地传达给信众，从而导致自身不断地衰落。就像新教的情形。而如果顺应二元模式的区分，基督教自身就以圣与俗的悖论式样存在。因此，天主教的悖论样式存在的美，从来如此。唯美的颓

① ［法］乔里－卡尔·于斯曼：《逆天》，尹伟、戴巧译，上海译文出版社 2012 年版，第 75—76 页。

② Ellis Hanson, *Decadence and Catholicism*, Cambridge, Massachusetts: Harvard University Press, 1997, pp. 6－7.

废派们，确实不过在自己的审美悖论中突出了这一点而已。而这种突出，很大程度上化解了二元对抗，不过同时也消解了神圣维度的纯粹性。

就人的精神性生存、就神圣价值而言，更重要的是，教会对于艺术的矛盾态度虽一直存在，但也确实为艺术，进而为圣性情念和渴望，保留着最原始的遗传密码。

在于斯曼看来“……只有教会收集了艺术这一遗失了好几世纪的形态。直到现代，这些廉价复制品都凝固了金银器的外形曲线，保留着矮牵牛花一般的纤长的圣餐杯和线条简洁精致的圣体盒的魅力；甚至用铝、假珐琅、有色玻璃维持着昔日优雅的样式。事实上，在克吕尼（Cluny）美术馆展出的大部分奇迹般免遭那些‘无套裤汉’野蛮破坏的珍贵器物，都来自于法国古老的修道院。同样，中世纪时，教会保护了哲学、历史和文学，使其免遭野蛮行为荼毒；教会还挽救了造型艺术，将那些精美织物与珠宝的典范一直保留到今天，尽管圣物制造商们常常竭尽其所能破坏其美观，但是他们永远无法毁掉最初的精致外形”① 。

在相当长的历史时段中，教会就是精神生活的代称。即使是在唯美颓废主义时期，甚至以后，很大程度上它都依然会是。而它对艺术的矛盾态度，也并不妨碍对艺术美的创造和传承，尽管从一开始它就觉悟到感性美对真正虔诚的信仰而言是一把双刃剑。颓废派们显然了解基督教的这种困境和执着。但对颓废派们而言，在这个物欲强大的时代，唯有感性美升腾而出的虔诚情感，才更令他们执念痴迷。于斯曼就曾在作品中令人信服地描述过宗教音乐所营造的虔诚氛围：

---

① ［法］乔里－卡尔·于斯曼：《逆天》，尹伟、戴巧译，上海译文出版社 2012 年版，第 73 页。

> 在神甫那里，宗教仪式场面恢弘，一名优秀的风琴师和一个优秀的唱诗班可以把这种精神的仪式变成一场艺术的盛宴。……单旋律圣歌……这种形式是古代教会的圣言，是中世纪的灵魂；这是与灵魂旋律相和的祈祷歌，是几百年来献给上帝不变的赞歌。
>
> 这种传统的旋律——强有力的齐唱，庄严而颇具节奏感的和声以及宏大的气势，是唯一可以与大教堂相匹配的旋律，它萦绕在教堂的拱穹之下，仿佛从这些拱穹发出的真情、鲜活的声音。
>
> ……
>
> ……单旋律圣歌绝妙的乐曲，那种单纯庄严、质朴天然……表现出了一种狂热的信仰与热情的喜悦。人类精神的实质在这种具有独特风格、信念坚定、柔和悠扬的天籁之音中奏响了。①

这些音乐激荡着他们的灵魂。因为在这些音乐里，除了真诚的喜悦外，还有更多。除了对理想、对未知世界、对《圣经》所承诺的令人向往的遥远天堂的狂热与冲动外，还有某种侵入五脏六腑的不可抗拒的力量，某种在狂热环境中对受造、原罪、苦难，以及救赎的冥想和领会。正是这悲伤而神圣的基督教，向人们揭示生活的艰辛、命运的酷烈，宣扬忍耐、忏悔与奉献；它以展示基督流血的伤口的方式去极力疗治、抚慰大众的伤口，劝诫人们坚强自律，将不幸和伤痛当作祭品供奉上帝；它启示并保护上帝赋予人类的基本权利，承诺给予苦难者天堂最美好的部分；它对困厄者充满母性的仁慈和怜悯，显得非常具有说服力。而教

---

① ［法］乔里－卡尔·于斯曼：《逆天》，尹伟、戴巧译，上海译文出版社 2012 年版，第 187—189 页。

会正是借助艺术引领人类精神前行的。颓废派们通过天主教的感性之美，参透内在于人生的有限与缺失，在非理性的迷离与沉醉中领悟基督教古老的神圣教义，进而关联起唯美颓废中的圣性与天主教的传统神圣之维，融通古典式的非理性神圣与浸透现代理性的圣性，召唤模糊而恒在的精神诉求。这才是让颓废派们执迷于天主教感性之美的深层原因，是他们无处兑现只能以这种方式接近的内心深处的所向。也由此而对教会，并通过教会对人的历史与现实性生存有了某种别样的把握。

即使于斯曼从超越灵魂的角度去检视教会的全貌，也还是要以艺术为先导。这种检视中还揭示出基督教的世俗功效，但这种世俗功效的达成仍然要借道于对非世俗的寄望。因此，无论基督教艺术还是通过艺术传递的基督教真谛，总是不断呈现着悖论的样式。

也是从这一视角，还可见出天主教的神圣精神与肉感的色情欲念，与颓废派的勾连是必然的。除了上一小节中对此的分析，于斯曼还在别处多次论及这一问题，以强化他自己对天主教悖论的发现和反思：

> 宗教浸润了灵魂，并在其中促生了超人类的理想，这种遗产也许可追溯到亨利三世的统治时期。但是宗教也激起了不正当的荒唐乐趣。神秘及放荡的萦念执拗地纠缠着他渴望脱离世俗，远离受人尊敬的礼仪的大脑。他渴望在原始的心醉神迷、在被诅咒或绝妙堕落中沉沦下去，即使这种沉沦极具毁灭性，将耗尽他的理智。①

当然，对这种关联的体察在其他颓废派作者的文本中也有表

---

① ［法］乔里－卡尔·于斯曼：《逆天》，尹伟、戴巧译，上海译文出版社 2012 年版，第 102 页。

现。他们在羞辱的深渊中看到优雅，在罪人的心里发现圣徒的品性；又在贞洁和神职中找到一种欲望的精神化形态，一种对自然和本能的反抗，以及更多样式的重新分配于身体之中的不同快感；在仪式主义的精致表演中礼赞阴阳人的唯美呈现和浪荡子的颓废与颠覆；又在隐修生活的蒙头斗篷下进行同性恋团体的膜拜。总之，他们那些神秘主义的狂喜表达中充溢着难以言表的强烈欲望，呈现为语言歇斯底里般的破碎与飘荡，却又暗示着极其强烈和热烈的精神氛围。所有这些交织着天主教、欲望以及唯美颓废的书写，都是缠绕着感官物欲的精神书写，都呈现着悖论的样式。①

概言之，本节对于斯曼以及颓废派的分析，一方面尝试厘清颓废派们颓废姿态之后的不同价值诉求；另一方面，也是对唯美主义从内容而来的神圣与世俗双重性的分析的补充。这种补充完善了多元形态的唯美主义共同呈现的悖论性，也让这种悖论性与天主教历史关联起来，从而以相似的精神本质将唯美主义艺术的圣性与文艺复兴艺术的神圣性连接起来。

此外，唯美颓废主义以精神性对抗时代的物质主义主潮，正是因为物质主义时代与精神性关联更紧密的文化的颓势。唯美颓废主义对抗物质主义本是要挽救这种文化和精神的颓势，对感官的研习与发扬，比如波德莱尔和唯美象征主义的“通感”论，是精神倦怠后求索新的精神激励的尝试，当然是对功利主义和唯利是图的矫正。只是物质主义的不断发展击碎了唯美主义的主观意

---

① 例如，王尔德在《自深渊》中雄辩又相当动人地表达了悔恨的主题，对同性恋的恐惧所致的暴力的痛苦和基督教的安慰。在《美的历史》中，艾科引述戈蒂耶《珐琅与宝石浮雕》所描写的不自然而不可定义的美，说明唯美主义对模糊性别的嗜好“……她是女神还是男神？……为使此美可恶/各种性别都贡献一份/炽燃的幻象/艺术与官能性的/至高努力/迷人的怪物，我何其爱你/爱你多层面的美。……”等等。这些都说明颓废派与天主教的精神血缘。参见［英］王尔德《王尔德全集》（书信卷）（下），“致阿尔弗雷德·道格拉斯勋爵（1897 年 1—3 月）”，常绍民、沈弘等译，中国文学出版社 2000 年版；转引自［意］翁贝托·艾科《美的历史》，彭淮栋译，中央编译出版社 2013 年版，第 343 页。

愿，从而使得唯美颓废主义看起来倒像是这种世纪末文化颓废的症候。也就是说，本是要对抗物质主义的唯美颓废主义似乎被物质主义所克服、所淹没。这真是极富讽刺意味的一种现象，却暴露了唯美颓废主义在更深层次上与现代性与物质主义的对抗所包含的悖谬逻辑。因为物质主义的发展必然带来某种程度的文化的颓势，唯美主义的努力只是现代性内部的自我修正，并不能扭转那样必然的趋势。此一问题将在“上帝·唯美·市场”中再次论及。

第五节　小结

本章主要依据法国思想家巴塔耶的观念来考察王尔德等人的唯美主义在精神内容层面上的神圣与世俗价值意向。按照巴塔耶，“圣性”是在与人化活动相反的、接近动物性的过程中显示出来的价值意向。在巴塔耶看来，禁忌、理性化的人化活动在先，它使人与动物性的非理性分离，是人不愿受制于动物性的自律性运动，这种运动导致一种“世俗的”价值态度。不过，脱离了动物性的人又会感到禁忌、文化对其自由的剥夺，由此又有一种违禁、重新接近动物性的冲动，这种冲动具有回归动物性自然的外观，但却是对更高的人性自由的追求，是人性化过程中的否定之否定，即对否定动物性（非理性）的否定之否定，是重新肯定动物性（非理性）的扬弃，因而是一种“圣性的”价值态度。在人类的生活领域中，最引人注目的圣性冲动是对性禁忌和死亡禁忌的违反。违禁的色情是圣性的，因为它与合理而有节制的消费不同，它不能纳入理性的功利性循环之中而是一种无度的滥费和消尽，因此，它是对理性化的否定和对动物性（非理性）的重新肯定。违禁的死亡也是圣性的，因为它是滥费的极致，是彻底的消尽。

在王尔德那里，违禁的色情表现为同性恋和对同性恋的书写，违禁的死亡表现为滥费的极乐和极端的自毁。王尔德对同性恋的态度与艺术的表现，他对享乐的态度与艺术的表现，除了那种世俗感性主义的物欲迷醉外，也潜藏着不自觉的圣性情念，这就是王尔德的唯美主义所呈现的世俗与神圣意向。而于斯曼对天主教及其违禁神秘色情的表现，不仅完善了多元形态的唯美主义共同呈现的悖论性，也让这种悖论性与天主教历史关联起来，从而以相似的精神本质将唯美主义艺术的圣性与文艺复兴艺术的神圣性连接起来。

第三章　形式：美的朝圣

依据前面对形式纯粹性的分析，唯美主义的纯粹形式对神性的接近大致与理性主义神学也就是舍斯托夫分析的经院哲学的神学之路近似，是对神性的虚假接近。形式，在更深入的分析层面上是一种理性能力，一种分断并使主体与客体分离的能力，因此，形式本身无论多么纯粹仍然还是现世主义的。

但是，在唯美主义时代，形式主义与自我目的的结合使唯美主义成了一种类似信仰的东西。惠斯勒等唯美主义者赋予纯粹形式一种神圣的精神意向，从而使其理性世俗性本质被掩盖起来。这是怎么发生的？让我们从唯美主义与康德的关联谈起。

第一节　康德与形式主义美学

康德批判哲学的三大批判分别致力于古典哲学问题中的某一个：真（第一批判《纯粹理性批判》）、善（第二批判《实践理性批判》）、美（第三批判《判断力批判》）。通过在第三批判中对美的思考，康德试图说明艺术和美感是如何协调冲突和克服我们的认识与意志机能之间的对立所产生的紧张的。而贯通三大批判的，是康德对自主原则的解释。自主意味着自我管理和自我调整。自主原则在基于人作为主体存在的心意机能（知、情、意）之划分的三种不同机能中是不同的：认识自主体现在它通过先在的直觉形式和理解范畴决定它自己的时候；意志自主表现在它自由地给予自己普遍的道德原则；美感的自主体现在它独立于外在影响因此保持着非功利性。在第三批判中，康德以“内在目的”或者“没有目的的合目的性”这样的说法清晰地指出了自主原则的结构。与外在目的相反，在那里目的是外在强加的或者说目的在手段之外，在内在目的这里，目的和手段以这样的方式相互结合：一个引起和贯穿另一个。康德反复描述外在目的和内在目的之间的对立，认为这是机械性和有机性之间的对立。美的艺术，就像有机体，是一个自我组织的存在物，与有机体一样，秩序都不是外在强加的，而是通过各部分之间复杂的相互作用自然涌现的。因而美感、艺术是独立的，没有沦为外在目的的手段，是非功利的存在物。这样，机械性与有机性、必然与自由就在美感和艺术中遭遇，而美感和艺术就有可能沟通必然与自由，成为沟通发生的场域和中介。简言之，审美判断的非功利性保证审美能够弥合认识与意志，主体与客体间的裂隙。[①] 美在这种意义上是一个回复人的能力的整体性之可能的契机。注意，康德对判断力与纯粹理性和实践理性的区分是在人作为主体这一前提下进行的，按照巴塔耶的分析，人的主体性的确立已经是理性之分断的结果。而且将判断力与纯粹理性和实践理性并行立论，某种程度上就是对美的理性属性的认可。再者，据巴塔耶的观点，对价值的嗜好是理性之人所独善的，价值本来就是一个理性的文化概念。因此，美的独立是一种理性意义上的独立，是理性现代性的产物，是一种现世形态的东西。[②]

---

① 参见［德］康德《判断力批判》，宗白华、韦卓民译，商务印书馆 1964 年版。另参见［德］彼得·比格尔《先锋派理论》“第三章：论资产阶级社会中的艺术自律问题”，高建平译，商务印书馆 2002 年版，第 103—127 页；［美］加勒特·汤姆森《康德》，赵成文等译，中华书局 2002 年版。

② ［日］汤浅博雄：《巴塔耶：消尽》，赵汉英译，河北教育出版社 2001 年版，第 142—143 页。

这里还需注意的是康德对审美的非功利性的强调，非功利几乎就是美的独立的另一说法。而非功利在康德美学中是由对形式的特别关注给出的。关注形式而不在意实存本身，这样就脱离了欲望、功利和认识，由此，美就自律了：既不关涉认识，又无欲望烦扰。尽管在更为深刻的层面，非功利性与形式主义是不可能结合的两种价值属性。不过，康德对美的独立的非功利性以及形式主义之基础的确立，就为唯美主义将纯粹形式神圣化提供了理论基础：既然形式与功利无关，考虑到功利是贯穿于整个资本主义时期的主流理性形态，形式似乎也就与主流的理性思潮无关了，进而也就与世俗拉开了距离。这种推理得益于制度化宗教对理性与非理性的结合，也符合人们的思维成规，当然也有部分的合理性。而且，对自主自律的强调使艺术变得如此超越以至具有了非现实世界的属性。除了自身不受任何其他存在物影响，美的艺术似乎成了所有现世经营之外的不动的推动者的形象，这是上帝的形象。而艺术家也变身为致力于保全纯粹艺术的高级教士，对这种超越性的艺术我们也只能通过无功利的凝视沉思来欣赏，弃绝所有凡俗的牵念。但我们知道，这个艺术的自我目的仍然还是目的，是圣性所拒斥的东西；美的这种无用、无功利与“消尽”的无用性质全然不同，美的无用就是它的最大功用（它也确实被市场所吸收整合），是巴塔耶所谓制度化宗教中带有虚假圣性的伪至高性部分，它不可能针对实存的单向度有真正的作为。不过，唯美主义者们大抵就是这样从康德美学中找来“非功利”和“自我目的”为艺术的神圣性辩护的。

总之，唯美主义的“形式主义”美学追求以美来谴责物质主义以及功利理性，但事实上它与理性是撇不清干系的，或者说它也是理性的亚样式之一。艺术的自律只是相对于别的世俗理性的自律，是一种比较纯粹的现代性趣味，相对于宗教意义上的神圣性仍然是一种世俗诉求。不过，由于某些社会历史原因，唯美主义的形式主义不仅具有某种神圣的信仰性精神氛围——美的无用正是其发挥救赎平庸的依据；而且那个时代的“庸众”确曾被这种艺术至上的超然价值观所激怒。

不过还需补充的是，虽然唯美主义从康德非功利的形式推论出他们自己的至高的美，但康德并不认为美是最高价值，是席勒为康德的形式主义美学注入绝对的价值意愿的。首先，席勒在《审美教育书简》中抓住了机械性和有机性这一极其重要的区分，宣称，与机械性直接相关的“功利是时代的最大偶像”。献身于这个偶像就是非人化（非有机性）的过程：“人永远被束缚在整体的一个孤零零的小碎片上，人自己也只好把自己造就成一个碎片。他耳朵里听到的永远只有他推动的那个齿轮所发出的单调乏味的嘈杂声，他永远不能发展他本质的和谐。他不是把人性印在他的天性上，而是仅仅变成他的职业和他的专门知识的标志。”[①] 这种态度上的变化很大程度上也是那个时代伴随普遍迅速的工业化而来的毁灭性劳作所导致的。在被机器奴役的沉重压力下，人们变得内在地和外在地分裂了。这种分裂，某种程度上类似于康德哲学中必然与自由的分裂。康德以美的艺术弥合必然与自由的分裂，所以美的艺术也应该能够弥合人的分裂。如此，如果最终生活本身能够成为美的艺术，人的分裂就自然得到了克服。

据此，席勒又对艺术的自我目的给予不同于康德的解释。他拓展康德的分析，觉得可以将艺术的超越性倒转为可以调和艺术和世界的根本内在性。对席勒而言，真正的艺术品就不该是放在基座上或挂在墙上的神圣物件，而是一个社会政治共同体，是生活本身。在这个共同体里，个体是有机整体不可或缺的、必需的成分。这个社会共同体的有机性当然有赖于个体的有机性，而个体的有机性就有赖于“审美教育”了。确信内在

---

① 参见［德］席勒《审美教育书简》，冯至、范大灿译，上海人民出版社 2003 年版，第 48 页。

变化是外在变化的前提，他推论道，如果人的内在分裂没有愈合，政治改革的每一尝试都是不合时宜的，建立在此之上的每种希望都是异想天开。而只有美能够愈合分裂，因而“通过美我们到达自由。”这样，席勒就逻辑完美地确立起了美对于个体对于世界的救赎功能。艺术家就是预言家，他的审美教育将通过产生内在变化去把世界变成一件艺术品。他要求我们向此前行的审美乌托邦是曾经众所周知的上帝之国的现实图景。当这个乌托邦完全实现后，它的目的不是别的就是它自己。在这个王国中，人性（有机性的人）在游戏中实现了完整。人同美游戏，美的艺术类似游戏。席勒结论说：“说到底，只有当人是完全意义上的人，他才游戏；只有当人游戏时，他才完全是人。”[①] 通过把宗教图景变成艺术任务，席勒最终为20世纪的先锋艺术确定了目标。与此同时，艺术就实现了其神圣的救赎职责，艺术的神圣性显得更加牢靠。

当然，席勒的审美乌托邦其根基仍在康德美学对世俗功利的否定，他赋予这种对抗世俗功利的美的非功利性一种类似上帝的职责。这就是唯美主义之所愿。而唯美主义者们也没有在意形式主义的理性品格，没有在意唯美主义实际上是现代性自身的后果，是理性分化的产物。他们真诚地将形式的神圣混同于上帝的神圣，并据此去反对资本逻辑与资本主义道德观。

第二节　形式·理性·神圣

在唯美主义者的理论和创作两方面，对形式的强调都可以说是唯美主义的根本。本书第一章论述形式与内容不能完美融合这一问题时，佩特对艺术形式的看重是很清楚的，虽然他还注意到

① 参见［德］席勒《审美教育书简》，冯至、范大灿译，上海人民出版社2003年版，第124页。

形式的有限性。王尔德更有大量关于艺术形式的议论。在“英国的文艺复兴”这篇文章里，王尔德说：“文学必须依据某一条原则，临时的考虑决不是原则。对于诗人……只有一个时间，即艺术的时刻；只有一条法则，就是形式的法则；只有一块土地，就是美的土地——一块远离现实世界的土地，因为更为不朽而给人以更大的美感……”① 在另一处他又说：“‘古典的’和‘浪漫的’这些词语，实在只适合于做学派的标签，我们必须始终记住艺术要说的只有一句话，艺术也只有一条最高的法则，即形式的或者和谐的法则——然而在古典的和浪漫的精神之间，至少存在这样的区别：前者以类型为对象，后者以例外为对象。”② 无论古典型艺术还是浪漫型艺术，也就是我们讨论的希腊艺术和广义的文艺复兴艺术，虽然处理的对象不同，形式都是不可缺少的，是艺术的唯一法则。而到唯美主义，形式意识就空前觉醒，成了美的唯一内容。而且，王尔德对艺术之形式能力的性质是有所觉知的，虽然并没有上升到学理高度。他曾说：“希腊精神和传奇精神，可以作为构成我们自觉的理性传统与永久的趣味标准的基本因素。……在考察支配我们英国文艺复兴的审美与理性的精神时，任何把它与其时代的进步动态和社会生活分割开来的企图，都会扼杀其生机，误解其含义。”③ 照此，希腊精神大致就是理性传统，形式的完美就是理性能力运用的完美。审美除了趣味标准大概主要还是审视、品鉴形式这种特别的理性之美。这里王尔德是把审美与理性精神并置的，并且认为理性精神与时代风气相一致，艺术的形式能力就是时代的理性精神之一种。

不过在别处，王尔德又谈到美的形式的神圣性：“宗教不能帮助我，别人都对于不可见的事物信仰，我却只对于能用手接

---

① ［英］王尔德：《王尔德全集》（评论随笔卷），赵武平主编，杨东霞、杨烈等译，中国文学出版社2000年版，第17页。

② 同上书，第7页。

③ 同上。

触、用眼看到的事物信仰。我的群神，是住在用手造的殿堂中。在现实的经验范围内。”① “天底下还有什么东西能比语言更加实在?”② 如此，实实在在的语言就是现实的经验，语言建构的宫殿就是神圣的去处。此处显然意在说明可见可触的形式的美的神圣性，这种神性与不可见的、无形的神性当然有别，但对王尔德、唯美主义者而言，它同样具有信仰的神圣意蕴。在别处他又说：“美丽是天才的一种形式，实际上要比天才更高。这一点不言自明。这是世界上最伟大的事实，就象阳光，春华，或者是我们称之为银贝壳的月亮映在黑黝黝的流水中的倒影。这是毋容置疑的。它有自己至高无上的神圣权利。谁拥有它谁就可以成为王子。”③ 美是神圣的，不管他们所谓的神圣是什么。在具象的形式中的美因其形式之美而是神圣的，其超越品格对他们而言是自然而然的。

对形式的推崇在宽泛的唯美主义运动中也十分突出。罗杰·弗莱等人声称，绘画中只包含线条、颜色，没有其他东西；而雕塑反映的是体积和线条。对这些因素之间关系的处理是人们的兴趣所在以及大师们的伟大之处。主题只是构思的借口和托词而已。把艺术作品看作某种东西或思想的表现是庸人的观念。④ 罗塞蒂在其艺术创作中期（大约1855—1863年）追求的就是绘画的形式本体。这种“本体化”最大限度地排除绘画作品中的叙事性情节和意义，把作品仅仅看成是线条、形状、色彩、明暗、节奏等形式元素的拼装，形式本身变成可移动的元素，然后再把它们复制、分解、转化、重组……完成“风格重塑”。绘画不过是对光与色的

---

① ［英］王尔德：《狱中记》，转引自《奥斯卡·王尔德：艺术箴言生平秘事》，赵沛林、孙勤译，时代文艺出版社1993年版，第59页。

② ［英］王尔德：《道连·格雷的画像》，转引自《奥斯卡·王尔德：艺术箴言生平秘事》，赵沛林、孙勤译，时代文艺出版社1993年版，第61页。

③ 同上书，第62页。

④ 参见［英］王尔德《谎言的衰落》，萧易译，江苏教育出版社2004年版，第124—134、164—186页。

排列赋形。这样的“纯艺术”与纯粹理性倒有几分神似，的确把作品与世界分离开来了，但不只是与混沌世界分离，进入清晰世界，还与一般的清晰世界分离，进入了纯粹的艺术世界，是更别样地深入了人所建构的世界；而不是脱世界而去，“迷失于”圣性领界。它的方法还是使这个世界得以有序的方法之一种，对形式的膜拜与对理性的膜拜没有本质区别。但唯美主义者们并不这样思考，对他们而言，形式的纯粹化为的是对抗形式的工具化，对抗世俗的功利化，这就足够了。形式也因此而有超世俗的性质。

例如罗塞蒂的《战斗之前》（Before the Battle，1858）[①] 就是绘画形式“本体化”的实绩——他试图在画面上建立一种抽象的色块和几何图形相结合的结构。这些结构的要素在本质上和女人、骑士、房屋、植物等这类作为原型的实物符号完全不相干。色彩的单纯化与构图的几何化导致画作平面装饰效果化。背景中的所有人物以图案的方式排列于一个平行于作品表面的平面里，画面的深度被压缩，限定在前景人物和背景平面之间，如果不是两个主体人物的曲线轮廓增加了画面的立体感，整幅作品几乎就是一个单一的平面。如果罗塞蒂稍微翻转那些几何形体的角度，让观者看清正面背后的体和面，倘若再进一步，变形扭曲正常的结构、无视透视规律，他几乎就可以与塞尚（Paul Cezanne，1839－1906）一样成为“立体主义”的先驱了。如果罗塞蒂沿着绘画形式“本体化”的道路继续探索，他将可能创造一个“形式主义”的现代绘画流派。[②] 实际上，比亚兹莱的有些作品其单纯化的线条、色块以及构图就很有些立体主义的味道了。当然，他们并没有继续这种探索。虽然如此，其艺术的形式主义尝试不自觉地预示的现代艺术方向是不言而喻的。大概与王尔德一

---

① 参见澜工《唯美主义大师图典》，陕西师范大学出版社 2003 年版，第 223 页。

② 参见陶宇《温和的反叛——拉斐尔前派艺术研究》，硕士学位论文，中国艺术研究院，2003 年，第 280 页。

样，罗塞蒂也并未意识到他的实验的现代意义，如果他意识到的话，应该不会停止这种实验。对他而言，绘画“本体化”不过是对美的形式、对此种意义上的纯艺术的膜拜的后果。

唯美主义对形式的看重还表现在对传统形式的破坏，以及探索尝试新形式的艺术实践中。归属在宽泛的唯美主义之下的颓废主义者、象征主义者都认为，如果要创作出他们理想的作品，就必须发明新的语言。颓废主义者追求的是能暗示类似萨丹纳帕路斯在他的财富和女人的包围之中即将死去的那种感官纵欲的既浓厚又生僻的词汇。象征主义者需要的是暗示性而不是说明性的语言，因为他们力求艺术传达出神秘性和神圣感。马拉美称此为“给这群人的语言以更纯粹的意思”，实际上就是要弱化或取消语言的所指，给语言的能指以自由，以找到那唯一与神圣一体的表达。兰波则认为文法和句法应完全打乱。他选择了暴力，至少在文字上。如有可能，就摧毁一切。他先是从打乱语言和诗歌的形式着手。在他另外一些作品中，他又力图搅乱感觉，以清除我们思维中的联想。① 兰波可能想彻底摆脱西欧的基督教理性文化？但就是这种摆脱的努力也只能以发明新形式的方式来实行。这岂不还是人化的人无处可逃的尴尬？也许比较起更严密、进入俗事物世界更深的其他理性样式，艺术的形式毕竟更有灵性，毕竟它还试图进入圣性领界？这或者就是唯美主义者们能够将艺术形式神圣化的深层理由？但这理由又不为他们所明察。由于这种不明他们就将形式的创新确立为艺术唯一的使命，而这个唯一在他们心目中就几乎是上帝的唯一了。因此，他们认为以艺术的纯粹形式去反对世俗的功利理性以及与这种功利理性相互促进的资本主义道德，当然，还有这种生活本身，是最自然不过的，好像它们天生就不相容一样。而且由于这种要对抗功利理性、对抗资本主

① 参见［美］雅克·巴尔赞《从黎明到衰落》，林华译，世界知识出版社 2002 年版，第 631 页。

义道德的决心，美的形式的神圣性就显得很有具体的论据支持。

以形式之美反功利理性、反资本主义道德在唯美主义的作品中比比皆是。在《道连·格雷的画像》中王尔德对理智的批评机智而尖刻："可是，理智的表情在哪里露头，美，真正的美就在那里告终。理智本身就是反常的，它会破坏任何一张容貌的和谐。一个人一坐下来动脑筋，我们看到的就只有他的鼻子、前额，或别的可怕的东西。请看那些从事有学问的职业的有成就的人，他们简直难看极了！"① 这些"妙见"是会让人忍俊不禁的。似乎理智不仅不能成全美，反而要毁掉美。但这里的理智显然不是一个泛称的概念，而只是功利性的谋划之理性。他反理智的原因就是它们损害了美，夺占了美的形式的领地。

在他那类反道德的言论中，他提倡感官生活以对抗功利的禁欲主义。而感官生活的合理性实际上是由艺术形式能力保障的："对感官的崇拜常常遭到颇有道理的责难，因为人们本能地害怕看来要比他们自身更强的嗜欲和知觉，而且他们知道那种嗜欲和知觉在较低的动物身上也有。但在道连·葛雷看来，感觉的真谛之所以至今未被理解，感觉之所以停留在野蛮的兽性状态，仅仅因为世人力图用饥饿使之就范，用痛苦加以扼杀，而不是寄望于把感觉造成以爱美的天性为主要特征的新的精神生活的因素。……历史上不知有多少荒唐而顽固的抵制举动，有多少奇怪的自我折磨和自我克制，其根源无非是一个怕字，其后果则是比人们由于无知竭力想逃避的那种出于想象的堕落可怕千百倍的退化堕落。试看造物主迫使遁世者到荒野里去寻找禽兽充饥，让兽类作隐士的伴侣，岂非绝妙的讽刺?"② 禁欲主义对感官的控制源于对动物性的厌恶，担心自己被低下的动物性所奴役，从而中断、破坏功利性活动的循环链，结果

① ［英］王尔德：《王尔德全集》（小说童话卷），荣如德、巴金等译，中国文学出版社2000年版，第7页。

② 同上书，第139页。

却是回到更彻底、更可怕的动物状态。按照王尔德之意，亲近动物性未尝不可，但要以美的形式塑造这种感官之乐。而借助这种美的形式之力，人满可以避免因为脱离动物性的自律运动所致的人不得不承受的巨大损失和痛苦。也就是说，王尔德似乎认为，通过形式之美，人身上的动物性就能被允许。他都不愿多想，人之为人，必然首先脱离动物状态才行。而且正是有这种脱离自然状态的人化行为在先，才能有他的以艺术以美的方式接近动物性的可能。他只是表示，美能救赎动物性，可以将人化之人弃绝的动物性堂堂正正地重新迎回人的生存中。而美的这种不寻常的能力，其实就是它与动物性的非理性相对立的理智属性赋予的。我们在第 2 章已经指出，王尔德对自己违禁行为所体现的人类的自律性意愿是没有明确反思的，作为文化之人的他又不希望背负对自己违禁的愧疚，其作为艺术家就手的工具就是艺术形式，以使世俗世界无以明之的实存样态在艺术中呈现出比较明朗可被接受的轮廓，以便一劳永逸地卸去道德重负。也就是说，唯美主义对禁欲主义的反对实际上借助的是与禁欲主义同一来源的人化之理性能力，是以美的形式对抗禁欲主义道德，而不是它要违禁进入的唯美的感官生活。这就是唯美主义反资本理性的悲剧性结局的深层原因——他们无法正视形式与道德的同源。

但是，美的形式的这种悲剧性，这种对抗中的失败，在王尔德等人的眼中也是其神圣性的外在显现之一。王尔德在《狱中记》中说过这样一些话，“有悲哀的地方，就是神圣的地方”①。“我有享受悲哀的权利，并且凡能眺望世界的美、分享世界的悲哀和得实现出这两者的奇异的人，是直接和神圣的事物接触的人、并且是人们所能那么地接近上帝的秘密的人。”② 美、悲哀

① ［英］王尔德：《狱中记》，转引自《奥斯卡·王尔德：艺术箴言生平秘事》，赵沛林、孙勤译，时代文艺出版社 1993 年版，第 14 页。

② 同上书，第 37 页。

和神圣，这至少是王尔德的唯美主义的神圣“三位一体”。其实也是王尔德生命的写照。因此，美的形式与世俗功利的冲突以及这种冲突的悲剧性，就使美的形式的神圣性不仅是可感的，而且是深邃沉重的，一如十字架上的悲剧。

为了更有力地回击世俗禁欲主义，唯美主义者还区分了美的感官生活与体现更纯粹的动物性的感官生活，也就是祛除文化因素的萨德式的纯粹动物性。这样，唯美的感官生活不仅要对抗理性的禁欲主义，还要反对纯粹的纵欲和堕落，尽管在一些人眼中他们与后者并无二致。王尔德说：“……要有一种新享乐主义来再造生活，使它挣脱不知怎地如今又出现的那种苛刻的、不合时宜的清教主义。当然，新享乐主义也有借助于理性的地方，但绝不接受可能包含牺牲强烈感情的体验的任何理论或体系。因为新享乐主义的目的就是体验本身，而不是体验结出的果实，不管它是甜是苦。扼杀感觉的禁欲主义固然与之无缘，使感觉麻木的低下的纵欲同样与之格格不入。新享乐主义的使命是教人们把精力集中于生活的若干片刻，而生活本身也无非是一瞬间而已。”①新享乐主义说到底也是鄙视纯粹的动物性的，它的骄傲只能来自它自身中的文化因素。但在这里，新享乐主义虽也借助于理性，目的却是要人们体验瞬间。这应该就是佩特所谓的“燃烧出纯净的宝石般的火焰”的瞬间，是出离到作为主体的自我之外的圣性的瞬间。艺术的形式美至此倒是无足轻重了，因为体验结出的果实是无所谓的。他们终于从理性走到了圣性，而接近圣性，唯美主义者显然又是凭借艺术之形式美为中介得以可能的。佩特感受到最令人振奋的时刻是在对绘画和文学的杰作凝神思考中获得的；王尔德所谓忘形得意的瞬间又是与纯粹的动物性无缘的。作为艺术家的唯美主义者们是不可能抹去他们那像本能一样的第二

① ［英］王尔德：《王尔德全集》（小说童话卷），荣如德、巴金等译，中国文学出版社2000年版，第139页。

天性——形式能力的。

当然，唯美主义区分这两种感官生活显然是为了避免禁欲主义将其指控为不道德，以显摆自身的“神圣”本质。我们看到，唯美主义无论是对抗禁欲主义道德抑或批判纯粹动物性，其实都是以美的形式为武器的。它没能或者不愿正视这一点：就反功利谋划而言，动物性比美的形式更有力；它只抓住美的“形式”与世俗功利的“善”以及商品价格的“利”的不同，并将其上升为神圣之唯一。但通过前面的分析我们已经知道，这个神圣之唯一只是一种主观的精神意向。

还需说明的是，当唯美主义相对于犹太—基督教的神圣精神内容而谈形式时，他们注意到形式的理性有限性本质，从而强调形式的世俗性；而当他们相对于资本主义道德谈艺术形式时，他们又强调形式的神圣性。这种对待形式的矛盾态度是唯美主义者本身所不自察的，正如他们没有反省艺术独立不过是相对于别的理性样式的独立，而形式主义也不过是理性现代性的一种样式而已。不过这种不经意却与现代基督教神学思想对与神圣之非理性相并在的神圣理性的重新思考有某些契合。[①] 这里要思考的是，形式与道德到底如何对抗？

第三节　形式与道德

一　善的世俗化：从基督教道德到新教功利道德

在论及从原始的宗教到被制度化了的宗教之发生时，巴塔耶

① 在《论神圣》中，奥托既指出基督教作为理性宗教优于处于不同水准上的其他宗教，也指出，由于远未做到把宗教中的非理性因素鲜活地保留在宗教经验的核心处，正统基督教便明显地不能认识到非理性的价值，并因此种无能而赋予上帝这一观念一种片面、理智主义和理性主义的解释。他的努力正是要修正这种片面，让人们既注意基督教的理性优越性，更要注意到基督教的非理性神秘主义因素。［德］鲁道夫·奥托：《论“神圣”》，成穷、周邦宪译，四川人民出版社 1995 年版，第 1—5 页。

认为，“早期的人类通过为献牲 = 祝祭所开辟的运动设定脉络、使其制度化的方法来拂除这种危险。要点有二：一方面是祝祭的‘动机’发生了横滑，祈祷丰收这一咒术性侧面浮到前面来，逐渐被看作是祝祭的本质；另一方面，本来不会完结地被经验着的祝祭，尽管是瞬时的，却以‘终结的经验’被接受下来。也就是说，祝祭被感受为不是无保留的滥费与消尽，而是其模拟的实在、是虚构性的了。于是，‘圣’与‘俗’的轮换、‘作圆环运动的时间’观念便成立了。就这样，祝祭作为为了该集团（社会体）永久持续下去所必需的‘祭祀礼仪’或‘定期的宗教礼仪’，其位置逐渐被确定下来”[①]。此过程实际上是人化的谋划之理性对圣性的限制和改造，是将沉浸于时间已变形的至高的瞬间、迷失于混沌两义的连续性之域的人，以人化的方式重新拖拽回俗事物世界。它使制度化的宗教借助对圣性的强行限制，而能够位于圣与俗之间，兼备圣性与俗性。其功利的一面就是对理性之谋划、对人化之存续的维护，而且假圣性之名进行；而制度化的宗教仪式就成为对体现原始宗教性的祝祭的模拟、对消尽的虚构。巴塔耶这种说法显得极其抽象，实际上不过是两种性质根本不同的实存序列（动物状态与人化状态），都被包含在制度化宗教的仪式中。

经过这种改造，制度化的宗教在愈加人化的世界中其性质离原始的宗教性愈加远了。一旦祝祭作为所谓的宗教“祭祀礼仪”被确定，成为使社会持续下去不可缺少的一项制度，且这种机构一旦稳定下来（这种确定和稳定呈现为原始圣性的维度被固定于通常意义上的“神的观点”），其后果就是：一方面，本来是基于嫌恶、畏惧、禁止动物性的力量的运动而成立的“俗”世界，亦即“被剥夺灵性的物”的逻辑和秩序贯通的世界，“某种东西

---

① ［日］汤浅博雄：《巴塔耶：消尽》，赵汉英译，河北教育出版社 2001 年版，第 216 页。

被禁约着”这一点几乎已经意识不到了；另一方面，“圣性的”领界本来是基于被嫌恶、畏惧、禁止的动物性被召唤回来且不断反复的运动，也就是基于打破制约的力的运动，但这样的破坏性的粗蛮及侵犯性的力量也已经几乎感觉不到。事实上，被固定于通常意义上的“神的观念”的“圣性”领界反倒被错视为似乎基于“禁止”才得以成立的。这里发生了一种颠倒——圣性的基础被置换为人化、理性的禁约。这样，神、神殿等，全都被看成不可侵犯的、洁净祥瑞之在，令人生厌的气氛，令人胆寒的污秽、不祥的粗蛮、恐惧等，都被除去。圣性也就这样尽可能地被限制、隐匿了。虽然比较晚近的基督教中魔性力量、恶魔式的可憎性的确曾是“圣性”的重要构成因子，在确立了的教会的教义中，却被嫌恶、忌讳，从圣性的领界被驱逐出去而沉入俗事物世界的底部。同时，人类就以为通过信靠神——而“神”这一观念即是把圣性事物显现的维度固定在带有“被划分的，非连续性的”人格性，使其纠缠于一种对象性的物——而无须破除“主体—对象”这样的框架，就能够体察到圣性的维度。而且，人类进一步变得若不以某种特别的存在为媒介，比如教会，就不能与神对话了，虽然那种对话也并不是与纯粹圣性的“相遇”。[①] 这样，依循制度化的宗教而来的道德，基本上就是维护“被剥夺灵性的物”的逻辑贯穿的社会集团的实践理性之表达，而动物性的粗蛮就被认作是违逆道德之罪错。但实际上，被认作罪错的领域才是更可能的通向圣性之途径。而且在较弱的程度上，所谓罪错本就被包含在道德之中。宗教改革之前的基督教世界的道德意识大抵就是这样的吧？当然，基督教中留存的神圣也是对世俗性的潜在威胁，尽管其力量已被极大地限制了。因而，基督教道德应该是介于神圣与世俗之间的一种道德。

① 参见［日］汤浅博雄《巴塔耶：消尽》“第五章：从原始的宗教性到被制度化了的宗教”，赵汉英译，河北教育出版社 2001 年版，第 216—236 页。

这一制度化宗教的过程其实就是舍斯托夫所谓的希腊理性对犹太—基督教的改造，也就是中世纪经院哲学的“事功”。但宗教的这一理性化、世俗化过程并不一直顺利，其间反复发生对理性的怀疑。但尽管有那些怀疑，一种根本的理性的理念——谋划——还是以“救赎之信念”的形式完好无损地保留到唯美主义时代甚至更晚。这个“谋划”后来就成为功利主义的新教道德深层的世俗性依据，成为新教与资本主义的结合点。这一切是怎么进行的？

按照一般的看法，后现代主义之前的每种神学都可以归入下面两类中的一种：一种将道说（理性）置于行动（意志）之先；另一种将行动置于意志之先。这就是在约翰福音“太初有道”，和歌德的《浮士德》或弗洛伊德的《图腾与禁忌》“太初有为”之间的一个选择。在一个有关上帝的一神论模式中，如果总是理性指导意志，人类就是理性的而世界就是有序并且可以理解的。如果上帝的意志先于理性，那么，这个世界就是极其偶然的，而人的生活就被包裹在神秘之中并被不确定性幽灵式地纠缠着。在中世纪盛期，经院神学家们精心设计出一种世界观：世界具有等级秩序而且明晰合理。对这种观点最全面系统的阐释由托马斯·阿奎那的《神学大全》完成。与黑暗年代的混乱相比，阿奎那的时代是一个复兴的时代，混乱和焦虑逐渐被一种有序和自信感所取代。这一过程也是宗教制度化的过程，其结果是宗教的神圣和世俗双重权利的巩固。

但到中世纪后期，世界似乎不再是有序的而上帝似乎也不再是理性的。14 世纪前半期的社会灾难带来遍及西欧大多数地区的激烈变化。黑死病引起的人口锐减削弱了封建的等级结构并加快了货币的使用和市场经济的普及。从领主和土地上解放出来的人们，在日常经济事务和在一个神秘费解而且通常也是残酷的世界中对信仰确定性的要求两方面，都只得依靠自己——依靠自己获得世俗的策略和宗教的慰藉。这实乃宗教改革之先兆。威廉·

奥卡姆的革命性神学反思了这个奇怪的新世界。与阿奎那“上帝的意志总是由其理性指导”的信念相反，奥卡姆给了上帝全能的意志以绝对的优先权。上帝绝对不受任何束缚——甚至他自己的理性——因此他以那种有时似乎是专断而且通常是不可理解的方式自由地行动。我们知道，舍斯托夫从追溯犹太教源头获取的对神性的非理性理解，也从奥卡姆那里得到过理论支持。从这种神学视角，宇宙的基础就是上帝创造性的意志，它既有理性的可能，也有非理性的可能因而不是确切的理性也不是确切的非理性。因为神性是不可知的，信仰就不可能是一件知识的事；即使不是因为知识，一个人也能信。因此，以看似确然的方式实施的救赎，比如以教会为中介，就是可疑的。奥卡姆对经院神学的这种颠覆将制度化的宗教中被忽视和压制的非理性维度揭示出来，依照那种合乎理性逻辑的思维，它就不应是资本主义的发展前提。然而实际上，正是奥卡姆的理论对新教的出现进而对资本主义的发展起了关键性的作用。因为他解放了人，同时又保留着人化的人对人化的神的信靠——“救赎之信念”，这是理性谋划的起点，是不纯粹的圣性。

没有奥卡姆对上帝全能意志之优先权的肯定和由此而出的对个体的自由和责任的阐述，路德的宗教改革不可能发生。对路德而言，拯救的发生凭借上帝和个人之间完全个人化的关系，这就废除了天主教会的权力。从奥卡姆而来的对谋划之观点的怀疑，使人为的救赎之图也并不可靠。再者，路德出于他农民的价值观，又将教会夸示财富的无度与新生的资本主义联系起来。他反对资本主义。因此也就不能从路德这里得出资产阶级的功利逻辑。但路德从制度化的宗教也从奥卡姆而来的那种对神的信靠（“救赎之信念”）还保留着，按照巴塔耶的说法，这是人化之人错视为对圣性的接近，实则是俗事物世界谋划行为之基点。就是这个不可能清除的基点，为加尔文发展出促进资本主义的世俗禁欲主义提供了根本的前提。按照加尔文的说法，对拯救的信靠是恩典而不是事功预设了一位全能的创造者上帝，这个上帝绝对自由，因此创造与其说是一时一刻的事件，不如说是一个进行着的过程，在此过程中，上帝从不停止对这个宇宙的管理。也就是说，创造的信条必定包含天佑的信条。到此为止，这个信条中都包含了非理性的同等可能。然而，加尔文接纳了借贷和利息，这是他为新教和资本主义的结合以争取更有力的社会支持做出的最重要的对路德的背离举措。将获救之见证和资本营为相结合，加尔文就得出了一个与财富结合的世俗的禁欲主义：虽然由于获救只能依靠上帝的恩典使所有世俗事功都可能是徒劳，但上帝的恩典总是还在的，它必得在义人身上显现出来。这恩典临在的标记就是世俗禁欲主义的理性行为和世俗财富。而且由于上帝从不停止对这个世界的管理，义人就必须一生谨守禁欲主义。就这样，宗教改革对世俗之谋划的怀疑被加尔文重新确立并加强，从而以神圣之名极大地推动了资本主义的进程。[①]

马克斯·韦伯在《新教伦理与资本主义精神》一书中详细分析了加尔文主义与新教伦理以及资本主义精神之关系。该书着力解决的问题是：以职业概念为基础的理性行为作为一种特殊的理性样式到底从何而来？这一问题至关重要，因为资本主义的职业观念以及在这职业中献身于劳动的观念均由此而来。如果从纯粹幸福论所强调的个人利益角度来对此做出解释，它就是先验的和非理性的，因为献身于劳动的观念是和严格避免从本能冲动出发享受生活的信念结合着的，因此没有幸福主义、享乐主义的成分掺杂其中。而韦伯的结论是，在构成近代资本主义精神乃至整个

① 参见［德］马克斯·韦伯《新教伦理与资本主义精神》，于晓、陈维纲等译，生活·读书·新知三联书店 1987 年版；［荷兰］约翰·赫伊津哈《中世纪的衰落》，刘军、舒炜、吕滇雯、愈国强等译，中国美术学院出版社 1997 年版；［英］佩里·安德森《绝对主义国家的系谱》，刘北城、龚晓庄译，上海人民出版社 2001 年版；Mark C. Taylor, *Confidence Games: Money and Markets in a World Without Redemption*, Chicago: The University of Chicago Press, 2004, pp. 77 – 85。

近代文化精神的诸基本要素中，以职业概念为基础的理性行为这一要素，乃是从基督教禁欲主义中产生出来的。不过，韦伯又指出，宗教禁欲主义并不能直接产生出资本主义精神，只有当宗教禁欲主义转化为世俗禁欲主义（加尔文主义）之后，这种资本主义精神甚至资本主义文化才有可能产生。世俗禁欲主义正是资本主义伦理道德的基础和核心。① 资本主义早期的伦理道德其实就是假神圣之名的世俗功利道德，资产阶级上升时期的新教徒们所执持的就是这种道德信念。有趣的是这个道德和唯美颓废主义违禁色情的反道德一样，都有一个基督教的来源。而且，据我们前一章分析，唯美颓废主义的反道德事实上也有久远的宗教历史渊源。

无论如何，资本主义伦理道德成了确保资本主义顺利发展的有效精神力量，因为加尔文主义的这种世俗的禁欲主义一方面与自发的由财产带来的人生享受不可调和地对抗着，它通过对消费，特别是对奢侈品的消费的反对，为财富的积累提供了一个必要条件；另一方面这种禁欲主义还具有把获取财产从传统伦理的禁锢中解脱出来的效果——获利是上帝恩典的印记，因而是正当的。这两个因素的结合必然导致财富的积累和增长，从而促进资本主义的发展。② 这一过程就以新教道德实现了功利主义目的。

但是，这种道德潜含着一种矛盾：一方面献身于劳动的宗教激情必然会带来财富的增长，另一方面禁欲主义生活戒律又禁止耗费这些财富。这一矛盾在资本主义早期还不太明显：有限的财富积累需用于新的投资，而且宗教的虔信使他们真诚地将财富看作属于上帝的圣物。但到资本主义后期，这一矛盾就异常尖锐地

① 参见［德］马克斯·韦伯《新教伦理与资本主义精神》，于晓、陈维纲等译，生活·读书·新知三联书店 1987 年版，第 37、57、141 页。

② 同上书，第 134 页。

呈现出来。[①] 这就是说，虽然资本主义在其精神上升时期组织了一套包括财富、劳动、职业、规范律法和合理享乐等内容的指导资产阶级伦理行为的理论体系，但财富的增加必然会导致道德上某种根本性的逆转，那就是，伴随资产阶级暴发户对人生的尽情享受而来的普遍的消费时代人们对新教道德的背弃。

由此，资本主义在借用道德的神圣之名保障自身发展的过程中，慢慢地连神圣的外在形式都抛弃了，剩下赤裸裸的纯粹功利主义，使之成为一套供资产阶级冷静的经济德性随意取舍的世俗法则。而其根源在于，为保障俗事物世界之存续，制度化的宗教以理性的方式对圣性加以限定，这一过程败坏了纯正的宗教性，使以后所有以神圣之名进行的活动都很难排除世俗谋划之嫌疑。从基督教道德到新教道德，功利和效用就使“善”完全世俗化了，而唯美主义反对的道德主要就是新教的功利化的道德，它就是在这种意义上使自己“神圣”起来的。

因此，唯美主义对世俗禁欲主义的攻击，实际上就是攻击一种深刻的功利主义。在形式上，它是以唯美的新享乐主义反对世俗禁欲主义，实质上是以唯美主义的纯粹形式对抗资本的功利逻辑，是以一种理性样式反对另一种理性样式。这大概是因为不同的理性样式所营为的目的不同吧？但由于功利逻辑所霸据的不可一世的世俗权利，美的形式与其的对峙就显得既悲壮又神圣。

二　美的神圣化：形式与功利道德

在英国，唯美主义艺术与道德的关系有一个变化过程。唯美主义早期代表——前期拉斐尔前派实际上借取了基督教道德甚至新教道德，以反对随工业繁荣而来的资本主义社会的道德堕落。当然，这种堕落大致就是唯美主义指认的世俗功利主义的堕落。

① 参见［德］马克斯·韦伯《新教伦理与资本主义精神》，于晓、陈维纲等译，生活·读书·新知三联书店1987年版，第138页。

而他们的艺术中所表现的神圣也主要来自对中世纪基督教精神的追忆。“形式主义”、“为艺术而艺术”是舶来品，来自法国的“波西米亚”艺术精神。当佩特、王尔德、惠斯勒等人接过这种艺术宗教的神圣衣钵后，他们不仅深刻地领悟了它，还将之推向极致：可能由于英国更加成功的资本主义和更具功利性的世俗理性风气。“为艺术而艺术”可能隐含的道德“毒素”，在那样的环境会激起更激烈，更难估量的反应。这种反应，在两场有关艺术的耸人听闻的官司中，以一种难以言表的暧昧样式呈现出来。而这些冲突首先成就了唯美主义，随后又使其“臭名昭著”。但无论如何，艺术与道德完全无涉了，它不关心基督教道德，尤其憎恨与精神平庸难脱干系的资本主义功利道德。其艺术的神圣性也不再出自对中世纪的幽思，而是对艺术形式本身的神圣化，一种主观意愿的神圣。不过事实上，自艺术独立始它就与市场、与功利主义相纠缠，是市场、经济的强大力量不断整合着艺术。①

还需指出，作为宽泛的文化运动，唯美主义与道德的关系，除了对抗，还有别的样式，比如法国作家福楼拜，他的唯美风格是与雅好“正直”相结合的。还有后期拉斐尔前派的某些艺术家也并不对抗道德，比如莫里斯等。

1. 反对或者维护道德

拿破仑战争结束后的法国，是一个理想主义极其匮乏的国度。劫后余生的是平庸猥琐、梦幻破灭之辈和一个由商人和农民生成的中产阶级。中产阶级们精明世故、狭隘吝啬，获益于历史发展的浩劫，摇身成为所谓“社会栋梁”。留给那些对理想主义仍抱有希望、又足够清醒的天才们的，只有绝望和怨愤：人们在战争中憧憬的恢宏时代渺无踪影；而原本是天才的庇护者的那些

① 周小仪对唯美主义的研究有更多关于唯美主义与消费和市场的关系的分析。参见周小仪《唯美主义与消费文化》，北京大学出版社 2002 年版；Zhou Xiaoyi, *Beyond Aestheticism: Oscar Wilde and Consumer Society*, Beijing: Peking University Press, 1996。

贵族们又被砍了头。这样，战后严酷的现实使天才们在情感上和经济上都极度失意。他们将因绝望而来的不满和愤怒转化为对现存秩序和安于现状的中产阶级的鄙视。奉守法度的中产阶级缺乏想象力，谨守着与法度一致的道德。但在天才们眼中，那不过是些陈腐卑微的玩意儿。既然无法毁掉物质主义本身，至少在精神领域使自己获得某种优越感或者可以？出于这样的动机，天才们就赞扬起不道德来。

1835 年，泰奥菲尔·戈蒂耶（1811—1872）出版了一本惊世骇俗的书——《莫班小姐》。按照作者的解说，这是一次针对资产阶级礼法的、精心策动的突然袭击。书中充满异教味道，所有狂欢和奢侈场面都理直气壮地为着寻求感官的刺激；同时又故意流露出迷茫的 19 世纪对一去不返的贵族秩序感伤的怀念。而这些又都是以“美的欢乐只在美本身”的名义铺陈挥洒的。[①] 以此来看，“为艺术而艺术”一开始所意图的就并不只是艺术中从来就不可缺少的艺术形式，还有在“美的欢乐只在美本身”的名义之下，也就是“美的形式”名义之下的中世纪的神圣情调和异教的感官刺激，虽然这种感官刺激由于不能像异教时代那么正当而满有歧义。因此，“为艺术而艺术”在法国兴起时，就有侵犯被禁止的领域的作为，或者可以说违禁是它的主要兴趣之一。而要实践这一作为，就得为此找到一个世俗的正当理由，他们就以唯美的纯粹形式为其显在的口号了：形式之美不在乎道德，不仅如此，还将嘲弄道德。

在法国，信奉“为艺术而艺术”的就是这些不得志的天才们。他们以“波西米亚人”自许，形成一个新的边缘化的社会阶层。与中产阶级一样，这个阶层也是 1830 年革命及其社会等级

---

① 参见［法］戈蒂耶《〈莫班小姐〉序言》，吴康如译，以及《莫班小姐（故事梗概）》，吴康如编译，载赵澧、徐京安主编《唯美主义》，中国人民大学出版社 1988 年版，第 18—62 页；［英］威廉·冈特《美的历险》，肖聿、凌君译，中国文联出版公司 1987 年版，第 3 页。

秩序疯狂错位的产物。没有贵族的庇护，现存阶级也都不需要他们（尽管后来又慢慢地接受了他们的艺术），尤其是，作为“社会栋梁”的中产阶级由于务实、由于新教对美的忽视而排斥艺术，艺术天才们就不仅得为自己的生存营为，还得为艺术本身找到理由。处境如此险恶，他们被迫将生计与艺术结合，反而在他们心里激起无限的保护艺术之超绝的英雄主义情绪。这样一来，“波西米亚人”就只有艺术这一条法律，一个道德，一种信仰了。对他们而言，事情颠倒过来：他们活着是为了艺术，而非艺术作为生计，虽然实际上又不得不以艺术作为勉为其难的生计。他们肩负着对艺术的责任，正像从前的贵族保护人一样。既然艺术对于功利的社会纯属多余，他们就不得不像守护神圣秘密一样来保护艺术。渐渐地，艺术似乎真的与世俗生活无涉了，至少这些艺术天才们的看法就是这样。① 因此，在法国，艺术的神圣打一开始就从对资本主义道德的敌视中获取过精神动力。

这种艺术的“自我目的”的信念，因为其“谋划”似乎脱离了俗事物世界的功利之圆环，就披上了一层神圣的外饰。但是，为艺术而艺术并不纯粹，它滋生于艺术作为生计的无能，它是不可能彻底摆脱功利的，至少功利可能会作为其附带目的；而且据前面的分析，作为艺术之基本要素的形式能力实质是一种理性能力，某种程度上，理性能力即使不是直接功利也与功利难脱干系。而且，“波西米亚人”视艺术为救赎之宗教，这就是一种拾制度化宗教之余慧的含混的谋划。但无论如何，“为艺术而艺术”至少是将艺术从其他的世俗谋划中分离出来了，在这种意义上，艺术名副其实地独立了。也就是因为美的形式相对于功利的这种有限度的独立，唤起了唯美主义者们某种似乎错位的宗教热情。

① 参见［法］亨利·缪尔热《波西米亚人：巴黎拉丁区文人生活场景》，孙书姿译，华夏出版社2003年版，“序言”第1—12页。

在英国，“为艺术而艺术”的发生和际遇就大不一样了。拿破仑战争一结束，英国就对欧洲大陆事务失去了兴趣，独自完成了工业革命，其工业文明在维多利亚时代（1837—1901）的欧洲首屈一指：纺织业差不多六倍于当时的法国和美国，出口也居世界第一；那么多发明被最终转化为财富；个人生活最大可能地依赖着机器；城市人口急剧增加，这是工业化最明显的标志。① 而工业戒律并没有导致道德准则的松弛，反而巩固了道德。当然，这是一种传统基督教道德与新教道德混杂的样式。但是另一方面，精神领域的新产品却极其稀缺。这是英国在19世纪后半叶不同于欧洲其他国家的主要特征。1844年，恩格斯就此在《英国现状——评卡莱尔的〈过去和现在〉》中写道：“英国有教养的阶级对任何进步都是置若罔闻，只是在工人阶级的压力下，才稍稍动一动。如果以为这些腐朽不堪的有教养阶级，它们每天的精神食粮也许会比它们本身要好一些，那是没有的事。上流社会的书刊都已走向穷途末路，其内容正像饱食终日暮气沉沉的上流社会本身一样，是异常枯燥的。”② 拉斐尔前派的艺术创新就出于这样的历史文化背景。他们试图在艺术技巧以及艺术内容诸方面突破学院派的古典主义传统。他们认为只有参照文艺复兴早期拉斐尔以前的那些艺术家，像先拉斐尔时期的画家那样真挚地面对现实才不会为定型的古典风格所捆束。对拉斐尔前派而言，面对现实并不是一般所谓的现实主义，他们面对现实是为寻找艺术灵感以超越学院派，因此对想象的看重也在其内。而且他们那种关注艺术生气的创作向精神性敞开，与缺乏灵魂的事物形成

---

① W. V. 伊卡蒂提等在《奥斯卡·王尔德的伦敦》中对唯美主义所处的维多利亚时代的英国，尤其是伦敦社会，因工业文明而致的繁华和奢靡有很详尽生动的说明。See Wolf Von Eckardt, Sander L. Gilman and J. Edward Chamberlin, *Oscar Wilde' s London*, New York: Anchor Press, 1987, pp. 1 – 27。

② 中共中央马克思恩格斯列宁斯大林著作编译局：《马克思恩格斯全集》（第1卷），人民出版社1963年版，第629页。

对照。

总之，前期的拉斐尔前派所代表的英国的文艺复兴与海峡对面法国颓废派掀起的唯美主义艺术自救完全不同，这更像是古典意味的艺术复兴。它在寻找新的表现方式时并没有排斥艺术对现实的关切——否定缺乏灵魂的事物含蓄地表达了对资本主义及其道德堕落的不满。[①] 也就是说，他们对资本主义的不满主要针对其德行的堕落，这种堕落正是后期拉斐尔前派艺术家和其他激进唯美主义者们为探究新的感官感受而冒险涉入的王国。可笑的是，正如我们前面所分析，虽然拉斐尔前派不满意资本主义工业社会，但他们维护的基督教道德尤其是新教道德根本上又是与资本主义相促进的。因此，可以说这时期的英国艺术染上了浓烈的道德色彩。艺术所关心的是进步和普遍的繁荣。社会问题、经济问题和宗教问题的意义都至关重大。对维多利亚时代的英国来说，“为艺术而艺术”是纯粹的舶来品。艺术居然可以毫无道理地与道德准则无关，甚至与之对立，这不是彻头彻尾的造反吗？感官的感受和耽迷于感官的放纵不是只有危险的毫厘之差吗？因此，在英国，艺术复兴与道德主义同行。早期拉斐尔前派协会的艺术理念和艺术创作就是这种以艺术之美来改造工业时代颓废纵欲的堕落德行的努力。而他们以从先拉斐尔时期继承来的对中世纪的迷恋对抗资本主义，以及他们对艺术至上的热情，都唤起过罗斯金的强烈共鸣。需要注意的是，资产阶级的此种道德堕落是

---

① 即使是在新教道德时期，工业的成就就与奢侈堕落并行了。与韦伯就宗教对资本主义的作用的研究相呼应，桑巴特讨论了奢侈对资本主义的作用。他的结论是：“奢侈，它本身是非法情爱的一个嫡出的孩子，是它生出了资本主义。”这一结论某种程度上是有道理的。但这里的奢侈与王尔德等人的奢侈性质不同：催生资本主义的奢侈是普遍化、世俗化、市民化的奢侈，是进入生产循环的奢侈，是功利理性的一个症候；王尔德的奢侈企图回复无用性，企图超出功利循环，是圣性的困难。参见［德］维尔纳·桑巴特《奢侈与资本主义》，王燕平、侯小河译，刘北成校，上海世纪出版集团 2005 年版，第 233 页。另外，布罗代尔直接将资本主义定义为奢侈。参见［法］费尔南·布罗代尔《资本主义的动力》，杨起译，生活·读书·新知三联书店 1997 年版。

伴随功利理性之成功而至的德行腐败，在劳动者的极端贫困的对照下，此种堕落就显得尤为触目惊心。这是王尔德等所不屑的庸俗的堕落。不过，就是在前期拉斐尔前派的艺术中，有时对艺术形式技巧的考究不自觉地掩盖了作品的道德意图，这是形式主义的先兆。

拉斐尔前派的精神领袖布朗和协会的发起人之一威廉·霍尔曼·亨特都有感于道德堕落的可厌，于是用包含浓郁道德说教的作品警示世人。在他们画作中，既有直接反映现实道德堕落的，又有直接播扬基督教道德的。不过，亨特的一幅《道德的觉醒》（The Awakening Conscience，1853）在皇家美术学院展出时，当时连罗斯金也遗憾地表示难懂。因为画虽名为“道德的觉醒”，其中也充满了道德象征符号——桌下埋伏着一只恶猫，它面前一只被撕裂的鸟，象征被戏弄与被摧残；华丽的挂毯上飞禽琢食庄稼的图样暗示着被损害；而壁炉上面那幅画着一个萎靡慵倦女人的画中画，又暗示着淫荡——但画面的华美和构图的含蓄使其对道德的宣教让人费解：观众困惑地面对画面，然后一无所获地离开。画上一个姑娘坐在“情人”的膝上唱歌，据画家说，唱的是《时常在那宁静的夜晚》，也许某句或几句歌词或某种情绪抓住了她，她突然试图站起来，仿佛要摆脱某种“不良”状态；而引诱者并没有敏感到她的情绪变化，还径自陶醉地哼着，一只手漫不经心地击琴相合。罗斯金后来这样描述画上的女主人公：“只要对人的表情还能明察秋毫，都会有所动心。恐怖突然袭上心头，映现在她那俏丽的脸上，微张的嘴唇抖成一片紫红色，牙关紧闭，眼里闪着忧惧交加的目光，噙着哀悼往昔的泪花。”①

理论家替他形容了画面的细节，才使人联想到一种觉醒与悔悟的心灵。而需要评论家如此煞费苦心地阐释，就已经说明其道

① 参见朱伯雄《玫瑰与十字架的象征》，上海书店出版社2005年版，第25页；图画参考《唯美主义大师图典》，陕西师范大学出版社2003年版，第145页。

德意图的失败。画面太工致，形式的力量遮掩了道德寓意。可以说，这类对道德的图解本是要借艺术之美唤起人们的道德意识，结果却是艺术之美自身的张扬。这里要唤起的道德可能是传统的基督教道德，与新教的功利道德并不一致，虽然并非全然无关。另外，亨特自己可能也受到新教主义的影响，这两种道德在他看来可能是搅在一起的。但无论如何，它们都有世俗谋划之意图。换句话说，唯美主义是以艺术之美的形式之力在效力于世俗理性，虽然不自觉地宣扬的还是唯美形式。在这方面，美的形式并不必然与功利道德构成互不相容的矛盾关系。而形式与意图的主次、显隐关系的错位就说明了这一点。

亨特那些直接宣传宗教道德的画作，比如，用极具象征的手法画的那幅《世界的光明》，是他描绘圣经题材以传播宗教思想的最典型作品，被认为是 19 世纪下半叶宗教画中最杰出的作品之一，也为新教徒世界提供了感人的视觉形象。画上耶稣基督是中心。他手提灯笼，灯笼链子系在手腕上。灯笼的光比较明亮，寓意一切世俗罪孽都不能逃避神圣的审判。耶稣头上的光与灯笼的光不同，比较柔和，是安慰之光，寓意救赎与希望。头上的光来自他戴的荆冠，虽朦胧微渺，仍能照亮树的枝叶以及那扇紧闭的大门——隐喻神圣光芒沐浴一切世俗之物。如果那扇门是人类灵魂之门，灵魂的状态就是不堪的：似乎已被遗忘，常春藤枝蔓盘绕门框，上面还长满了荨麻和荆棘，显得颓败而落寞。耶稣的长袍上别住斗篷的宝石别针被描绘得非常细致，象征圣灵和圣职的权利。画的构思来自圣经《启示录》第三章第二十节的内容。表现基督带给信者的双重光明——觉醒与希望。① 但是与前一幅一样，这幅画最让人感兴趣的是画家对光的感觉和表现，是美的形式技巧的开拓。宗教意识是由艺术之美来唤醒的。也就是说，

---

① 参见［英］奥斯卡·王尔德《谎言的衰落》，萧易译，江苏教育出版社 2004 年版，第 233 页。

早期拉斐尔前派用艺术之美复活基督教道德以及中世纪情调（这正是罗斯金的艺术主张），以对抗工业社会和资本主义，但基督教道德与新教道德一样，也包含可疑的世俗谋划。这里纠缠的三种东西——基督教道德、资本主义和形式之美——又有某种一致。而拉斐尔前派对中世纪的回顾，却不过在不同的人那里唤起了不同的钟爱罢。除了道德的世俗意图，真正的唯美主义者也从中感到了形式之美和神圣精神。

可以说，前期拉斐尔前派艺术至上的观念指向模糊，离“为艺术而艺术”还远。而他们对抗资本主义的中世纪情念虽然有一定的冲击力，也不过是一种模棱两可的东西。他们与法国颓废派的“为艺术而艺术”只在对艺术复兴的期望、对艺术形式的探索和对资本主义的不满方面接近。而由于这种接近，拉斐尔前派就成为英国唯美主义的先声，它促进了唯美主义在英国的本土化，而英国的唯美主义反过来又重新发现了前期拉斐尔前派的唯美倾向。不过，“为艺术而艺术”在英国的广为人知，却是由两场严格说来不应诉诸法律的官司促成的：先发生的一场是惠斯勒状告罗斯金，这是对艺术独立之权利的要求。这场官司发生在艺术界内，按照艺术的逻辑，基于美的形式的艺术独立是难以辩驳的，惠斯勒因此胜诉。接下来的一场是王尔德有伤风化案，这场官司实质是以艺术独立为由，为美的形式对禁忌的侵犯要求权利，因此已经越出艺术界，牵扯到社会，社会逻辑就以其对禁忌的侵犯而非美的形式本身——当然在唯美主义艺术中它们是结合着的——判其为罪恶了，王尔德就只好为此坐牢去。

在英国，“为艺术而艺术”反道德的精神觉醒在理论上的表现大致始于佩特。佩特既有对形式的斯巴达式的严格，也神会了法国颓废派作品里潜藏的那种“毒素”——美的核心里将会找到某种带着罪恶意味的东西，作家不但不应该回避它，反而应该领会它，从心智上、在想象里享受它。佩特在一篇对“唯美主义诗派”的早期研究文章中写道：“其色调错综复杂，光怪陆离，犹如‘红莲花’一般。夏日的影响有如血液中的毒汁。”他想象到一个“多种条件悬殊交混的环境，正象含着药物的空气一样。在一群具有疏淡而与众不同的美的人们当中，异国的感觉之花在繁衍开放，它们宛如梦幻，娇嫩柔弱，雌雄同株，光线几乎可以把它们照透”①。这正是波德莱尔《恶之花》的精神实质，是对堕落的感伤。与波德莱尔的“毒素”一样，都包裹在华美智巧的形式之中。这时，“美的形式”所主要针对的就不再是道德堕落（当然，他们也要与此划清界限，正如王尔德对纯粹动物性的批评），而是理性的功利道德了。自那以后，形式就开始了对功利道德的清算。从形式与道德结合到形式对抗道德（这两个道德的差异前面已辨析过），这之间还有一个逻辑过渡——形式摆脱道德。这个正是罗斯金与惠斯勒官司的实质。事实上，唯美主义早期对道德内容的不屑，无论是佩特的理论还是斯温伯恩的诗作，某种程度都不过是喃喃自语，并未引起太强烈的社会反响。是惠斯勒张扬的个性以及他的画中那种对道德的根本冷落和表现形式的极端化惹恼了罗斯金，激起了他捍卫艺术社会责任的热情。

2. 从独立到对抗

1877 年的一天，罗斯金在库茨·林赛爵士的格罗斯文诺画廊看见一幅冒犯他的审美趣味令他讨厌的画。这是美国画家詹姆斯·惠斯勒《夜曲》中的一幅。在罗斯金看来，这幅画不过是把乱糟糟的一堆颜色弄到了画布上，而画的作者居然借用一个音乐术语牵强地给了这画一种它本身并不具有的价值。《夜曲》！《黑色与金色的夜曲——散落的烟火》！罗斯金一出画廊，就写下了那段发表在他自己的杂志 *Fors Clavigera* 上的、激怒了惠斯勒的著名评论：

---

① 参见［英］威廉·冈特《美的历险》，肖聿、凌君译，中国文联出版公司 1987 年版，第 71—72 页。

> 为惠斯勒先生本人起见，同样也为了保护买主，库茨·林赛爵士不应该同意让这些作品进入画廊，该画作者缺乏修养的做作近乎存心欺诈。以前，我曾经见到过，也听说过伦敦佬的厚颜无耻，但从没料到会听说一个花花公子向大众脸上泼了一罐颜色，还向他们索要两百个金币。①

罗斯金此番批评只捕捉到了惠斯勒表面的一点神韵：做作的花花公子惠斯勒是缺乏修养的，他也不屑于罗斯金所谓的那种修养；而且有着巴黎颓废派精神血统的惠斯勒更不屑于取悦大众，尽管还不得不以大众为衣食父母。但是，惠斯勒画中有种不寻常的东西被其表面的轻浮狂妄遮掩起来，这种东西也与罗斯金失之交臂了。这就是，一种深沉的创造活力——对艺术的虔诚和自傲。实际上，罗斯金对拉斐尔前派的支持本来就包含着艺术至上的信念，这种艺术至上还曾启示佩特"为艺术而艺术"的虔信与热情，但艺术至上在罗斯金又是与道德改进相结合的。他的攻击目标与前期拉斐尔前派一致，是资本主义及其堕落道德。或者说是他唤起了一个本来可能只关注艺术问题本身的画派的社会良心。而惠斯勒道地的波西米亚精神血统视艺术为上帝，那可是一个绝对者，一个不动的推动者，岂肯自降身份伺候他人？站在罗斯金一边，就意味着艺术必须为了某种目的，绘画是为了那些不是画家的人们的需要而画的；站在惠斯勒一边，就意味着艺术脱离生活的观点——只有艺术家才是他自己的法官，艺术家只服从适合于他自己的法律。这是这场官司的实质——"为艺术而艺术"。当围绕这一实质问题的三个相关问题——艺术家依据什么为自己作品索要报酬？谁有权利批评艺术？如何鉴赏艺术作品？——在那个奇怪的法

---

① ［英］威廉·冈特：《美的历险》，肖聿、凌君译，中国文联出版公司1987年版，第108页。

庭上被讨论审议时，无论如何就有点轻喜剧的意味了。但嘲笑归嘲笑，艺术独立就因脱离对道德的义务而确立起来。

惠斯勒控告罗斯金的理由是，“罗斯金先生的见解被人们当作有关艺术的福音来接受，而且毫无疑问，他在‘Fors Clavigera’里表达的观点已经给惠斯勒先生造成了巨大的经济损失”①。看看这里，那样高贵被赋予救世主之尊的艺术，那样超越意欲摆脱一切世俗羁绊的“神圣”理想，显然又架设于物质主义之上。艺术可以不关涉寻常的生活，可以不关心功利，艺术家却没有法力一同化身为艺术本身。从这种角度，艺术岂不是谋利筹划之一种？这就使艺术“以自身为目的”显得有点难堪了。这也说明，罗斯金对艺术道德目的的要求与“为艺术而艺术”相比显得更实在些。

> ……总检察长约翰·霍尔克爵士就站起来开始询问。
>
> 他问：什么是《夜曲》？
>
> 惠斯勒解释道，《夜曲》是他为自己描绘夜景的作品所用的题目。这些作品本来是要安排处理线条，形体和色彩，他的意图是要人们对这些东西同样重视，而不为任何外在的兴趣所左右。
>
> ……《散落的烟火》——就是刚才提到的那幅《夜曲》被倒着拿到了法庭上。法庭里一片笑声。
>
> 惠斯勒说，这些散落的烟火画的是克雷莫恩的节日焰火。
>
> 总检察长：不是克雷莫恩风景吗？
>
> 惠斯勒：“如果叫它克雷莫恩风景，那么它显然除了叫观众大失所望之外，什么效果也不会产生（笑声）。它是一

① ［英］威廉·冈特：《美的历险》，肖聿、凌君译，中国文联出版公司1987年版，第117页。

种艺术上的处理。”

……

总检察长说：“两百个金币的价码贵了点儿，”接着他又讥讽地问道：“你花了多点儿工夫把它赶出来的呢？”（笑声）

……惠斯勒是这样回答的：“大概用了两三天我就把它给赶出来了。”

……

律师马上抓住这个机会，意满志得地发问：“两天的劳动，你就要两百个金币吗？”

……惠斯勒给对手一句著名的迅速反击：“不，我是为了一生的学识才要的。”

……

他们又谈到了艺术批评。

“你不赞成批评。”

……他说：“如果一个人终生从事他所批评的那门科学的实践，那么，我并非不赞成他关于技巧方面的批评。但是，一个并非这样度过一生的人，我就几乎不理睬他的见解。这正象他如果发表对法律的见解，你也会不予多少理睬一样。”

……

“你认为你能使我看出这幅画美在什么地方吗？”总检察长问道。

……惠斯勒沉吟了一会儿……“恐怕我无法向你解释，”……“不行！你知道不知道，我恐怕无能为力，正象音乐家想让聋子的耳朵听见音符一样。”接着，他在这句话后面加上了带括号的（笑声）来证实自己的成功。①

① ［英］威廉·冈特：《美的历险》，肖聿、凌君译，中国文联出版公司1987年版，第121—126页。另参见［英］威廉·奥本《远东艺术的影响——日本版画与惠司勒的艺术》，了千译，《美术译丛》1982年第4期；［美］莉莲·弗里德哥德《詹姆斯·A. M. 惠斯勒》，曾大鸣译，《美术译丛》1982年第2期。

这段对话有机智也有调侃，目的却颇为严肃。它在向公众批评权利发难，是艺术立于形式本身的公开伸张。结果是惠斯勒赢得了这场官司，虽然他起诉的世俗目的并没有实现——他胜诉了，可惜只赢得了一枚四分之一便士的硬币。甚至这也完全出乎法庭和陪审团的预料。但是，惠斯勒的胜诉仔细分析起来可能是合理的。首先，这个涉及艺术这种玄妙莫辩的东西的案子看起来神秘又困难，但就算神秘困难他们还是要审的，这大概只会发生在如维多利亚时代的英国那样极端理性偏执的社会里吧？如果没有这样的法庭，“为艺术而艺术”也许激不起什么大的社会风波吧。这也许可以说明艺术独立的必要前提就是社会理性的成熟以及理性的分化？而这似乎又可以说明艺术独立之理性本质吧？如果形式不是理性之一种，艺术的存在都会被质疑的吧？其次，如果艺术独立不是将其基础挪移至形式主义，挪移至艺术自身的纯粹技巧，也就是说，如果艺术以罪错、变态等社会禁止领域为对象，以此为其独立之基础的话，那只可能一败涂地的吧，比如王尔德。实际上，就在惠斯勒胜诉，艺术“以自身为目的”似乎得到某种程度的社会接受后，艺术的独立也是不允许对禁止的侵犯的。如此，虽然艺术的“自我目的”以美的形式卸去了道德责任，但也可看出，“为艺术而艺术”从其赢得权利之时就是有限的。而唯美主义后来与道德的对垒也不过是不同理性样式的较劲，唯美主义借助形式才能冒险涉入非道德领域去发掘其精神性价值，以对抗新教道德对有序有用有效有利的要求，虽然在他们明晰的意识或者主观意愿中是以所谓纯粹形式去对抗道德甚至平庸的生活的，但是，形式并不必然与道德对立。是由于美的形式与违禁的结合，才显得是形式本身、是艺术在对抗功利道德，形式也因此而神圣。最后还需指出，正如前面所提示，这场官司的当事人双方都懂艺术，对有关艺术的某些最基本问题他们并非没有共识。这也是惠斯勒胜诉的重要原因之一。

此外，这里惠斯勒对艺术作品的价格的辩护这一行为也极耐人寻味：自从艺术独立，艺术就不得不接受一个市场。而且惠斯勒选择富裕的资本主义英国，以虽然庸俗但钱包鼓鼓的非利士人（philistines）为邻，其实也有经济利益方面的考虑。艺术独立却原来是与资本主义市场同步的。或者艺术以自身为目的与市场以自身为目的有某种亲缘关系？（此问题在下一节将更多涉及）而且，惠斯勒自称是依据一生的学识，他才要了那么个价格的。是一生的学识而非一时的灵性或者任性什么的！这是不自觉地对形式之理性辛劳的强调。这样，艺术摆脱了道德，又得面对一个市场。而且这个市场从一开始就以其与形式相同的理性品质，威胁着形式的独立。不过，唯美主义甚至有勇气以美的形式与市场划清界限，这种悲剧性努力同样为形式主义增添了神圣色彩。

这场诉讼中，还有一个问题——作品的未完成性——值得关注。当纠缠于惠斯勒的《夜曲》是否值两百金币时，就涉及对画作的鉴定。爱德华·伯恩－琼斯作为罗斯金的证人被要求对《夜曲》是否货真价实做一鉴定。作为惠斯勒也能接受其批评见解的艺术家，伯恩－琼斯首先不得不承认《夜曲》的色彩无懈可击，画面完美和谐。可他还不得不同意艺术作品的细节描绘和构图是最根本的要素这种陈腐的原则。既然细节和构图是艺术作品的最根本要素，而《夜曲》中并没有这样的细节和构图，显然，《夜曲》的索价就是有问题的。当被问及《夜曲》是否画完，他左右为难言不由衷地回答，这幅画只不过是张速写，是成百上千张画夜景的尝试中的一张失败之作。在这方面，罗斯金收藏的那幅提香的作品就说明了什么是完成了的作品。① 这种对作品价值的评估、鉴定，似乎已经绕开了艺术的道德责任。惠斯勒在前面声明过，他的画目的并不是任何外在的兴趣，而是线条、形体、色彩这类东西本身，这些才是鉴赏艺术作品应该关注的要素。他似

---

① 参见［英］威廉·冈特《美的历险》，肖聿、凌君译，中国文联出版公司1987年版，第127—128页。

乎成功地达到了他的目的，但实际并非如此。

因为罗斯金对细节和构图的严格是要艺术形式传达可把握的意义，这个意义就是社会意义，这与他对哥特式建筑的未完成性的认可并不矛盾。而惠斯勒的兴趣是在对细节和构图本身的实验性探索方面，未完成的形式是这种兴趣的表现。他不在乎形式是否有意义，也许未完成的形式因为无意义反而具有圣性价值——相对于世俗功利的无用。而在伯恩－琼斯方面，他知道罗斯金对他的支持不过是滥施恩惠，他自己的一些画作就毫不理会意义。比如，他的那幅《金梯》①，就是对作品应该有“意义”和“故事”这种信念的挑战：这幅作品的题目虽然来自但丁的一段诗，但它的内容没有丝毫的文学或历史寓意。图中的形象是一群手持乐器的女子沿着螺旋形楼梯向下行进，她们披着相似的浅色长垂衣袍，衣褶和行进的列队都很有种倦怠的动感，让人联想到音乐起伏柔美的节奏。这是对佩特的“一切艺术都渴望音乐的效果”这一形式主义美学信念的回应。而除了作为美学构造的一次实践之外，它确实没有任何别的主题和道德意义。可是现在，在法庭上，他得为罗斯金的“错爱”付出代价——对罗斯金不得已的支持令他痛苦而沮丧：忍受一位画家同仁的轻蔑，此人正独自对付公众偏见的全部力量。

威廉·冈特指出：“一个研究艺术的人，居然拿提香的作品当作绘画完成的范例，这似乎很不合情理。恰恰相反，提香的作品越来越趋于背离这种性质。……法庭上这幅画是提香的一幅早期作品——它之所以跟这位大师后期更有价值的作品有鲜明区别，恰恰是它比后来的作品完成得更加彻底。所以，拿这幅画做例证，这种做法将会给法庭审判人员造成错误印象。”② 因为这

① 参见澜工《唯美主义大师图典》，陕西师范大学出版社 2003 年版，第 120 页。

② ［英］威廉·冈特：《美的历险》，肖聿、凌君译，中国文联出版公司 1987 年版，第 128 页。

反而说明，具有未完成性状的作品并不缺乏魅力也并不缺少价值，这已是艺术史所认可的了，无论对提香、米开朗琪罗还是惠斯勒，甚至伯恩－琼斯的作品都一样。但这是就艺术形式与神圣的关系的说明，是我们指出的罗斯金自己也认同的观念。

而艺术的形式主义自身却是世俗性的，这时，对作品完成度的衡量是可以成为一个量化指标的。为艺术而艺术并不必然与未完成性有什么可以理顺的逻辑联系。这是惠斯勒无法真正赢得这场官司的更深层理由。但是，美的形式的独立将形式从世俗功利中分离出来，就为艺术与神圣结合，进而为形式的神圣化做好了准备。

无论如何，通过这场官司，“为艺术而艺术”在英国或者至少在伦敦就变得家喻户晓了，艺术以自身为目的获得了类似上帝才有的那种神圣权利。

艺术以形式之美独立了，既然美的形式像上帝一样神圣，就可以像上帝一样自由：不仅不必理会道德，应该还可以取消道德。这是艺术对非道德领域的探索，是对上帝自身秘密的兴趣。而在唯美主义者心中，艺术的神圣也因对世俗功利道德的动摇显得更加确然。换句话说，美的形式与功利道德对峙，加强了唯美主义者们对“形式主义”信念的神圣感。而王尔德大概受到惠斯勒成功的鼓舞，就打算为艺术的违禁辩护了。回头再看看王尔德受审时就《牧师与侍僧》与律师的交锋：

> 卡森：你知道，当故事中的牧师向男孩灌输亵渎神灵的思想时，他用的就是英国教堂做圣礼时的语言？
>
> 王尔德：这我倒全忘了。你不能问我其中的细节。但我敢说他是这样做的。
>
> 卡森：你认为这是亵渎吗？
>
> 王尔德：我认为这很可怕。“亵渎”这个词不是我的话。我认为它很可怕，而且令人厌恶。
>
> 卡森：难道不是亵渎神灵？

王尔德：我不用这样的词，这是你所说的话。

卡森：让我给你读读其中一段话：

……

他将圣饼递给孩子，然后拿来美丽的金圣餐杯，用宝石作底的圣餐杯。他转向孩子，但当他看见孩子那张容光焕发的俊美的脸庞时，他低声叹息着又将视线移到了十字架上。刹那间，他气馁了，接着他又转过头来看着那小家伙，他将圣餐杯举到唇边：

“主耶稣的鲜血为你而流，它将永远保佑你的肉体和灵魂，直到永生。”

这不是亵渎吗？

王尔德：我认为作者的本意并非如此。

卡森：我没问这个问题。

王尔德：我不明白你为什么一定要引诱我说那个词。我不用那些词。

卡森：……我知道你并不赞成它，但我想知道的是你不赞成它的什么？

王尔德：我不赞成它的格调、过程、主题，一切都不满意，从头到尾的一切。

……

卡森：听听这句话，先生，你只是从文学的角度不赞成这句话吗？“他一让罗纳尔德蹲在自己身边，喝完圣杯里的最后一滴圣水，就放下圣杯，抱住了他那极其可爱的侍僧的美丽胴体。他们的双唇紧紧贴在一起，一个长长的吻，一个完美爱的吻。一切都结束了。”

王尔德：我觉得这是让人厌恶的无聊。

卡森：厌恶什么？

王尔德：无聊。

卡森：仅此而已？

王尔德：我认为这足够了。

卡森：王尔德先生，我想你会承认，任何与这种行为相关的人，或任何一个公开承认赞成这部作品的人，都会被当成同性恋者。

王尔德：不。你能重复一下你的问题吗？

卡森：我说的是：任何与这种行为相关的人，或任何一个公开承认赞成这部作品的人，都会被当成同性恋者。

王尔德：不。

卡森：你不这样想？

王尔德：不……①

显然，王尔德在坚持一种美的形式的逻辑。美的形式只在乎自己，道德或者不道德，那不是它应该关心的事。形式既无义务宣讲道德，也不害怕表现不道德。唯美主义表现不道德是“醉翁之意不在不道德”，而在美的形式本身，形式是唯一值得为之费神的事。王尔德对反道德的辩护紧紧立足于美的形式，以美的形式对抗道德的平庸。而卡森却认定王尔德以美的形式美化了不道德，宣讲了不道德，因此触犯了道德和法律。美的形式所以也是不道德的。他们显然在不同的逻辑序列中，各自都不愿接受对方的逻辑，因为这两种逻辑有根本对立的诉求。

这里，按照王尔德的本意，形式实际上有权利整理不道德。对表现不道德的艺术的接受，不在于对不道德的接受，而是对外在的美的形式的欣赏。就这样，王尔德将不道德与道德的对立转化为美的形式与道德的对立。不是违禁撼动了世俗道德，而是美

① 孙宜学编译：《审判王尔德实录》，广西师范大学出版社 2005 年版，第 58—60 页。

的形式。形式就这样接过了违禁行为的圣性价值，美的形式的神圣性显得更加确实可信。

但是，卡森并不理会美的形式的逻辑，他试图将王尔德的言说强行纳入自己的逻辑，对其进行扭曲的理解，然后得出他所满意的答案。在他看来，既然艺术无视道德戒律，撩拨起人们的不道德欲望，艺术就是不道德的。总之，美的形式也好，艺术家也好，谁都没有权利触犯道德。

这就是美的形式与道德的对抗。这种对抗其实有唯美主义者们太多的想象在里面，所以美的形式的失利是必然的。而这种失利，反过来又增添了形式的神圣性。

不仅王尔德将神圣价值关切寄托给了艺术形式，并在其创作中表现出来，后期拉斐尔前派的艺术创作也表现了对形式的膜拜。比如，伯恩 - 琼斯有一幅描绘 19 世纪流行的“致命女人”类型之一种——人鱼塞壬——的画作《海的深渊》（The Depths of the Sea，1887）。这幅画故意颠覆道德情感，不过，艺术形式之美的魅力冲淡了画作的道德叛逆意味。画面上颇具肉感之美的塞壬，“淫魅”的美目勾魂摄魄，拥抱着一位沉醉的男子，他们正要一起坠入海的深处、坠入生命的深处。[①] 甘愿受惑于妖娆的美女并堕落下去，深深迷醉于那种怠惰，这是艺术形式对被禁止之域的侵犯了，是形式之美神圣权利的彰显。但是，如果没有对形式的至高性的信念，他们恐怕是不敢触犯道德的吧。

伯恩 - 琼斯的这幅画是与前期拉斐尔前派的道德情感相违背的。这就引起了罗斯金的不满。罗斯金一贯的主张就是美必然而且必须与道德原则一致，不能为了美牺牲真理和道德目的。虽然作为艺术评论家的他也推崇艺术是生活的最高事业这一主张，而且正是出于这种理想他扶持过前期拉斐尔前派的艺术创作，但是，

① 参见澜工《唯美主义大师图典》，陕西师范大学出版社 2003 年版，第 126 页。

这个最高事业在罗斯金看来是与道德目的天然相契的。而且他坚持艺术跟日常生活密切相关，甚至还能跟经济这类实实在在的生意合为一体。他的基督教无政府主义的改良计划与其艺术理想本质相同，都是社会改良方案。形式不理会道德已是罪过，更何况要反对道德！不过我们已经知道，罗斯金对“为艺术而艺术”的反感没有针对性格温和内敛的伯恩－琼斯，而是向着惠斯勒发泄的。也就是说，至拉斐尔前派中后期，它所体现的唯美的真正意图才清晰起来。也只有在这时候，形式主义的神圣性在他们的艺术中才取代了对宗教神圣性的借取，艺术才开始对抗起道德来。

这样，罗斯金对早期拉斐尔前派的支持和他对后期拉斐尔前派的怀疑，就有其内在的合理性：早期拉斐尔前派艺术还没有发展出真正对抗世俗理性的因素，这个因素实质上是非道德内容而不是美的形式。而以前期拉斐尔前派为代表的前期唯美主义对基督教道德的表现，就说明了美的形式并不是功利理性的天敌。它与功利理性及其道德的对立是无法从其自身的形式主义诉求中逻辑严密地推论出的。

不过，虽然唯美主义对资本主义道德进而对文化本身能构成深刻怀疑的并不是它对艺术形式的强调，而是对禁止的探索，但这种探索如果没有美的形式对其清理，就根本不可能对文化、对道德形成冲击。因此唯美主义将艺术形式圣化其实也部分合理。唯美主义者们就这样对美的形式的神圣力量更加深信不疑。

第四节　形式与市场

王尔德在《道连·格雷的画像》中说过这么一句话：“现在人们每样东西的价格都晓得，而对其价值却一无所知。”① 这是

① ［英］王尔德：《道连·格雷的画像》，转引自《奥斯卡·王尔德：艺术箴言生平秘事》，赵沛林、孙勤译，时代文艺出版社 1993 年版，第 45 页。

有感于资本主义和市场经济而发的，是对商业主义、物质主义的客观描绘。在一个世俗功利理性充分发展的社会，明晰化实存的主要方式就是为商品标定价格。市场的价值正在于这种商品价格的“利”。外在的价格将人的生活按照一种社会功利的尺度来有序地规整，事物甚至人本身那些无法估量的方面的价值却消隐了，被单一属性的价格同质化，然后给以评定。这样，王尔德实际上先于巴塔耶、西美尔等人感到了市场抹消异质性的可怕力量。

唯美主义对美的形式的神圣化是要抗拒资本主义功利理性，维护甚至像“美的形式”这种非实体的存在的自身价值。他们以为，艺术的价值取决于美的形式，而形式是神圣的，不应也不能估量。美的形式与市场就如形式与道德一样，根本不相干。而市场的无往而不胜对美的形式的价格整合，更是激起了他们中一些人捍卫艺术自身价值如维护宗教般的热情。但实际情况是，面对市场的魔力，这些人也最终是束手无策的。

首先，“为艺术而艺术”本是艺术对抗资本主义和市场的产物。其出现的时代社会背景是资产阶级的崛起与教会、贵族的失势，艺术失去贵族和教会这些传统的保护人而不得不在市场中自谋生路。从传统的角度看，毕竟贵族和教会都比市场更精神化、更体面，面对市场就意味着自降身份，迎合市民就是自甘堕落，而且中产阶级最初本也是拒绝艺术的。许多艺术家对此境遇心情复杂，甚至拒绝承认为市场生产的作品是真正的艺术品。对商业化艺术的这种看法导致高雅艺术与低俗艺术以及手工艺的区别，这是18世纪末才出现的。不同于为纯粹消费者生产的低俗艺术，高雅艺术是为其他艺术家创造的，它应该独立于市场。真正的艺术不是以广被认可的形式迎合广泛存在的需要以获得大众化的接受，而是通过创造挫败和击溃市场预期的艺术去挑战传统和预期。这就是康德美学的时代社会背景，他将18世纪晚期艺术所面临的严酷经济现实转化为哲学化的美学表达——“没有目的的合目的性”，即艺术的独立。但是，通过一种古怪的反转，拒绝成了艺术成功的标志。与现实性、具象性和装饰性的资产阶级艺术相反，所谓高级艺术趋向于非指涉、抽象、挑激和违越的先锋形态。对这些艺术家而言，不仅艺术应该是违越的，艺术家也应该挑战资本主义价值。他们将自身置于社会经济的边缘，尽管还得依靠这个社会经济。艺术家成了临界性人物，其暧昧性既引起好奇迷恋，也招致怀疑批评，正如我们看到王尔德、波德莱尔等人的情形。按照这个逻辑，商业成功就是艺术的失败。换种说法，高雅艺术遵循一种反转经济的逻辑获得某种似乎更客观的价值。然而，接下来发生了另一种逆转，发展中的市场找到了办法，而且将总是能够找到办法整合那些企图逃逸市场而去的因素。当中产阶级由拒绝艺术转为依靠消费传统艺术标示他们新兴的社会地位时，更高级的社会阶层开始购买先锋形态的艺术以获取他们有别于普通中产阶级的，更优越的社会地位标识，先锋形态艺术的客观价值由此也获得了商业成功。至此为止想要说明的是，唯美的形式主义美学的兴起源于市场的兴旺，而自其兴起之始就一直与市场角力。因此，形式与市场的关系就是考察唯美主义价值意向的重要组成部分。

形式与市场的角逐，从表面趋势看是市场整合了艺术。是什么原因导致这样的后果的？也许，正如我们前面不断提及的，相对于无序的实存，美的形式根本上是一种理性样式，虽然不是直接功利的理性样式。这就使艺术与市场有某方面一致，艺术是可以与市场结合的，更何况功利理性挟持功利之强大，实际上是连不能有序化的实存都要强行加以整合的。本节所关注的就是唯美主义与市场的这种复杂关系过程，尤其是，在这一过程中所发生的，唯美主义盛期以介入市场的方式反对资本主义的举措。这是另一种古怪的逻辑。

一　装饰艺术与装饰风艺术

艺术“以自身为目的”，这个自身目的与巴塔耶讨论至高的瞬间时揭示的、实存以自身以此刻为目的所接近的圣性当然是不同的两个概念。正如前面的分析，艺术以自身为目的是艺术理性独立于更宽泛的世俗理性，但艺术并不因此具有真正的超越世俗的秉性。在这方面，它所取的纯粹形式与真正的超越性在方向上就是不同的，只不过唯美主义者为其赋予了神圣性。而除了这种神圣价值意向的主观表达，内里发生的反而是，形式的理性品格使形式与市场在唯美主义时期就开始了结合，我们通过对装饰艺术和装饰风艺术这两种与唯美主义相关联的艺术的区分，就可看到这种结合的不同形态。

前面讨论惠斯勒出售《夜曲》的官司时已经涉及这个论题，我们也了解到“为艺术而艺术”对形式的倚重不过是以艺术形式之美展示的人类理性的精细化。这种形式理性结合过不同的内容：或者借颓废的外在形态以艺术之美去悖论式地模拟暗默中无边际的圣性之在；或者如前期拉斐尔前派让艺术之美表现精神的无限同时又服务于俗事物世界的秩序；或者就如惠斯勒那样锁定形式本身，虽然这种锁定也根本不能纯粹。在拉斐尔前派中后期这几种倾向都有，只不过，对颓废派精神领悟最好的并不是拉斐尔前派的后继者们，而是于斯曼、王尔德等人。另一方面，继承罗斯金之社会理想的威廉·莫里斯（William Morris，1834－1896）就将艺术服务于改进社会的高尚理想落实得更加具体，他发展了将艺术与实用性相结合的装饰艺术（艺术史上称新艺术）。在这个领域他展现了杰出的天才和无私的热情，身体力行而且卓有成效地推进了英国的工艺复兴运动。

还在惠斯勒竭尽全力地宣扬美的宗教之时，莫里斯就严词批评过这种艺术。显然他没有在意这种艺术与他的艺术一样都有对艺术形式之美的探索与尊崇的一面，只不过惠斯勒那类主张走得更远。因此他认为，惠斯勒推崇的这种艺术是“由少数人专门培育出来、并为少数人服务的艺术。这些人认为非这么做不可——如果说他们也承认责任的话，那么这就是他们的责任——必须蔑视那些芸芸众生；必须使自己超脱世界自始就为之奋斗的一切事物；必须守住通往他们艺术殿堂的所有通道。……这种艺术流派目前正存在着，正在以某种方式存在着，至少在理论上是存在的。这个流派将一句俚语当作口令，这句粗话的实际含义并不象它似乎想表达的东西那么无害——这句话就是‘为艺术而艺术’。它的必然结果肯定是艺术最终会显得太娇嫩了，即使对艺术的内行来说也是这样，娇嫩得叫人碰不得”①。莫里斯因为认同世界自始就为之奋斗的一切，是世界而不是“动物园”，所以他当然反对艺术逃避其对世界的责任。他认为“为艺术而艺术”是有害的，将使艺术娇嫩得叫人碰不得，其实就使艺术失去生存能力。因为生存，在一个理性社会里生存理所当然必须介入，即使是对社会禁止领域的介入。否则，它不但将丧失其社会功用，还将自毁。莫里斯实际上以一个颇具社会意识的艺术家的直觉，在形式主义的盛期就预见了形式主义的失败。后来从形式主义、结构主义，到解构以及多样态的后现代思想的演化，实际上不过比唯美主义直接求助于非理性更迂回一些罢。② 所以莫里斯强调，当今美术的主要部分应该是实用美术：人们每天接触它，用来美化自己的日常生活。这种艺术来自人类本能的对美的追求，它既可满足人类的创造性天赋，又能丰富社会生活。后来莫里斯告别了绘画，投身于实用美术。因为他觉得绘画容易成为少数人的艺术，

① ［英］威廉·冈特：《美的历险》，肖聿、凌君译，中国文联出版公司 1987 年版，第 114—115 页。

② 彼得·比格尔在《先锋派理论》中就专门讨论了艺术自律问题。他认为，艺术自律使艺术脱离生活，是对艺术可能的取消，而先锋派艺术使艺术回到生活的方式又表现得太极端，虽然他也肯定了艺术介入生活的价值。参见［德］比格尔《先锋派理论》第三、四、五章，高建平译，商务印书馆 2002 年版。

不管这少数人是哪类人。

这种转向，莫里斯的初衷是服务于社会。他当然也意识到与进行中的生活的结合才是艺术的出路，而无论这种结合以什么样式展开。在更深刻的层面上，这是向非理性领域的敞开。因为时间、生活、经验包容一切，包容整体性的全部存在。虽然他并没有类似这样的表达，但一定是感觉到的。从这个角度，这种转向与唯美颓废主义介入违禁色情领域的探究本质一致。

1861 年 4 月，为了让装饰艺术进入商业领域，莫里斯与一群艺术界朋友组建了一个公司，莫里斯—马歇尔—福克纳绘画、雕刻、家具铁件制造公司，承接包括建筑、壁画装饰、彩色玻璃、金属制品、家具、珠宝首饰等在内的全面设计与加工业务。他设计的家具、纺织品和壁纸等，尤其是花布图案和壁纸，具有纯粹的装饰之美，但这种纯粹装饰之美的设计服务于实用，而非留驻于纯粹装饰之美的玄想。比如他所设计的金银花布纹图案（Honeysuckle Printed Cotton，1876）和草莓与鸟布纹图案（Strawberry Thief Print cotton，1883）。[①] 与实用结合的功用性装饰艺术对形式的工致是比较纯粹的世俗愿望和趣味，虽然装饰艺术其本意是剔除艺术内容（包括世俗性内容）对形式的干扰，是对纯粹形式的展示。需要强调的是，莫里斯的公司是为了进入商业领域而组建的，有明确的市场导向。或者说是对市场的主动适应，这是为社会服务的必然取向。

不过，莫里斯经营的公司并没有确实的经济成效。因为在他们的手段和目的之间有某种不自知的错位。一方面，他们遵从罗斯金的美学要义，提倡手工艺。罗斯金力斥工业世界污秽无诗意，力倡返回中世纪和 15 世纪带着爱心与耐心从事手工艺的那个世界。这就包含对资本主义的不满和批判立场，反对与大规模

① 参见澜工《唯美主义大师图典》，陕西师范大学出版社 2003 年版，第 215 页。

生产俱来的审美趣味的日渐低下，反对无情的商业主义，试图以他们的手工艺来唤起人们对装饰、对创造性的美的热情。另一方面，他们又要通过市场服务于大众。市场和大众都是工业世界的伴生物，这就形成一种错位的结合。事实是，工业时代与机器竞争的手工艺必然处境尴尬。而且即便大众接受手工艺，手工艺低下的效率也满足不了大众需求。这里我们感兴趣的是，以迎合大众市场的方式对抗资本主义的工业世界，这真不寻常：以无论如何还与人及其非理性相结合的手工艺，去怀疑机械的、程式化的、也是彻底的理性化设计，这多少有些自欺。因为，纯粹形式的下一步就是机械对人的取代。以介入市场的方式去反对资本主义，注定是无奈的。能对资本主义逻辑形成强烈冲击的是无逻辑的感官感受，而不是美的形式逻辑。不过，如果倒过来看，手工艺对机械时代的反叛也许又是人对自身至高性深深忧虑的不自觉流露吧？但这确实表现为另一种古怪的逻辑，显示出理性内在的非理性。

然而，当装饰艺术与无用性结合时会发生一种转变，比如当装饰只是纯粹的美，不依存什么并且也不服务于大众，作品就成了非功用性的装饰风艺术，[①] 成了一种具有特殊风格的艺术作品。甚至可以说，这种艺术是形式主义最极致的表现，几乎不涉内容。这正是“艺术的自身目的”最切近的表现。例如，惠斯勒和比亚兹莱的画作，与他们的巴黎同道一样，他们还从东方尤其是日本艺术中获取了纯粹的装饰趣味。这种装饰风艺术，既无道德意义，又无普遍的社会功用，因此就有了一种唯美主义认定的超越性。而向前一步，当这种非功用性的装饰风艺术取材于那些不带道德好恶地对违禁的感受和拟绘，也就是去除对禁忌的道德理

① 严格说来，这里对装饰艺术与装饰风艺术的区分只在唯美主义装饰趣味的艺术所包含的功用性的强弱分寸上。相对而言，装饰艺术有明确的功用性目的；而装饰风艺术更合乎“为艺术而艺术”的旨归，不过艺术风格借取了装饰性趣味。

性判断而只抽取出形式时，作品就由于与圣性的接近而表现了某种圣性情念了。实际上，在比亚兹莱那些用单纯的线条和浓黑的色块塑造的，既无阴影也没有中间调子的，精巧又“极为猥亵”的所谓色情作品中，具有圣性情结的欣赏者是能够有所获的。比如他为《莎乐美》设计的封面：一个头长两角、表情夸张怪异、兼有女人乳房和男人阴茎、没有四肢的人，竖立着被嵌进装饰性极强的背景图案中，装饰的效果恰到好处地突出了阴阳两性性征；两侧对称的两支燃烧的长蜡将其供奉为一尊神像。右下方一位侧身下跪而拜的人，身体向着这怪异之神，阴茎明显也是被强调的，朝向观者的脸表情模糊，似喜非喜；头发部分极富装饰性，细看又好像整个一只带羽翎的鸟，使这个人看起来好像某种鸟和人的结合体，怪异的形象；这个人也好似被镶入整体的装饰背景中一样。这幅作品画面没有纵深感，颜色也只用了简单的黑与白，但装饰效果极强。然而，由于无以名之的性别想象和难以界定的生存形态，作品就颇具诱惑力和颠覆性了。①

也许，功用性的装饰艺术与非功用性的装饰风艺术的区分说明艺术的装饰性只是一种中间状态。它像独立了的艺术形式本身一样，与摆脱了所指的能指相似，缺乏确定的价值指向。唯美主义者既可以为形式赋予神圣价值，虽然更深刻的神圣在形式之外；还可以将美的形式与实用结合起来，而这也许才是形式的必然归宿。

某种程度而言，艺术与功用相结合这种路子还是传统的延续——美从装饰上帝到装饰人及其生活。但这之间如果缺少了艺术独立这一环节，缺少了唯美主义将美置于基督之尊这种人神同一或人神颠倒的壮举做铺垫，也许从神到人的跨越就不那么容易发生，也许艺术顶多能效力于与基督教相关的道德？而接下来的

① 参见［英］奥斯卡·王尔德《谎言的衰落》，萧易译，江苏教育出版社2004年版，第249页。

时代向我们证明：艺术之美与世俗秩序的结合恰恰是历史逻辑自身的延续。因为，工业社会正是理性踌躇满志、大展抱负的舞台。唯美主义对形式的强调这一面不但没有因其对感觉的冒险一同被取消，反而获得了前所未有的发扬——它从拉斐尔前派借鉴自然的形式到颓废派反自然的艺术的形式，再到现时代反自然的机械的形式。唯美主义的“为艺术而艺术”这种自我目的从美学领域进入了人的生活的所有领域。而一般艺术史却认为，比较而言，莫里斯更是一位别的什么家而不是艺术家。从形式主义的纯粹美的角度，这种评判完全不得要领。虽然形式独立与对感觉的感受两相比较，后者才是使唯美主义与其前后的美学运动区别开来的更具特色的属性，尽管也是它毁掉了唯美主义。总之，艺术独立奠基于对形式之美的独尊，由此艺术的自身目的与其他世俗理性样式的自身目的就是类似的，它们也因此能够相互结合渗透。换句话说，莫里斯的实用艺术是艺术独立的世俗性宿命的先兆。

二　形式主义的嬗变①

马克·泰勒（Mark C. Taylor）在论及美国艺术时指出，所谓美国艺术就是借鉴康德的形式主义美学理论发展出的艺术的形

① 本小节以现代美国艺术为分析对象。一方面考虑到欧洲艺术中心“二战”后向美国的转移；另一方面，对作为“现代”艺术第一次大运动的印象派运动的考察，也能看出这种嬗变。早期印象派画家的先锋艺术作品中的未完成性质是这些作品引起非议的方面，某种程度上，这是作品非理性要素的表现。后期印象派的特点之一却是对结构的兴趣，比如塞尚对印象派强调捕捉自然界不断变化的光、色效果，抓住倏忽即逝的形状不以为然，他需要结构，需要时间来把颜料放上画布。这似乎不自觉地朝向了更强调形式结构和要求确定性的方向。与美国艺术中的抽象表现主义相衔接。（参见［英］唐纳德·雷诺兹《剑桥艺术史：19 世纪艺术》，钱乘旦译，译林出版社 2009 年版，第 82、116 页。）而且，源出于工艺美术运动的新艺术，其后期作品的特点就是对复杂曲线的简化，使用简单的造型和几何状装饰，预示了 20 世纪艺术与工业结合，可以大批量生产的方向。也是抽象表现主义、极简抽象艺术和概念艺术的方向。（［英］罗斯玛丽·兰伯特：《剑桥艺术史：20 世纪艺术》，钱乘旦译，译林出版社 2009 年版，第 50—54 页。）

式主义和抽象化倾向："与追求独特的美国艺术联系最紧密的批评家是克莱门特·格林伯格（Glement Greenberg），悖谬得很，格林伯格为定义他的现代主义而转向了欧洲。引证康德，他声称：'在我看来，现代主义的精髓在于，用一个学科独特的方式去批评该学科本身，这不是为了颠覆而是为了使它紧紧根植于自己能力的领域。'据这种观点，现代艺术是自我批评，因而是反省的或自我指涉的。换句话说，艺术是关于艺术的。代替指涉这个世界或其他任何东西，按照这个词的严格的意思，艺术指称其他艺术……从其最初的起源，艺术稳步地朝向更加形式主义更加抽象化发展，其顶峰是在本世纪（20 世纪）中期的美国艺术——尤其是抽象表现主义中。"① 向形式主义和抽象化发展，其目的是脱离物质主义脱离市场。唯美主义之后的许多现代艺术家将艺术作品的商品化看成是对现代主义目标的背叛，他们试图将自己从市场令人不安的魔力中解救出来。而当初很多唯美主义者面对市场态度并不那么确定，比如王尔德、莫里斯等人，虽然他们与现代主义艺术家们一样既不注意艺术与市场的某种同源；也不能预见刻意对艺术与市场的分离会导向的逆转——艺术与市场那种一致性的显露以及艺术与商业主义的亲和。

正如我们前面所讨论，市场必将结合新的社会力量（比如新的社会阶层分化等）吸纳整合这些所谓的先锋艺术。新的时代，市场恰如上帝，囊括一切。据泰勒分析，"一些最重要的艺术家在 1960 和 1970 年代努力创造对抗商品化的艺术作品。他们早期创作阶段的表演艺术、视频艺术，以及地景艺术品，与其他艺术作品不同，都代表了创造不能市场化、不被出售的艺术的努力。然而，对市场力量更有效的挑战来自格林伯格的抽象化观点的激进化。在极简抽象艺术和概念艺术中，艺术作品不断去物质化直

① Mark C. Taylor, *Confidence Games: Money and Markets in a World Without Redemption*, Chicago and London: The University of Chicago Press, 2004, p. 39.

到变成观点本身。发展到极致后，抽象艺术否定了具象和象征内容而去强调形式结构和程序。……当列奥·斯坦伯格（Leo Steinberg）总结说：‘主要的形式主义批评家今天倾向于像对待一项进化着的技术那样对待现代绘画，在这里无论何时绘画的独特任务都是找到一个解决方法。……艺术家，就像工程师和技术人员要找到问题的正确解决方法一样，也是要找到正确解决方法，而且就是在这种意义上，艺术家变得非常重要。’”① 他就准确概括了格林伯格抽象原则的逻辑后果。现代艺术至此都还自视为一种纯粹而神圣的东西。为守住艺术的纯粹和崇高，形式主义将艺术的形式和抽象推向极致，以使艺术摆脱市场和物质主义。推至极致的直接后果是结构主义和结构式、系统性的程序化过程。一方面，极简风格和概念艺术对具象和象征内容的否定使实体从属于概念，概念或观点是作品更重要的方面。这就是说，动手创作前的事先构思是更重要的创作环节，而落实它们反倒不过一项可以马虎敷衍的工作，观点成了生产艺术的工作母机。这样，艺术不仅无关乎道德，甚至也无关乎实存，艺术就是艺术自身，就是表征符号的游戏，是程序化的游戏。而某物之为某物的自身属性对艺术创作的要求与限制，就像米开朗琪罗的某些未完成的雕塑作品所体现的，就被这种科学性的构想釜底抽薪般干脆利落地消解了。形式就与可能蕴涵无限精神的实存内容分离，艺术富有偶然性灵动性的创造精神枯竭了，艺术退化为技术。这些机械式制造的作品几乎成了自动生成的作品，丧失了引人想象飞扬的神韵，就像瓦尔特·本雅明对机械复制时代艺术作品的分析。与此同时，极端抽象的艺术还试图抹去艺术家——“人”的痕迹，因为最终似乎是观点本身是艺术生产母机。而极简风格和概念艺术可以说是唯美主义推崇的形式主义的极端样式，它们至此已经排除

① Mark C. Taylor, *Confidence Games: Money and Markets in a World Without Redemption*, Chicago and London: The University of Chicago Press, 2004, p. 40.

了唯美主义的违禁对神圣的关切，而唯美主义赋予形式的神圣意向，也到了快消失的临界点。另一方面，艺术相似于技术的后果还证明了唯美主义推崇形式的现代性本质。正是基于这种现代性本质，艺术技术化又成为艺术市场化的决定性的一步，孕育着下一个逆转。

物极必反，世事的发展总会超出人类理性能够驾驭的范围。按照泰勒的观察，这个将观念转化为生产艺术的工作母机的策略最后导向了极简风格和概念艺术的抽象与大众艺术（波普艺术 Pop Art）丰富的形象之间的意外相似。“如果艺术是关于艺术的（为艺术而艺术），它就是符号游戏，在这场游戏中与符号相关的任何独立实在似乎都不复存在。用符号学的术语来说，能指和所指向彼此坍塌，产生出不附着于它们自身之外的任何事物的符号。沃霍尔（Warhol）和他的大众艺术家同伴们借用消费文化的符号——可乐瓶子（Coke bottles）、布累劳盒子（Brillo boxes）、坎贝尔汤罐头（Campbell’s soup cans）——同时李·维蒂（Le Witt）和他的极简派艺术家同伴们制作的作品其笔直的线条和垂直的角度像他们模仿的装配线一样精确。与其说艺术家们追求浪漫主义的原创性梦想，不如说他们在使形象符号循环起来时渴望变成生产机器。”① 在艺术不过是符号游戏（不再依赖于艺术家）这一点上，形式主义最终就与他们不屑的商业艺术、与市场走到一起了。而所谓高雅的艺术就与大众艺术、商业艺术在只展示符号这一方面也有了某些相似。

到20世纪中期，艺术和消费文化已经彻底纠缠在了一起。以其独特的洞察力和犀利的智巧，安迪·沃霍尔宣布：“所有的百货公司都将变成博物馆而所有的博物馆都将成为百货公司。”“是在百货公司，而不是在博物馆、展览馆，现代艺术和美国艺

① Mark C. Taylor, *Confidence Games: Money and Markets in a World Without Redemption*, Chicago and London: The University of Chicago Press, 2004, p. 42.

术找到了它们第一批真正的主顾。”① 随着橱窗设计变得更加复杂精致，区分高雅与低俗、纯艺术与商业艺术、艺术家与手艺人以及艺术与商业的界限变得更加模糊。

可以说这是形式主义的宿命，或者反过来说，是形式主义预示甚至导向了这种形式与市场的结合。无论是装饰艺术对功用的强调还是形式主义的艺术技术化，都是某种对市场的适应。形式与市场的结合有其更基本的结构一致——形式的自我目的与市场的自我目的。

艺术的自我目的与市场的自我目的的同构实际上有其深刻的历史文化根源——两希文化的对立与渗透。巴塔耶在分析原始的宗教性被转化为制度化的宗教时指出，“原始的宗教性不久也被制度化，被收束在‘合理性的框架之内’，从而有了一种被改变为不与生产活动对立的‘宗教’倾向；本来从宗教性中产生出来的‘法’与伦理逐渐变化为与生产活动的圆滑的组织化相适应的‘法’体系与道德法则……”② 也就是说，制度化的宗教，譬如基督教，将原始的宗教性最大可能地限制了，并使一种俗事物世界的谋划之目的成为其主要内涵；在此过程中还确立起以神圣之名维护世俗秩序的法和道德。但是，服从于这样的“谋划之观念”的理性实存，似乎又沦为了另一种费解的，似是而非的悖论存在样式——它还以指向外在（比如来世）的谋划生存于此世。这是由于实存因为服从“谋划”总是被“向更加滞后延期、被推迟”：首先，未来是将到来的现在，应该也可以“谋划”，其次，为了更好地“谋划”，未来就可以无限延期，直至来世。因此，在将实存向更加滞后延期的谋划中，最大且最强有力的因素、经过许多世纪一直支配着人类的生的因素，毫无疑问即是基

① Mark C. Taylor, *Confidence Games: Money and Markets in a World Without Redemption*, Chicago and London: The University of Chicago Press, 2004, p. 32.

② ［日］汤浅博雄：《巴塔耶：消尽》，赵汉英译，河北教育出版社2001年版，第29页。

督教教义中的“救济”的观念。[1] 如此，由圣向俗的转化实际上就是天上的目的的确定——人的生存是为着自我之外和此刻之外的一种目的。这个天上的目的因为保留着与圣性的接近可能，就结合了圣与俗。按照巴塔耶的分析，天上的目的后来就演变为地上的合目的性了（据前面分析，是拆除人与上帝之间的中介——教会——这一宗教改革运动，是路德和加尔文等的适应性努力，将天上的目的转化为世内目的的），比如唯美主义的艺术以自身为目的。而这种自身目的就是更纯粹的理性谋划之目的，是世俗性的标志。因为这种自身目的缺乏圣性所依赖的遗忘时间的独特感受，因而是一种虚假的神圣性，它其实连天上的目的仅存的对圣性的保留都没有。而这个自我目的，后来就成了唯美主义神化“美的形式”的逻辑前提。由于这个前提的理性谋划之本质，在理性谋划这点上，形式的自我目的与市场以及资本的自我目的就是同源和同性的，形式与市场的结合就是顺理成章的事。

圣向俗的转化过程就是希腊精神对希伯来精神的渗透和改造。当然，希伯来精神并没有彻底消失。因为，正如我们指出的，天上的目的与这个自我目的并不相同。天上的目的凭借对圣性的保留，就能够长时间地在圣与俗之间维持可能的平衡；而艺术的自我目的以及资本、市场的自我目的缺失了圣性的维度，它就很难长久保持稳定，就需要重新接纳希伯来精神了。这是后现代主义对理性现代性的补充。实际上，依据前沿的哲学逻辑学理论，每一个自明、完全的复杂系统都预设了作为它自己之可能的条件的东西，这东西不能被包含在系统内也不能严格排除在系统

---

① 按照海姆·马克比所言，犹太教与基督教的区别就在于基督教通过耶稣将神性和意义引入了人的生命，但这一行为又将神性与意义由于普世化的需要而庸俗化，也就是说使神性变成了一种可谋划的希望。犹太教所追求的精神境界是无法借助一个中介轻易而确定地达到的，它没有中介。然而，犹太教的精神境界显然是精神的本来状态，此中为非理性留下了广阔的空间。所以制度化的基督教包含深刻的世俗性。参见［英］海姆·马克比（Hyam Maccoby）《犹太教审判：中世纪犹太—基督两教大论争》“中文版序”，黄福武译，山东大学出版社 1996 年版。

外。哥德尔（Gödel）最终将之确定为所有预期为完整完全的系统的一个特征。他认为，所有充分复杂的自明系统必须包括这样的命题，在系统内这类命题是协调一致的，但其真假依据系统本身是不可确定的。因此，既是一致的（没有对立冲突）又是自足完全的系统是不可能存在的。[①] 哥德尔定理说明，一个自我目的的完全系统、一个自明的完整系统，其稳定性是成问题的，系统本身不能保证其稳定性，这样的系统将趋于不稳定。换句话说，自我目的诸系统实际上就包含着不确定性。这种不确定实质就是以不确定形态表现的非理性。艺术的自我目的系统和市场的自我目的系统就是这样的系统，危机对于这样的系统是不可避免的，这之间将发生纯粹理性到非理性的跳转。这种跳转，在美的自身目的系统中，由形式对内容的超越开始，经过摆脱实存的纯粹形式的完美，其结果却是空洞的形式的表征危机；在市场这个自身目的系统中，由货币的交换价值（形式）对使用价值（内容）的超越，建立起基于交换价值的公平、稳定之完美，到后来是空洞的货币符号（形式）的危机以及市场的信任危机，这个信任危机就引起市场的动荡甚至崩溃。[②] 而文化领域的表征危机也可以看作这种信任危机的症候。至此，经济领域与文学艺术领域就更加紧密地结合起来了。

总之，形式主义至此已经不能独善其身，它已经嬗变为某种非纯粹形态，留存在当下。

---

① See Mark C. Taylor, *Confidence Games: Money and Markets in a World Without Redemption*, Chicago and London: The University of Chicago Press, 2004, p. 115.

② 按照西美尔的分析，货币的功能化就是一个去物质化的过程，功能化忽略了物的价值的差异性，在不可通约的要素间建立起人为的同一标准，各要素依靠货币形成一个内在诸要素相互作用而与外在无关的独立系统，这个系统后来证明是不稳定的。参见［德］西美尔《货币哲学》，陈戎女、耿开君、文聘元译，华夏出版社 2002 年版。

第五节　小结

本章主要探讨唯美主义的形式主义所显示的世俗与神圣价值意向。唯美主义的形式主义具有追求神圣的主观意向，但实质上它仍在现代性世俗进程的轨道之上。

唯美主义者将“艺术与道德”、“艺术与市场”对立起来。他们认为道德的价值来自世俗功利的“善”，市场的价值来自商品价格的“利”，而艺术的价值则来自纯粹形式的“美”。依据康德美学关于纯粹形式与功利谋划无涉的判断，唯美主义者将非功利的纯粹形式（美）神圣化了。唯美主义者之能将形式、艺术和美神圣化，同时将道德看作俗物，乃是因为宗教的世俗化和道德的功利化所致，换言之，他们所攻击的“道德”已然不是中世纪基督教的神圣道德，而是被资本主义彻底功利化和理性化了的世俗道德。资本主义对于道德的世俗化和唯美主义对形式（艺术、美）的神圣化前后相继发生，在时段上是重叠交错的。在此过程中，唯美主义经历了从前期拉斐尔前派美的形式与（基督教）道德的结合，到惠斯勒“为艺术而艺术”的辩护而使美的形式与（资本主义）道德分离，再到王尔德等人以美的形式对抗（资本主义）道德的演化。形式的神圣性因其与非道德的结合、因其悲剧性的际遇，其神圣性在唯美主义者心目中，甚至在“庸众”的意识里都根深蒂固了。

值得注意的是，当唯美主义者相对于基督教的神圣精神内容而谈形式时，他们注意到形式的理性有限性本质，从而强调形式的世俗性；而当他们相对于资本主义的道德谈艺术形式时，他们又强调形式的神圣性。这种对待形式的矛盾态度是唯美主义者本身所不在意的。事实上，任何形式都是一种理性能力，任何形式追求都是对无形无序的混沌进行规整的理性要求，都是对实存的一种确然的人为强制，因此，任何形式主义都抹不掉理性或世俗性的痕迹。换个角度看，唯美主义的形式主义不过是对艺术独立的现代性诉求的回应，而艺术独立也不过是某种相对于别的理性样式的特定理性样式的独立。

这种相对性，从唯美主义与市场的多样关系中就可以明确见出。与后来的形式主义艺术（延伸至达达主义）敌视市场的鲜明态度不同，英国的唯美主义者们对市场的态度比较模棱两可，甚至可以说包含了程度不同的适应，比如惠斯勒和莫里斯。这种暧昧的态度，是形式主义面对市场的必然样态：与市场撇清关系是唯美形式主义自我神圣化的意向与行动方向，但是，形式主义与市场的理性同一性、自我目的的主观诉求等，都使市场能够最终整合、包含形式主义，唯美主义也因此蜕变、呈现为某种市场手段。

第四章　余论：上帝·唯美·市场

一

王尔德在他的艺术批评文章中常常提及文艺复兴时期伟大的画家提香，提香有一幅名画《天上的爱与人间的爱》正好可用来说明唯美主义的价值意向：人间的爱修饰华美，这是文化的世俗的美，画面人物手里的珠宝盒子似可看作世俗之美与人间经济之内在联系的象征；天上的爱纯净直接，这是神圣脱俗的美，画面人物手里的灯象征一种被遗忘而又需要记起的情怀。人间的爱与天上的爱都很美，恰如唯美主义以美表现的世俗与神圣。

将世俗的美与神圣的美形象地并置在一起可能只是提香或者后来者的一种不甚明晰的艺术直觉，在唯美主义的艺术实践中，这种直觉得到了某种程度的自觉表现，比如王尔德的写作、比亚兹莱的装饰风画作以及罗塞蒂、伯恩－琼斯等人的某些画作。此外，唯美主义的理论著述还用一种文学化的方式表达了对圣与俗的理解，比如佩特的《文艺复兴》、王尔德的《谎言的衰落》等。而这样的表现很大程度上是由唯美主义所处历史时空促成的。

从文化史的角度，唯美主义时期正是工业与资本主义真正开始主导社会生活的时期，物质主义、商业主义以前所未有的广度和力量重新塑造着人们的物质生活和精神生活。

一方面，物质主义对人们精神生活的冲击最突出地表现在西方人的宗教生活领域。“基督教帝国”的衰落恰如蛮族入侵时期罗马帝国的朽败，不仅意味着宗教，甚至也很大程度上意味着精神文化的衰落，或者至少是一种非常不同于前一时期文化的转折。唯美颓废主义恰逢其时，应运而生。它对颓废情绪的体察和表现就是对时代精神的直觉和回应，正如于斯曼在评论马拉美诗作的颓废风格时所体会：“一种文学的颓废和衰落，就像得了无可救药的肌体疾病，并随着思想的腐朽而逐渐衰弱，因文法的繁琐而筋疲力尽，只对那些折磨着病人的幻觉感兴趣，但是却急于在衰亡之际把什么都表达出来，并执意要弥补所有逝去的快乐，在弥留之际留下关于痛苦的最细微的回忆。这种没落以最完美、最优雅的方式在马拉美的作品中表现出来。”① 当然别人也有类似的感觉和表现，比如前面提到魏尔伦等的作品中的颓废。

或者可以说，唯美的颓废主义是一种文化史的必然。它通过回顾天主教的神秘主义色情接续上自己的精神血缘，又通过现实的违禁色情关联起后现代非理性主义文化症候，从而以一种含混的中间形态提示出西方文化与思想中长期被忽视的这条隐秘线索，为西方思想对“整体性的人”的重新思考预备下材料和机遇。此外，唯美主义者们还试图以这样一种特殊的文化和审美形态去对抗物质主义——以这种看似堕落的方式对抗物质主义的平庸——当然难见成效，尽管某种意义上这是唯美主义真正合乎历史发展的多元的方向。

另一方面，唯美主义所在的这一时期，商业主义的成功又深刻地改变了唯美主义的历史走向。我们知道，唯美主义自诩的神圣是形式主义促成的艺术独立。而唯美形式主义之所以自诩神圣，是因为基督教的衰落和物质主义的强势，它不屑于物质主义

---

① ［法］乔里-卡尔·于斯曼：《逆天》，尹伟、戴巧译，上海译文出版社2012年版，第184页。

的平庸，又无力挽救基督教和精神的颓势。或者独立的美可以代替上帝救赎人们的精神？这正是他们的意向和实践方向。但是，资本主义的深度发展恰恰揭示，唯美的形式主义本质上是导致基督教和精神衰颓的同一力量促成的，是现代性力量使然。可以说，唯美主义将理性分化的后果当作了艺术神圣的机遇。现在看来这当然是一个误解。

而更加违背他们初衷的是，形式主义和美与市场和资本的结合。前面相关章节的讨论中分析了这种结合的必然。遗留的问题是，不是唯美，而是资本和市场，成了真正取代上帝的“绝对者”。

马克思的相关作品透彻地分析了这个问题。早在1843年，马克思就宣称：“犹太人的神成了世俗的神，世界的神。期票是犹太人的真正的神。犹太人的神只是幻想的期票。”① 他又说，“……作为货币，金又恢复了它那金光灿烂的尊严。它从奴仆变成了主人。它从商品的区区帮手变成了商品的上帝”②。这是一种对货币的神学阐释，或者说是神学的经济学阐释，揭示了货币看似具有的超验力量的直接来源——货币的中介性。一般而言，商品能够满足需要和欲望，这是它的使用价值。尽管货币可能是商品，但作为中介物，如果它不具有除了中介以外的任何别的使用价值，往往更能有效地充当中介物。这是马克思对使用价值与交换价值的区分。这样的区分让我们想到康德美学及其跟随者对高雅艺术品的无用性和低俗（商业）艺术品的有用性的区分。在马克思，货币的“上帝”属性源于其去物质化后的纯粹符号性及其所具有的中介职能。但高雅艺术却不能。因为首先，形式的纯粹本就难以纯粹，形式的去物质化最后导向了一种逆转，这点在前面已经论及；而且，即使真的能做到纯粹，这样的形式也从未以一种中

---

① 中共中央马克思恩格斯列宁斯大林著作编译局：《马克思恩格斯全集》（第1卷），人民出版社1956年版，第448页。

② 马克思：《政治经济学批判》，中共中央马克思恩格斯列宁斯大林著作编译局译，人民出版社1976年版，第105—106页。

介的样式广泛渗透和服务于社会。既然艺术形式不能中介化，它就不可能像货币一样具有那种看似真实的超验力量。在这种意义上，能够在现时代替代上帝的当然是货币而不可能是艺术形式。试图代替上帝的唯美的形式，最后也只能被货币所渗透、整合。它的神圣诉求，最终不过是一种历史形态。

这是唯美的形式主义的神圣价值诉求及其历史嬗变。

二

虽然唯美主义无论从内容还是形式层面都力求能够召唤出或者构建起神圣的精神之维，但它内容层面的尝试因为与外在的颓废形态的结合而难获普遍的认同；其形式层面的努力又最终被市场、现代性所整合、改造。不过，无论如何，作为一种过渡形态的唯美主义，不仅由于对天主教的非理性之维的揭示丰富了现代神学，也由于对后现代思想所谓“圣性”的前瞻表现捍卫了美的权力和价值；而且，对形式的强调所致的形式的嬗变虽违背唯美的初衷，却也揭露出现代性的偏颇。

更加重要的是，唯美主义者们在他们的文艺创作和理论思考中，甚至也超越了这种偏颇而看到更全面的存在样式和价值生态，预见到“整体性的人”这类较前沿的理论思考。

在《谎言的衰落》中，王尔德将自然主义、科学主义、大众主义和市侩主义都斥之为“平庸”，而艺术的本质是反平庸的。在谈到艺术与自然的区别时，他说：“艺术真正揭示给我们的是自然在构思方面的欠缺，她那古怪的粗疏，那出奇的单调，还有她那绝对是未完成式的现存状态。”①② “自然憎恨脑智，这是再

① 这里所说的未完成式是相对于艺术品形式的完成而言的，是可以完成而未能完成的。它不是本书讨论的与神圣内容相关的未完成性。

② ［英］奥斯卡·王尔德：《谎言的衰落》，萧易译，江苏教育出版社2004年版，第3页。

明显不过的了。”艺术是一种脑智的构思而自然不是。在谈到艺术与科学以及社交的区别时，他说：“他要么受困于追求精确性的轻率习性，要么逐渐沉湎于年长者和消息灵通人士的社交圈。这两者对他的想像力都起着同样的毁灭作用，就像事实上它们对任何人的想像力都起着毁灭作用一样，很短时间里他就培养起一种病态的、不健康的实话实说的能力……如果不想办法来制止或至少是抑制我们对‘事实’的畸形崇拜，艺术就会患上不育症，美将会从这片土地上消失。”① 一旦艺术堕落为科学和社交活动，艺术就会丧失自己的本质，成为一种世俗的“事实”样式，变得乏善可陈。在谈到一些迎从大众的作品时，他说：“他们从不描绘他们所看见的，他们描绘的是大众所看见的，而大众一向是看不见任何东西的。”②“是啊，公众真是出奇的宽容。他们能原谅除了天才以外的任何人。”③

在王尔德看来，现代性就是平庸，平庸就是世俗，而艺术是反平庸、反世俗的，艺术站在神圣一边。他告诫艺术家说：“每个艺术家都必须避免的两件事就是形式的现代性和主题的现代性。”④ 在王尔德看来，形式的现代性和主题的现代性会导致平庸的“谎言”，一种为了某个世俗目的的谎言。而艺术是另一种谎言，一种为撒谎而撒谎的神圣的谎言。他说：“仅有的绝对不会受到责备的撒谎形式是为了撒谎而撒谎，就像我们已经指出的那样，这种形式的最高发展阶段是在艺术中的撒谎。”⑤ 王尔德所谓的艺术式撒谎就是美的内容与形式的创新。他呼吁复兴这种“撒谎”的能力，以引发一场文艺复兴。这场文艺复兴的最高理

---

① ［英］奥斯卡·王尔德：《谎言的衰落》，萧易译，江苏教育出版社 2004 年版，第 7 页。

② 同上书，第 45—46 页。

③ 同上书，第 87 页。

④ 同上书，第 51 页。

⑤ 同上。

想就是清除平庸。在他看来，只有通过“生活模仿艺术”和“自然模仿艺术”，生活与自然的平庸才有希望改变。当然于斯曼和其他人也是求助于艺术拯救自然和生活的平庸的。[①]

在对抗世俗的平庸时，王尔德们强调艺术的超越性和神圣性，但他们同时注意到神圣与世俗的关联。在前面的引文中，艺术是一种脑智，虽然是不同于科学和社交的脑智，但终究还是脑智。既是脑智，就难免世俗。

在《作为艺术家的批评家》的一段对话里，王尔德先怀疑和指责了谋划之目的：“那么，你认为在行动的范围内，有意识的目标只是一种错觉?”“比错觉还糟。”“但是人是词语的奴隶。他们激烈地反对唯物主义（他们是这样称呼它的），却忘了所有的物质进步都有助于提升世人的精神层次，也忘了几乎所有的精神觉醒，都会把世人的才能消耗在那种无望的期盼、无结果的热忱和空洞拘束的教条中。”[②] 与无所事事的美妙比起来，行动的物质主义是枯燥贫乏的，但这类比较并不绝对。谋划对语言游戏，进而对无所事事、对圣性而言都不可缺少，它们对立但又相互促进。另一方面，精神觉醒本身也会因不思未被穷尽、不能被穷尽的暗默之域而重新陷入陈腐平庸的世俗。这是王尔德不自觉表露出的对圣与俗之关联的直觉。

另外，唯美主义反对功利道德，并因为形式与功利的不同而视形式为神圣之信仰，借助形式的神圣，客观上为某种非道德声辩。但王尔德也注意到不道德对道德、对文化，甚至对文艺自身的促进。这是违反道德对改进道德的要求，是巴塔耶所谓“圣以

---

① 在《逆天》中，于斯曼批判说：“大自然已经过时了。她那些千篇一律的、令人反感的风景与天空已经耗尽了好脾气人的耐心。……这个年迈昏聩、絮絮叨叨的自然已经磨灭了真正的艺术家们宽容的敬仰之情，现在是时候尽可能用人工手段来取代自然了！”［法］乔里－卡尔·于斯曼：《逆天》，尹伟、戴巧译，上海译文出版社2012年版，第20页。

② ［英］奥斯卡·王尔德：《谎言的衰落》，萧易译，江苏教育出版社2004年版，第116页。

俗为前提”这一命题的倒转——圣对俗的促进，俗以圣为前提。而这种促进是借助艺术的形式之美进行的——文学艺术对“罪行”的书写引起的反思兴趣，反思就是新的拓展。

在《作为艺术家的批评家》中，王尔德说：“如果我们能活着看到自己行动的后果，那些自以为正直的人或许就会在沮丧的懊恼中病倒，那些公认的邪恶分子却体验着高尚的喜悦。我们所做的每一件小事都将汇入生活的大机器，它会把我们的美德碾成粉末，使其一文不值，或把我们的罪行变成新文明中的元素，比过去的更神奇、更辉煌。……人们称为‘罪行’的行为，其实是进步的实质因素。没有它世界就会停滞不前，要么就会变得衰老或苍白无色。罪行以其好奇心增添了种族的体验。它强调个人主义，借此把我们从单一化的类型中拯救出来。它拒绝了当前的道德观念，这就证明了它具有更高的伦理标准。”① 非道德、罪行固然是对俗世物世界的违反，由于此，罪行就多少有些非理性的放纵；也由于此，它就必然形成对理性之合理性或者理性之平庸的疑问。更进一步，按照巴塔耶对动物性、人化以及圣性的分析，理性也不过是人挣脱动物性的自律要求，这个自律的形式是否一直合理当然可以质疑，它的平庸形式最终也必然可以允许修改。这种修改按照王尔德的意思就是文明中的新因素了。而且，与单一的理性模式比起来，个人性的罪行其实就提示了圣性领界的无际和深邃，这种修改也就显出了更神奇卓越的品质。而这一切又必须以艺术之美为中介，因而王尔德就另有专文“笔杆子、画笔和毒药”为艺术书写罪行进行辩护。② 王尔德这种看似并不特别严谨的思想可以说甚至比某些后现代思想走得还远些，他提示的圣凭借艺术的美的形式对俗的根本动摇，说明了“唯美主义

① ［英］奥斯卡·王尔德：《谎言的衰落》，萧易译，江苏教育出版社2004年版，第116—117页。

② 同上书，第53—86页。

与道德的对抗”的多义性——它还可能促成道德的改进。而且，王尔德对基督教道德的态度一直都是暧昧的，这在他的童话作品以及《道连·格雷的画像》中都能看到。

总之，除了以对抗样式出现的神圣与世俗，唯美主义者也意识到并表现了它们的关联样式。因此，除了以圣性补充现代性的偏执，他们还揭示出理性与非理性互克互生的复杂样式。这是存在的真实样式，是生生不息的进行样式，也是更需关注的样式。依据前沿的学术思想，这种整体性、系统性的思考模式，切合当下境遇，是理解这个时代最合适的思考模式。这种模式的初露端倪可以回溯到对形式主义与市场结合的讨论中。

在涉及唯美形式主义最终与商业艺术殊途同归、与市场结合这一论题时，泰勒指出，虽然表面看来“观点成为生产母机”与沃霍尔对艺术作品的商品化（消费审美主义潮流）的接受似乎了无相干，但是经过更仔细的考察将会发现，与任何其他艺术形式（包括大众艺术）相比，观念成为生产母机的概念艺术——去物质化——更确切地预示了，甚至是代表了20世纪最后四十年新型的金融资本主义和网络经济的方向。随着数字技术的发明应用，用于交换的货币完全彻底地去物质化，成为网络经济中闪烁的光点指示的信息单位（数字）。这些新技术的共同作用，催生了按照信息处理和更加抽象的游戏理论术语阐释经济系统的新样式，价值就由曾经依托于外在于货币（符号）的实在物体转变为一种依托于内在的“货币（符号）的相互关系”这样的观念形态的价值。几乎同一时期由形式主义深度发展而来的结构主义、后结构主义理论的相似形态，显露出曾经被忽视的经济和文化的相关联系。这种相关甚至一致的一个颇有意味的例子就是：价值领域的符号—结构游戏呈现为能指的相互关系性网络形态，能指不附着于任何独立实在的或超验的所指。这种价值符号所指与能指的内爆与语言符号所指与能指的内爆类似，语言所指对象的死亡在这里就成为价值实体的死亡，也即使用价值彻底被悬置。正如语词所指的死亡是意义的死亡，是上帝，最后是人的死亡。当价值的王国只是一个符号王国，货币就仅仅类似于无所指的假面；如果货币是空洞无所依附的符号假面，经济就必定类似某种信任游戏。① 此中充满理性无法把控的不确定性。

这是一种根本性的逆转——现代向后现代的转变。这种转变就揭示出非理性的不可取消，也证明所谓自我目的的封闭系统必然的不稳定、不确定属性，以及对开放、对不确定本身的接纳之必要。

这一思维范式的转变，可以说唯美主义是其更隐晦的起点。而形式主义与货币、市场的结合所指示的生存形态和思维模式的转变，不仅是经济、科技的新机遇，也是文艺、宗教等，是更广阔的生存领域的新机遇，它召唤也孕育着新的可能。

三

当然，唯美主义神圣与世俗的不同价值理想还分别表现在那些不太被他们强调的方面，比如对世俗感官感觉的迷恋，甚至，他们也不可能在文学艺术中彻底避免平庸的科学、自然以及社会。而且，换个视角，除了文艺的形式能力外，文艺中的世俗内容也并非无价值，至少，它们是接近圣性的环节。而这就是巴塔耶讨论“圣性”时所谓的圣与俗的互生性，以及王尔德自己对圣俗相关性的直觉和表现。至于神圣性，除了一种非理性精神内容与要求外，唯美主义者们对纯粹形式的神圣化，虽然按照巴塔耶的分析，只是一种虚假的神圣，但是，这也是一种相对性的判断。从圣与俗的互生性角度看，这种虚假的神圣在人们心里是可

---

① See Mark C. Taylor, *Confidence Games*: *Money and Markets in a World Without Redemption*, Chicago and London: The University of Chicago Press, 2004, pp. 43 – 50.

能唤起真正的神圣情念的。因此，对唯美主义而言，美就是神圣与世俗的对立与融合，就是雅典与耶路撒冷的并在，虽然并在的方式不同于文艺复兴艺术。而且，依据前沿基督教神学思想对神圣的考察，基督教优越于其他宗教的地方，正在于其对理性与非理性要素的并重。更一般而言，真正的艺术都应该多多少少反映了这种并在。

四

王尔德在谈到巴尔扎克与左拉时说："至于巴尔扎克，他是艺术气质和科学精神的最令人惊叹的结合。他把后者遗赠给了他的学生，前者则完全归自己独有。左拉先生的《酒店》和巴尔扎克的《幻灭》之间的区别，就是缺乏想像力的现实主义和虚构空间中的真实之间的区别。波德莱尔曾说：'巴尔扎克的所有人物都被赋予了生命的激情，那同样的激情也激励着巴尔扎克自己。他所有的小说都像是梦一样被深深浸润上了色彩。每一颗心灵就像是一支武器，被弹药般的欲望一直填塞到枪口。连卑鄙之徒也是多才的。'……他的人物具有一种烈焰般色彩的炽热存在。他们主宰着我们，向怀疑论示以挑衅。"① 巴尔扎克的虚构就是唯美的"谎言"，它为唯美的圣性情念留有空间；而左拉几乎就是被科学精神泯灭了圣性情念的生产机器。而且，对现时代而言，最可借取的就是唯美主义对神圣的守护。这个时代并不缺乏形式的工致，不缺乏左拉的精确，却缺乏引领形式上升的圣性激情，纯粹的科学精神甚至消解了与圣性最紧密关联的爱的激情和死的激情。而现代艺术，由于这种匮乏，就缺少一种艺术之为艺术本该有的那种神魅，同化为单向度的世俗样式。在这个时代反思唯

① ［英］奥斯卡·王尔德：《谎言的衰落》，萧易译，江苏教育出版社 2004 年版，第 14 页。

美主义，不仅让我们看到世俗生活的有限，而且让我们理解艺术困境的所在和由来。与平庸的消费审美主义相比较，唯美主义要深刻得多，也困难得多，所以无论对现代生活还是对现代艺术，唯美主义的批判力量都耐人寻味。

主要参考书目

中文书目

1. ［英］佩特：《文艺复兴：艺术与诗的研究》，张岩冰译，广西师范大学出版社 2002 年版。
2. ［英］奥斯卡·王尔德：《王尔德全集》，赵武平主编，中国文学出版社 2000 年版。
3. ［英］奥斯卡·王尔德：《谎言的衰落》，萧易译，江苏教育出版社 2004 年版。
4. ［英］奥斯卡·王尔德：《王尔德狱中记》，孙宜学译，中国人民大学出版社 2004 年版。
5. 《奥斯卡·王尔德：艺术箴言生平秘事》，赵沛林、孙勤译，王会枕校，时代文艺出版社 1993 年版。
6. ［英］彼得·阿克罗伊德：《一个唯美主义者的遗言：奥斯卡·王尔德别传》，方柏林译，译林出版社 2004 年版。
7. 孙宜学编译：《审判王尔德实录》，广西师范大学出版社 2005 年版。
8. ［法］乔里－卡尔·于斯曼：《逆天》，尹伟、戴巧译，上海文艺出版社 2010 年版。
9. ［法］夏尔·波德莱尔：《恶之花》，钱春绮译，人民文学出版社 2011 年版。

10. ［法］波德莱尔：《波德莱尔美学论文集》，郭宏安译，人民文学出版社 1987 年版。
11. 赵澧、徐京安主编：《唯美主义》，中国人民大学出版社 1988 年版。
12. ［英］威廉・冈特：《美的历险》，肖聿、凌君译，中国文联出版公司 1987 年版。
13. ［法］亨利・缪尔热：《波西米亚人：巴黎拉丁区文人生活场景》，孙书姿译，华夏出版社 2003 年版。
14. 周小仪：《唯美主义与消费文化》，北京大学出版社 2002 年版。
15. ［法］马克・布洛赫：《封建社会》上、下卷，张绪山、李增洪、侯树栋译，商务印书馆 2004 年版。
16. ［荷兰］约翰・赫伊津哈：《中世纪的衰落》，刘军、舒炜、吕滇雯、愈国强等译，中国美术学院出版社 1997 年版。
17. ［瑞士］雅格布・布克哈特：《意大利文艺复兴时期的文化》，何新译，商务印书馆 1979 年版。
18. ［英］佩里・安德森：《绝对主义国家的系谱》，刘北城、龚晓庄译，上海人民出版社 2001 年版。
19. ［德］马克斯・韦伯：《新教伦理与资本主义精神》，于晓、陈维纲等译，生活・读书・新知三联书店 1987 年版。
20. ［法］费尔南・布罗代尔：《资本主义的动力》，杨起译，生活・读书・新知三联书店 1997 年版。
21. ［德］维尔纳・桑巴特：《奢侈与资本主义》，王燕平、侯小河译，刘北成校，上海世纪出版集团 2005 年版。
22. ［美］雅克・巴尔赞：《从黎明到衰落》，林华译，世界知识出版社 2002 年版。
23. ［美］麦金太尔：《追寻美德》，宋继杰译，译林出版社 2003 年版。
24. ［美］保罗・纽曼：《恐怖：起源、发展和演变》，赵康、于洋等译，上海人民出版社 2005 年版。

25. 澜工：《唯美主义大师图典》，陕西师范大学出版社 2003 年版。

26. 张望编：《比亚兹莱画集》，辽宁画报社 1956 年版。

27. 王萍丽：《营造上帝之城：中世纪的幽暗与冷艳》，北京大学出版社 2005 年版。

28. ［英］罗萨·玛利亚·莱茨：《剑桥艺术史：文艺复兴艺术》，钱乘旦译，译林出版社 2009 年版。

29. ［英］唐纳德·雷诺兹：《剑桥艺术史：19 世纪艺术》，钱乘旦译，译林出版社 2009 年版。

30. ［英］罗斯玛丽·兰伯特：《剑桥艺术史：20 世纪艺术》，钱乘旦译，译林出版社 2009 年版。

31. 朱伯雄：《玫瑰与十字架的象征》，上海书店出版社 2005 年版。

32. ［美］H. W. 詹森：《詹森艺术史》，艺术史组合翻译实验小组译，世界图书出版公司 2013 年版。

33. ［意大利］翁贝托·艾柯：《美的历史》，彭淮栋译，中央编译出版社 2007 年版。

34. ［俄］列夫·舍斯托夫：《雅典与耶路撒冷》，张冰译，上海人民出版社 2004 年版。

35. ［俄］别尔嘉耶夫：《历史的意义》，张雅平译，学林出版社 2002 年版。

36. 陈建洪：《耶路撒冷抑或雅典：施特劳斯四论》，华夏出版社 2006 年版。

37. ［瑞士］巴尔塔萨：《神学美学导论》，曹卫东、刁承俊译，生活·读书·新知三联书店 2002 年版。

38. ［英］海姆·马克比（Hyam Maccoby）：《犹太教审判：中世纪犹太—基督两教大论争》，黄福武译，山东大学出版社 1996 年版。

39. ［罗马尼亚］米尔恰·伊利亚德：《神圣与世俗》，王建光译，华夏出版社 2003 年版。
40. ［德］鲁道夫·奥托：《论“神圣”》，成穷、周邦宪译，四川人民出版社 1995 年版。
41. ［美］沙伦·M. 凯、保罗·汤姆森：《奥古斯丁》，周伟驰译，中华书局 2002 年版。
42. ［美］道格拉斯·格鲁秀斯：《帕斯卡尔》，江绪林译，中华书局 2003 年版。
43. ［法］帕斯卡尔：《思想录》，何兆武译，商务印书馆 1985 年版。
44. ［法］蒙田：《蒙田随笔集》，潘丽珍等译，陕西师范大学出版社 2003 年版。
45. ［美］苏珊·李·安德森：《克尔恺廓尔》，瞿旭彤译，中华书局 2004 年版。
46. ［法］萨德：《淑女蒙尘记》，陈慧译，时代文艺出版社 2002 年版。
47. ［法］萨德：《朱斯蒂娜》，旻乐、韦虹译，哈尔滨出版社 1999 年版。
48. ［日］汤浅博雄：《巴塔耶：消尽》，赵汉英译，河北教育出版社 2001 年版。
49. ［法］乔治·巴塔耶：《文学与恶》，董澄波译，北京燕山出版社 2006 年版。
50. ［法］乔治·巴塔耶：《色情、耗费与普遍经济》，汪民安编，吉林人民出版社 2003 年版。
51. ［法］乔治·巴塔耶：《色情史》，刘晖译，商务印书馆 2003 年版。
52. ［德］黑格尔：《美学》第一卷，朱光潜译，商务印书馆 1979 年版。
53. 赵敦华：《西方哲学简史》，北京大学出版社 2001 年版。

54. ［德］鲍姆嘉滕：《美学》，简明、王旭晓译，文化艺术出版社 1987 年版。
55. ［德］康德：《判断力批判》，宗白华、韦卓民译，商务印书馆 1964 年版。
56. ［德］弗里德里希・席勒：《审美教育书简》，冯至、范大灿译，上海人民出版社 2003 年版。
57. ［德］彼得・比格尔：《先锋派理论》，高建平译，商务印书馆 2002 年版。
58. 中共中央马克思恩格斯列宁斯大林著作编译局马恩室编译：《马克思恩格斯全集》第 1 卷，人民出版社 1962 年版。
59. ［德］马克思：《1844 年经济学－哲学手稿》，刘丕坤译，人民出版社 1979 年版。
60. ［德］西美尔：《货币哲学》，陈戎女、耿开君、文聘元译，华夏出版社 2002 年版。
61. ［美］维克多・维拉德－梅欧：《胡塞尔》，杨富斌译，中华书局 2002 年版。
62. ［瑞士］索绪尔：《普通语言学教程》，高名凯译，商务印书馆 1980 年版。
63. ［法］米歇尔・福柯：《词与物——人文科学考古学》，莫伟民译，上海三联书店 2001 年版。
64. ［法］居伊・德波：《景观社会》，王昭风译，南京大学出版社 2007 年版。
65. ［法］鲍德里亚：《符号政治经济学批判》，夏莹译，南京大学出版社 2009 年版。
66. ［法］让・波德里亚：《消费社会》，刘成富、全志钢译，南京大学出版社 2001 年版。

西文书目

1. Arthur Symons, *The Symbolist Movement in Literature*, London: William Heinemann, 1899.

2. Anne Varty, *A Preface to Oscar Wilde*, Beijing: Peking University Press, 2005.

3. Charles Chadwick, *Symbolism*, London: Methuen, 1971.

4. Christopher S. Nassaar, *Into the Demon Universe, A Literary Exploration of Oscar Wilde*, New Haven and London: Yale University Press, 1974.

5. Étienne Gilson, *God and Philosophy*, New Heaven and London: Yale University Press, 1941.

6. Ellis Hanson , *Decadence and Catholicism* , Massachusetts and London : Harvard University Press , 1997 .

7. Fredric Jameson, *Postmodernism*, *or*, *The Cultural Logic of Late Capitalism*, London and New York: Verso, 1991.

8. George Woodcock , *The paradox of Oscar Wilde* , London and New York : T. V. Baordman , 1949 .

9. Giorgio Agamben , *The Open*: *Man and Animal* , trans. , Kevin Attell , Stanford, California : Stanford University Press , 2004 .

10. Georges Bataille , *Erotism* : *death and sensuality* , trans. , Mary Dalwood , San Francisco : City Lights Books , 1986 .

11. Georges Bataille , *An Essay on General Economy* , Vol. Ⅰ : Consumption , Translation of : La part maudite , New York : Zone Books , 1988 .

12. Hegel, *Lectures on the Philosophy of Religion*, (one volume edition) ed. , P. C. Hodgson, trans. , R. F. Brown, et al. , Berkley: University of California Press, 1988.

13. Jean Baudrillard, *The Consumer Society*, London: Sage, 1998.

14. Jonathan Dollimore, *Sexual Dissidence: Augustine to Wilde, Freud to Foucault*, Oxford: Clarendon Press, 1991.

15. Jacques Dufwa, *Winds from the East: A Study in Art of Manet, Degas, Monet and Whistler*, 1856 - 86, Atlantic Highlands: Humanities Press, 1981.

16. Joris - Karl Huysmans, *Against Nature*, trans. , Margaret Mauldon, Oxford: Oxford University Press, 1998.

17. Joris - Karl Huysmans , *Là - Bas : A Journy into the Self* , trans. , Brendan King , Sawtry , Cambs : Dedalus , 2001 .

18. John Ruskin, *Modern Painter*, Vol. 1, London: George Allen, [1843] 1906.

19. John Ruskin, *The Stones of Venice*, Vol. Ⅱ: "The Sea Stories", London: Da Capo Press, 2003.

20. John J. Conlon , *Walter Pater and the French Tradition* , London and Toronto : Associated University Press , 1982 .

21. Karl Beckson, ed. , *Aesthetes and Decadents of the* 1890' *s: Anthology of British Poetry and Prose*, revised edition, Chicago: Academy Chicago, [1966] 1981.

22. Kenneth Daley, *The Rescue of Romanticism*, Athens: Ohio University Press, 2001.

23. Leon Chai, *Aestheticism: The Religion of Art in Post - Romantic Literature*, New York: Columbia University Press, 1990.

24. Linda Gertner Zatlin, *Aubrey Beardsley and Victorian Sexual Politics*, Oxford: Claerndon Press, 1990.

25. Mike Featherstone, *Consumer Culture and Postmodernism*, London: Sage, 1991.

26. Michel Foucault, *The Will to Knowledge: The History of Sexuality*, Vol. 1, trans. , Robert Hurley, Harmondsworth: Penguin, 1990.

27. Mark C. Taylor, *Confidence Games: Money and Markets in a World Without Redemption*, Chicago and London: The University of Chicago Press, 2004.

28. Mario Praz , *The Romantic Agony* , trans. , Angus Davidson , Oxford : Oxford University Press , 1951 .

29. Norbert Kohl, *Oscar Wilde: The Works of a Conformist Rebel*, trans. , David Henry Wilson, Cambridge: Cambridge University Press, 1989.

30. Oscar Wilde, *Complete Works of Oscar Wilde*, ed. , Vyvyan Holland, London: Collins, 1966.

31. Paul Tillich , *Theology of Culture* , Oxford : Oxford University Press, 1959 .

32. Richard Pine, *The Dandy and The Herald*, London: Macmillan, 1988.

33. Richard Shusterman, *Pragmatist Aesthetics: Living Beauty and Rethinking Art*, Oxford: Blackwell, 1992.

34. Stuart Kendall , *Georges Bataille* , London : Reaktion Books Ltd , 2007 .

35. Virginia M. Allen, *The Femme Fatale: Erotic Icon*, New York: The Whitston Publishing Company, 1983.

36. Walter Benjamin, *Charles Baudelaire: A Lyric Poet in the Era of High Capitalism*, trans. , Harry Zohn, London: New Left Books, 1973.

37. Willian Gaunt, *The Aesthetic Adventure*, London: Jonathan Cape, 1945.

38. Wolfgang Iser, *Walter Pater: The Aesthetic Moment*, trans. , David Henry Wilson, Cambridge and New York: Cambridge University Press, 1987.

39. Wolf Von Eckardt, Sander L. Gilman, and J. Edward Chamber-

lin, *Oscar Wilde's London*: *A Scrapbook of Vices and Virtues*, 1880 - 1900, New York: Anchor, 1987.

40. Walter Pater, *The Renaissance*: *Studies in Art and Poetry*, London: Macmillan, [1873] 1913.

41. Walter Hamilton , *The Aesthetic Movement in England* , New York and London : Garland , [1882] 1986 .

42. Zhou Xiaoyi, *Beyond Aestheticism*: *Oscar Wilde and Consumer Society*, Beijing: Peking University Press, 1996.

后　记

本书由10年前的博士学位论文扩充修改而成，导师余虹先生离开我们也快10年了。遗憾的是这些年自己并未全身心投入学术研究，实在愧对先师教导；只能尽力完成这本专著聊以自慰，也算是对导师的纪念。

此外，本书相关研究的完成，受惠于求学时代的诸位老师，尤其是中国人民大学的耿幼壮、杨慧林、吴琼、何光沪等诸位老师。在此深表谢意。

还有本书的责编慈明亮学弟，他的耐心和理解帮助我终于完成了这本专著的修改与出版，在此一并谢过。

刘琼